新潮文庫

黄泉がえり

梶尾真治著

新潮社版

7035

黄《よ》泉《み》がえり

〝彼〟は、漂っていた。

常態であれば、不可思議な〝彼〟自身の推進力で望む位置へと瞬時に移動することができる。

しかし、今は駄目だ。推進力を使い移動するたびに〝力〟を放出してきた。〝力〟を放出するたび〝彼〟の肉体も比例して縮小を続けた。

今では、どうだ。最大の時期からすれば、二百万分の一もない。

すでに限界だ。

まだ大丈夫だとたかをくくっていたというわけではない。だが〝力〟を摂取する時機を逸してしまっていたのは事実だ。

〝彼〟には、視覚もない。聴覚もない。嗅覚《きゆうかく》もない。〝力〟を吸収し、放出することを繰り返すだけだ。そのために、〝彼〟が今できることは、新たな〝力〟との出会いを待つことだけだ。

〝彼〟は、漂っているしかない。

無限の空間の中で、今、〝彼〟は途方もなく無に近い存在だった。

だが、〝彼〟には知覚がなくとも、唯一《ゆいいつ》、残された本能がある。

〝力〟がどこにあるか。それを知る能力だ。

〝力〟を求め、咀嚼《そしやく》吸収し、放出するシステムを有しているということは、〝彼〟は広義では、生命体と呼ぶことができるかもしれない。しかし、〝彼〟は自分がいつ誕生したのか、存在を始めて何十億の年月が経過したのかも知らない。

知る必要もない。

このような状況は、今回が初めてではない。遠い遠い過去に極微にまで縮小化したときも永い時間を漂い続けた。

そして〝力〟を得た。

今回も漂い始めて永の年月がうつろっていったはずだ。

そして、〝彼〟は今、知った。〝力〟が、遠くない場所にあることを。

〝彼〟は見逃さなかった。

ほんの少し体内に温存させていた〝力〟を放出させ、僅《わず》かずつ推進させた。
より巨大な〝力〟を求めて。
あわてることもない。あとは、微速でも、まっしぐらに〝力〟にたどりつけばいい。

プロローグ

肥之國《ひのくに》日報　五月十四日　火曜日夕刊「記者さん　聞いてよ」より

——浜線バイパスで火の玉!?

「きのう（十二日）の夜、十時過ぎのことなんですが、火の玉を見たんですよ。城南町《じようなん》の親類の家で祝いごとがありまして、自宅に帰る途中、浜線バイパスで自分の車の中からです。

ふわふわ飛ぶ感じじゃなくて、人の頭くらいに見える光の玉が、赤く尾を引いてですね。西北の上空から斜めにゆっくり金峰山《きんぼうざん》の方に飛んでいったんですよ。家内も父も一緒に見ていたから、絶対に目の錯覚じゃ、なかです。十秒間くらい見えてましたから。

あれは、いったい何だったろうかて家族で話して、肥之報さんの記事を注意して見とったんですが、何も載りませんよね。

他にもあの火の玉を目撃した人がいるんじゃなかろうかと思うて、電話しました。いやぁ、きれいかったですばい。――熊本市　男性（46）会社員

記者より――この他にも、同時刻に熊本市内で、UFOのようなものや、不思議な発光体が飛んでいるのを見たという電話が五件寄せられました。この件については、これで打ち切らせて頂きます」

肥之國日報　五月十三日　月曜日朝刊より

――熊本市など震度1

「十二日午後十時二十一分ごろ、熊本地方で地震があった。熊本地方気象台によると、震源地は熊本地方で、震源の深さは約二キロ。マグニチュード（M）は2・8と推定されている。

各地の震度は次の通り。

震度1＝熊本市京町、豊野村、西原村、益城《ましき》町」

※

その電話が島崎市民センターにはいったのは、午後一時十分前だった。

市民センターは熊本市の行政に関する陳情や要望の取次ぎをやる機能を持っている。熊本市役所の市民生活部の出先機関といったほうがてっとりばやい。だから、昼休み時間といえども、九人のセンター職員のうち二人が、窓口に残っていた。

一人は、臨時採用十日目という中川美沙《みさ》。茶髪でピアスをつけているが、紺のうわっぱりを着ていると、ちゃんと市の臨時職員に見えるのが不思議だ。もう一人の古田達は三十七歳の職員だ。小肥《こぶと》りで、メタルフレムの眼鏡をかけている。公務員には珍しくポール・スミスのネクタイをつけているが、あまり似合っているとはいえない。古田は節電のため薄暗くなった片隅で電話を受けていた。センターの会議室利用に対して説明している。相手は詩吟同好会の世話役らしく何度もしつこい程質問を繰り返しているようだ。同じ答えを古田はテープ・レコーダーのように繰り返している。「ですからね。今言ったとおり、一度おいで頂いて利用申込書にですねぇ。ですから……」

薄暗いのは、外の五月雨《さみだれ》のせいもある。だから、月曜日であれば昼休みでも印鑑証明や住民票を貰《もら》いにくる住民が多いはずなのに、窓口の前は誰もいない。二階でボランテイアで生け花を飾りつけている母親の手から逃げ出した男の子がフロアの上で側転をしているだけだ。

窓口に座っている美沙は携帯電話の着信メロディーの入力中だった。最近観《み》たラブストーリー映画の主題曲「I want get what you lose」だ。その曲が気に入り、ボーイフレンドから着メロのスコアが手に入ったと聞きファックスを入れてもらった。

そのとき、別の電話が入ったのだ。

美沙は不満気に唇を尖《とが》らせた。古田の方を振り返ったが、まだ、埒《らち》のあかない問答を受話器に繰り返している。美沙は、まだ、ワンフレーズしか入力してないのだ。昼休みにやっと入力できると思ったのに。

「市民サービス第一です……か」

昼食に出かけている所長の声音をまねて、美沙は入力したスコアまでのところに鉛筆でチェックをつけ受話器をとった。

「ハイ。島崎市民センターです」

受話器のむこうから「あ……」と声がした。少くとも七十歳は越えた女性の声だ。しばらく間があった。

「もしもし島崎市民センターですが」

もう一度、美沙は繰り返す。

「あのぉ、お尋ねしたいことがあるんですが」

思いきったように老婆《ろうば》の声が言った。

「はい。何でしょうか」

美沙はできるだけ快活そうにはきはきと答える。

「本当は、市役所に行って聞かなくちゃいかんと思うんだけど、頭が変と思われてもいかんし。その前に、ちょっと聞いときたか思うてですね。いつも、そちらでお世話になってるから」

受話器のむこうでは、あきらかに戸惑っている。老婆は何やら相談したいことがあるらしい。だが、市役所に先《ま》ず問い合わせるよりも親近感のある出先の市民センターに電話をしてからと思ったのだろう。たしかに、市民センターの事務分掌には、行政に関する陳情及び要望の取次ぎ並びに市民相談に関することという一項がある。

「どういうことでしょう」

「どうしたらいいのかと思って。手続きとかいろいろ。戸籍とかですね」

「戸籍とかの受付とかも当センターで行っていますよ」

そう美沙は答える。

「はあ」

相手は曖昧《あいまい》な返事だ。また押し黙る。

「もしもし」

美沙は呼びかけた。

意を決したように相手は言った。

「実は、死んだ主人が帰ってきまして。今朝がたですよ。気がついたら帰ってきてて」

今度は、美沙が「はあ」と答えた。どう返していいかわからない。このお婆《ばあ》さん、頭が少しおかしいのだろうか。

「家出しておられたとか、行方不明で失踪《しっそう》届を出していたとか、海難事故とかで死亡届を出されていた方が、実は生きておられて帰ってこられたということですか？」

「いや、そんなことじゃなくって。主人は五年前、脳卒中で死んだんですよ。葬儀もやりましたし、お医者さまに死亡診断書頂いて、死亡届も出したんですが、今朝から家に帰ってきているんです」

美沙は確信した。このお婆さん、頭がおかしいんだ。いたずらではない。ただ痴呆《ちほう》が進んで、自分の夫が生き返ったという妄想を持っている。ゾンビとかが出てくるホラー映画を観過ぎてるんじゃあないかしら。こんなとき、どう対応したらいいんだろ。振り返って古田を見た。受話器を持って「ですから、電話だけの申込みじゃいけないから、一度代表の方がですね。こちらで書類書いて頂いて……」まだ、かかりそうだ。

老婆は、続ける。「だから、死亡届を取り消して、戸籍を元に戻すには、どうすればいいんだろうと思いまして。ねえ、どうすりゃいいんでしょうか」

どう答えてやればいいのだろうか。そんな質問はマニュアルには載っていなかったわ。

美沙は途方にくれて助けを求めようと、あたりを見回した。幸運なことに古田がそのとき受話器を置くところだった。美沙は片手を挙げて、古田に自分の電話を指し、そして答えた。

「しばらく、お待ちくださいますか？　わかる者と代わりますから」

電話を保留にして古田に伝えた。

「あの、電話代わってください。私、わかんないから」

「どういうこと？」

「死亡届を取り消すには、どうすればいいかって。でも、少し言ってること、おかしいから」

古田は訝《いぶか》しげに眉《まゆ》をひそめ「ああ」と受話器をとった。浮かない声で、慎重に「はい」「はい」と続ける。ときおり美沙を見て眉をひそめてみせた。

「家出してたってことですか」美沙と同じことを訊《き》いている。それから、はぁ、はいと繰り返した後に「いったん死亡して、火葬されたんでしょ。それで生きて帰ってきてるって。じゃあ、火葬されたのは誰だったんですか？　ね。そういうことでしょう」

「はい、はい。はい。信じないなんて言ってませんよ。ちゃんと聞いてますよ」

「はい、はい。はい。本人かどうかの調査が必要になるんじゃありませんか。で、本人と確認されてからですね。……もういいって、ああた。もういいって……」

受話器を持ったまま、古田が首をひねって言った。

「切れちゃったよ。名前も名乗らずに突然に切るんだからな」

「信じてなかったから、怒ったんじゃないですか?」美沙が着メロの入力をしながら答える。

「死んだダンナが生き返ったってのを信じろってか」古田は肩をすくめ、窓の外に目をやった。自分の電話応対で、まずいところは、なかった筈《はず》だが。

外は五月の長雨が降り続く。信じるも信じないもまだ、現象は序奏にすぎないのだ。

1

夜半に雷鳴を遠くに聞いた記憶があった。そして軒先を激しく叩《たた》く雨音。

明け方を迎えても、地雨となってしまい、それはやむことがなかった。

その朝、児島雅人《まさと》は、新町三丁目の自宅を徒歩で出た。光が差してくると雨粒は小さく変わった。勤務先の、紺屋今町《こうやいままち》にある鮒塚万盛堂《ふなづかまんせいどう》まで、自転車でも十分とかからない。

だが、天気の先が読めないこともあり、大事をとって歩くことにしたのだ。デスクワークの多い雅人は、このような機会でもないと身体《からだ》を動かすことがない。蔚山町《うるさんまち》から辛島町まで市電を使うことも考えたが、結局、会社まで歩きとおした。といっても二十分強の距離だ。国立病院から第一高校、合同庁舎横の坂を抜け、交通センターの裏手に出る。辛島公園をわきに見ながら、ロータリー交差点を渡る。そんなコースだった。電車通りを過ぎれば、すぐに鮒塚万盛堂だ。

傘をさし、無心に歩こうとするのだが、雅人は胸の中で何かが妙に引っかかっている。何故《なぜ》か、今朝はいつもより三十分も早く六時に目が醒《さ》めた。何か夢の途中だった気がするのだが、その夢が思いだせない。何やら削りとられたような思いがもどかしかった。それがずっと気になっている。

妻の瑠美《るみ》は、「あら、今朝は起こさなくてもよかったね」と炊事をしながら雅人の気配にむかって台所から言った。母親の縁《えん》は、仏間の方にこもったきりだった。小三になる一人娘の愛は、パジャマ姿でテレビの前に座り、「おはよう」と雅人に言ったまま、テレビの「今日の占い」を待ち続けていた。いつもの朝の光景だった。瑠美は鼻唄《はなうた》をうたっていたし、愛は人一倍早い思春期らしく積極的に自分から口を開こうとしない。

でも、うまく言い表せないが、何かが微妙にちがう。本能的に感じる種類のものだ。何だったのだろう。

母親の縁は、朝の〝お参り〟が終わって仏間から湯呑《ゆの》みを持って茶の間へ戻ってきた。

それから縁は雅人にこう言ったのだ。

「昨日まで言わなかったんだけどね。今日で三日続けてお父さんの夢を見たんだよ。三日連続だからね。これまで、こんなことなかったよ。三日も続くと気持ちが悪くなってね」

「何故だい。最愛の人だったのなら会いに来てくれて嬉《うれ》しいんじゃないの？」

雅人は味噌《みそ》汁《しる》を啜《すす》りながら軽口で答えた。すると縁は、

「いやぁ、気持ち悪いよ。縁も早くこっちに来いって言ってるんじゃないかと思ってね。死んだとき着せられていた白い装束でね。玄関のところで黙って立ってたのよ。私の顔見たら、毎日スッといなくなっちゃう」

〝お父さん〟の児島雅継《まさつぐ》は二十七年前にクモ膜下出血で急逝している。母親の縁は、雅継が残した同じ新町三丁目の土地に賃貸マンションを建てて、それで生活費を得て雅人を女手一つで育てあげたのだ。

雅人が父のことで記憶していることは、あまりない。父、雅継が雅人の前からいなくなったのは、ちょうど、娘の愛くらいの年齢だった。物心ついたとき、父は、結核のため、松橋《まつばせ》の療養所にいた。感染のリスクを避けて雅人の祖父母は父との面会を許さなかった。だから全快して帰宅した父は雅人にとってまれびとだった。それからも父は仕事が忙しく、ある日、急逝するまでゆっくりと話をすることがなかった。いくつか、鮮烈

な記憶がある。小学一年のとき、道で拾った飛べない雀《すずめ》を家に持ち帰ったときだった。理由も問わずに父親は雅人の頬を数回叩いた。何かの原因で雀は翼を傷《いた》め飛べなくなっていたのだが、父の雅継はそれを雅人の仕掛けた罠《わな》によるものだと早とちりしたらしかった。その理不尽な怒られかたを悔しさとともに今でも閃光《せんこう》のように思いだすことがある。それからもう一つ。父親の机の文箱《ふばこ》を開けたことがある。大きめの茶封筒が文箱の底にあった。それを興味本位で開けようとしたとき、父親に見つかった。「私物に触るな」と形相を変え父は叫んだ。叩かれはしなかったが、父親の恐怖は、いや増した。思い出はそのくらいのもの。

しかし、あれから二十七年も経《た》っている。記憶は薄らいでいくものだ。いくら最愛の人であっても数十年後に思い出したように三日も連続でそんな夢を見るものだろうか。それも引っかかっている。

今一つ、パズルがうまく組み合わさらない。そんなもどかしさだ。

会社に到着したのは、七時四十五分だった。営業時間は八時半から五時半までだから、出社しているのは、まだ、まばらだ。

「おっはよーございまあす」

タイムレコーダーのフロアのところでモップを握っていたのは、営業見習いの中岡秀哉《しゅうや》だった。シャツ一枚で張り切って床を磨いていた。

中岡は、一カ月前に雅人が面接して入社を決定した。たまたま常務が出張していたときで、緊急入院で営業課に欠員ができ、募集をかけた。そのとき応募してきたのが中岡だった。入社といっても三カ月の試用期間中だった。一刻も早く欠員を補充しておけという常務の指示があった。レベルは三カ月の間にわかるからということだった。雅人は履歴書を見て迷った。三十歳という中岡の若さで、職歴は八社もあった。

どこも永続きしていない。長くて二年半。短くて四カ月。そこに不安があった。独身だった。

「二十六歳でバツイチになってますから」

こともなげに中岡はへらへら笑いながら、大きな眼玉を動かした。

「必死でがんばって実績出して貰《もら》わないと、本社員には無理かもしれませんよ」

と雅人は釘《くぎ》を刺しておくことを忘れなかった。

仮採用以来、中岡はひょろりと瘦《や》せた身体に鞭《むち》打《う》って張り切りまわっている。今朝は、いちだんと張り切りようがちがうようだ。

「何かいいことがあったの？」

雅人が朝の挨拶《あいさつ》の後にそう付け加えると、中岡は、よくぞ聞いてくれましたというようにニマッと歯を見せて笑った。

「新しい彼女ができそうなんスよ。昨日、初デート。雨ん中で」

能天気な男だなと、雅人は思う。まだ、本採用になって身分が安定しているわけでもないのに。それより今は脇目《わきめ》も振らずに職務に専念すべき時ではないのか。

「あとで話を聞いてくれませんか。児島課長。うまくいったら身ぃ固めたいんス」

あぁ、昼休みだったらかまわないと雅人は答える。面接をやったのが雅人ということで中岡は、他の誰よりも児島雅人を頼っているようだ。近場には色々相談する家族もいない、という中岡の弁を覚えているから、雅人は無下にもできないと思うのだ。

雅人の答えを聞いて、中岡は嬉しそうに顔を歪《ゆが》め、再び激しくモップを動かし始めた。演歌を鼻唄で鳴らしながら。

「あの張り切りが、空回りしないことだけを祈ろう」

そう呟《つぶや》きながら、雅人は総務の席へむかった。そのとき、朝から感じていた違和感がやっと消失しているのに気がついた。また、そのことに思いを巡らせても、仕事の邪魔になるだけだ。やっと消えたか。会社は会社。家は家。

机の上にメモが一枚載っていた。

経理の中原奈々《なな》が残したメモだ。

——河山さんは、急にお客がありましたので、休むということです。

河山というのは総務の一番若い女性だ。机の上を雑巾《ぞうきん》がけしていた中原が、「ということでーす。児島課長」と叫んだ。

雅人は、中原に訊《き》いた。

「河山さんは、そんなにひどいのか？」

中原が手を休めて、きょとんとした眼で、雅人を見た。あわてて雅人は手を振る。

「いや、その。急なお客さんって……ひどいのかってことで」

中原はぷっと噴き出した。

「やだぁ。児島課長。電話は私、出たんですけど、悦美のとこに本当のお客さんがあったみたいですよ。誰か親戚《しんせき》の方が急に訪ねてきたからって。近しい人なんでしょうね。すごく電話、興奮してたから。確かおばあちゃんって言いかけて。

やだぁ、お客さんってあっち考えてたんですか。それだったらちゃんと生理のためって私、書いときますよ」

悦美というのは河山の名前だ。中原は、けらけら笑う。雅人は肩をすくめた。それから思いだした。

「おばあちゃんがって言ったのか？」

「いや、そう言いかけて親類がって言いなおしました」

「そうだろう。昨年の暮だったっけ。河山さんの里は天草の姫戸《ひめど》だったよな。おばあさんが亡《な》くなったって、一日休みをとったよな。会社でも弔電を打ったぞ」

中原は口を尖《とが》らせた。

「それ、悦美がさぼりってことですか。でも悦美、そんな奴《やつ》じゃないですよ。おばあちゃんって、お母さん方にもいるはずですから」

ああ、そうだな。雅人は、自席に腰を下ろしたが、中原奈々との会話は、それで打ち切った。彼女は再び雑巾がけに戻った。

それ以上、会話が続かなかったのは、たった今まで忘れていた、あの違和感が蘇《よみがえ》ったためだ。

そのとき、雅人はあることを思いだしていた。河山悦美の母方の祖母も、中原の入社した一昨年の夏、亡くなっていたということを。雅人は、そのことには、あえて触れない。正式の欠勤届が出れば、何が正しいことか、わかるはずだから。

2

雅人が勤務する鮒塚万盛堂㈱は、ギフト用品、雑貨などを取り扱って県下一円に販売する、老舗《しにせ》の企業だった。昭和二十五年に、先代の鮒塚重宝《しげほう》が創業している。現在の社長は鮒塚重義《しげよし》。社員数二十七名で年商は九億円を超える。上通《かみとおり》にも店舗を持っているが、県内の官公庁、学校、病院、農協、それに卸しもやっているから、それが売り上げの七割を占めていた。紺屋今町の鮒塚万盛堂は、本社機能と各地に散っていくルートセールスの拠点ということになる。だから、雅人が、昼食を休憩室で食べているときに、中岡が現れてホカ弁を持って雅人の前に腰を下ろしたのには、あれっと思った。

「外回りしてたんじゃなかったの？」

「ヘッヘッヘエ」

中岡は、歯を見せてニマッと笑う。

「午前中は玉名《たまな》と植木《うえき》まわったんスよ。で、午後は、御船《みふね》に納品があるんで、昼飯は本社ですよ」

眼を見開いて大きな眼玉をくりくりと回す。

「児島課長に新しい彼女のこと聞いて貰おうと思ってぇ」

あ、そんなこと、朝、言ってたっけな。雅人は思いだす。

「そんなに人に聞いて貰いたいってのは、それほど素晴らしい女性だってことなんだろうなぁ」

仕方なく相槌《あいづち》を打つと「そうなんスよ」と中岡は笑み崩れた。

「どこで知りあったの？」

「へへ。どこと思います」

右手の先でポンポンとテーブルを叩《たた》く。

「白山《はくざん》通りに、ユースド・ブックって古本屋の全国チェーンがあるの知ってますか？」

「知らない」

「そこの店員さんだったんス。一目で気に入って、何度も通ってやっと親しくなって話すようになったんです」

「中岡クンは、読書するの？　意外だなぁ」

「マンガ買いに寄ったんス。成人マンガ。レジ持っていこうとしたら、その女性《ひと》だったから、あわてて文庫本にしました。『知的生活の技術』って本」

雅人は思わず噴き出しそうになった。〝知的生活〟って柄じゃない。

「で、レジの近くのミステリー文庫だったら、顔がよく見える位置なんで、後は翻訳ミステリーみたいなのを一日一冊ずつ、二百円くらいのを買ってて、先日、ミステリーお好きなんですかって言われて、まぁねって答えてよくわからないんでホームズが基本かなって言ったんス。そしたら、私もホームズから子供の頃入ったんですって言いましたね。その女性ね、年齢は二十六、七かな。そう思いました。髪が長くって、涼しい目してて、襟もとに鎖骨がスッと見えてるんス。たまんないっス」

雅人は、心の中でバァーカと叫ぶ。だが表面上は、眉《まゆ》をひそめて黙って聞き続ける。

「で、やっと昨夜、初デートです。夢みたいでしたね。で、彼女、名前が相楽玲子《さがられいこ》っていうんです。喫茶店でお茶しただけっス。飯喰いましょって誘ったけど、子供が待ってるからって。いいえ、独身だって。旦那《だんな》が四年前に交通事故で死んじまったらしいんですよ。でも俺もバツイチだから、いいと思うんス。で、年齢も二十六、七と思ったら私より年上で三十二なんス。でもいいっス。年上でも、好きだなぁ、あのタイプ。子供いてもいいっス。今度、子供も一緒に飯喰おうって約束したっスよ」

雅人は話を聞きながら、溜《た》め息をつきそうになる。初デートといっても一緒にお茶を飲んだということなのか。何と能天気な性格なことか。

「今夜っス。今夜三人で飯喰うんです」

「そりゃあ、おめでとう」

「児島課長、本当にそう思ってくれるんですか？」

「ああ……」

中岡が両掌《りょうて》を合わせた。

「まだ、ここで使ってもらって間がないんです。課長、お願いします。一万円貸して下さい。今度の給料日返します。一生のお願い！」

あ……。これが目的だったのか。

「私も、そんな余裕ないよ」

中岡が、うなだれた。

「はい……」

雅人は財布から五千円札を出して渡した。

「今回だけにしてくれ。これが最後だ。他の者にも借金は頼むな」

中岡の顔が輝いた。それから、猛烈な速度で飯をかきこむと、「うまくいったら児島課長、仲人《なこうど》お願いっスね」と言い残して消え去った。「恩に着ます。ありがとうございました」

声だけが谺《こだま》した。一人残った雅人は、はぁと溜め息をついた。

「金をドブに捨てたかな」

再び、休憩室のドアが開いた。

経理で最年長の横山信子がナナフシ虫のような身体《からだ》で尖った眼鏡顔を覗《のぞ》かせた。

「児島課長、ちょっとお尋ねします」

信子は、三歳ほど雅人より年長のはずだ。独身だが、鮒塚万盛堂の情報の吹き溜まりのような存在だ。彼女に聞けば、社員のすべての交友関係やらゴシップやらが収集できる。その信子が、お尋ねしますとは何事だろう。

雅人は、背筋を伸ばし、やや緊張して、「はい。何でしょうか」と答えた。

「先代の社長のことなんですが」

「はい。はい」

「双生児だったんですか？」

「どういう意味ですか？　二年前に亡くなった重宝社長がふ、た、ご、だったかって？　知らない。そんな話、聞いたことありません」

「弟さんとかは？」

「横山さんも二年前の社葬のとき、献灯したでしょう。たしか、先代は末っ子で、他の兄姉は皆、先立っておられたじゃないですか。横山さんの方が、くわしいと思うけど」

「そのはずですよね」

信子は腑《ふ》に落ちないという表情で、休憩室へ入って来てドアを閉めた。

「今、食事に行ってきたんですが」そこで、声をひそめた。「社長宅の玄関のところで、先代の社長が立っているのが見えたんですよ」

社長の鮒塚重義の自宅は、鮒塚万盛堂横の駐車場奥にある。そこに社長夫婦と、社長の母親が住んでいるのだ。

「どう見ても、先代の重宝社長だったんですよ。濃紺のスーツ着て痩《や》せてて白髪で。双生児だったら、一卵性ですね。あまり似てるから、私、立ち止まってじっと見てたんですよ。そしたら、掌を肩からスッと上にあげて、ヨッてしたんです。その仕草が、まったく先代の社長」

「何か話したんですか？」

「いいえ。話しません。私、道路のとこだから、十メートルくらい離れてたんです。思わず反射的にお辞儀しましたけれど」

「それから」

「その人、社長宅に入っていきました」

「フゥーン。誰か遠い親戚の人かも知れませんね。血がつながっていたら似てる人もいるでしょう。横山さんが第一印象で似てるって思いこんだから、先代の社長に結びつけて考えたんじゃありませんか」

「そうですかぁ？」

「それが、一番、自然な解釈だと思いますよ」

雅人が、そう結論づけると、今一つ、信子は納得できないという顔だった。信子の好奇心を満足させる回答ではなかったわけだ。

信子が、もう一言、何か口を開こうとしたときだった。

中原奈々の大声が事務所から届いた。

「児島課長ぉ。お電話でーす」

信子にちょっと失礼と断って、休憩室を出た。小走りしながら、奈々に訊《たず》ねる。

「どこから」

「御自宅からです」

あんなに、私用で会社に電話かけるなと言ってあるのに。いや、それほど緊急な用が発生したということなのか。受話器を取った。

「もしもし」

「あーよかった。いたのね」妻の瑠美だった。「今、昼休みと思ってかけたの」

「何かあったのか？」

「今日は早く帰ってこられる？」

馬鹿《ばか》っと言いたくなるのを抑える。新婚夫婦の電話じゃあるまいし。

「それが用事か？　六時過ぎには帰れるけど。どうして？」

「あーよかった。私、どうしたらいいか、わかんなくて」

「何がわかんないんだ」

「それが――」どうも、うまく説明できないという様子で口籠《くちごも》っている。「何と言ったらいいか」

「何かトラブルがあったのか？　母さんと」

そのとき、初めて雅人は、妻の声のトーンが日常と少々かけ離れていることに気がついた。

瑠美と母親の縁はけっこううまくやっている。あまり言い争っているのも見たことはない。

「そんなんじゃない。お客さんが来てるのよ。そう。お客さん」

「誰が……。俺はそんな話聞いてないぞ。誰の客なんだ」

「皆のよ。本当のこと言っても信じて貰《もら》えないから。とにかく、会社終わったら早く帰ってきて」

河山悦美についてのメモのことが、すぐに連想して浮かんできた。お客さん？　お客さん？

「だから、誰なんだよ。そのお客さんって」

その場で言うべきかどうか、妻はまだ迷っていた。雅人の受け答えに焦《じ》れながら。思いきったように瑠美は言った。

「私は初めて会ったから何とも言えないけど……。お義母《かあ》さんが、そう言うの。雅人のお父さんだって」

「え！」

絶句した。耳を疑った。

「親父《おやじ》は二十七年前に死んでるんだぞ」

3

夕刻は、雨が上がっていた。

雅人はその午後、ほとんど仕事が手につかなかった。瑠美から電話をもらったからだ。

そんな馬鹿なことがあるものか。死んだ親父が帰ってくるなんて。何かの間違いに決まっている。妻の瑠美は親父の顔を知らない。だから、訪ねてきた誰かのことを母の縁にそう言われたら、そうとしか自分に伝えられないいんだ。母も呆《ぼ》ける年齢ではないだろうに。

いったい誰が訪ねてきたというのだろう。

同時に思い出すのは、二つのできごとだった。一つは、総務の河山悦美の欠勤のこと。曖昧《あいまい》な伝言だが、彼女の死んだ祖母が関係している気がしてならない。もう一つは、昼休みに、横山信子から聞いた話。死んだ先代の社長そっくりの老人と出会ったこと。

それらのできごとが、ありもしない可能性に、ひょっとして……と雅人の心の中で引っかかってしまっているのではないのか。

雨あがりの道を小走りに走る。ひょっとしたらという思いが、雅人の身体をそう反応させているのだ。ただ朝から胸のなかでもやもやしていたものが消え去り、やや形となって現れてきたような気がする。

自宅まで、ペースを落とさずに十五分ほどで着いた。外はまだ明るい。幽霊がでる時間じゃないんだよな。雅人は冗談めかして、自分にそう呟《つぶや》いた。

「ただいま」

玄関に入って、本当に来客があるのがわかる。見知らぬ茶色の革靴が置かれていた。

先端が尖《とが》った履き古したものだが、流行遅れのものだ。

　雅人は、しげしげとその古びた靴を眺めた。見覚えのあるものではない。雨あがりの道を歩いてきたにしては、湿りけがあまりない。

　茶の間に入ると、すでに夕食の用意がなされていた。卓袱台《ちゃぶだい》の上には、五人分の準備がされている。いつも雅人が座る席には、今日は座蒲団《ざぶとん》が敷かれていた。そして鯛《たい》の尾頭《お かしら》つきがお煮付けで飾られている。

　母親の縁は、一人、そこでテレビのローカル・ニュースを見ていた。

「お帰り」母は、雅人にいつもと変わらぬように言った。それから顔を笑み崩れさせて、雅人に向きなおる。「夢は正夢だったよ。父さんが帰ってきたよ。信じられないねぇ」

　そんな馬鹿なことと言いかけて、雅人は思いなおした。「ああ」とだけ答えて、台所を覗いた。瑠美がサラダを作っていた。

「誰が来ているんだ。今、どこにいる」

　瑠美は、雅人の顔を見て、ほっとしたような泣きそうな表情を浮かべる。

「電話で言ったでしょ。パパのお父さんという人よ。今、風呂《ふろ》に入っておられるわ」

「いつ訪ねてきたんだ」

「昼前と思う。私、そのとき銀行に振り込みに行ってたから。帰ったらおばあちゃんが、父さんが帰ってきたからって、茶の間に上げてたの」

何だか、まずい状況だなという予感がする。新手《あらて》の詐欺《さぎ》の手法にこんなのあったっけ。

「愛は？」

「自分の部屋だと思うわ」

ふだん着になると、雅人は茶の間へ入った。自分の席に座ろうとして一瞬迷うと、母の縁は、「今日は、お祝いだから、父さんが雅人の席だよ。雅人は、こちら」と仕切った。

さからわずに縁に言われた席に座る。

「父さんが帰ってきたって？」

「ああ。驚いたろう」

「驚いたも何も信じられないよ」

「私も、信じられなかったよ。突然に帰ってきたんだから。玄関で『ただいま、縁いるのか』って声がするから、出てみたら、父さんが立ってたんだよ。全然、変わってなかった」

「父さんは、死んだんだよ。骨になって墓の中にいるんだよ。常識で考えても、変だってわかるじゃないか。誰かの悪戯《いたずら》じゃないの」

雅人がそう言うと、不満そうに縁は口を尖らせた。

「そんなことね。本物か偽者《にせもの》か私が一番わかるんだよ。父さんはね、お前が生まれる前にね、私と父さんと二人きりしか知らないことを話したらね。全部覚えてたんだから」

「何か、変なとこなかった」

「何もないよ。昔の思い出どおりの服で髪で。咳《せき》ばらいの声も一緒だよ」

それは雅人も覚えている。父親はときおり、ひゅうっと吸い込むような音の後、長めの咳ばらいをやっていた。

「そういえば……」母は眉をひそめた。「あれだけ雨が降っていたのに、父さん、あまり濡《ぬ》れてなかったねぇ」

「ふうん」

「きっと、タクシーで来たんだろう。だったら変じゃない」

母は雅人を納得させるように言った。あの世からタクシー……。

「これまで、どこに居たって？　そんなことは聞かなかったの」

「そんなこと聞いてないよ」

父が本物だとしたら、その質問をすれば、どのような答えが返ってくるのかと思った。

――あの世からだよ。

――墓の中からだよ。

そんな馬鹿なことがあるはずがない。だが今の母親に何を言っても無駄だと思う。娘の愛も食卓に着いた。

「お客さん、もう、お風呂あがってるみたい」

父と祖母の会話に興味なさそうに、そのまま愛はテレビの画面に見入る。

「愛は、今日は学校どうだった?」

雅人は母との会話を打ち切り、娘に訊ねた。愛は、一新小学校に通っている。

「別に……」

それで、愛との会話は止まった。この娘は学校ではどのような児童なのだろうかと思う。前は家族のいるところで、人一倍はしゃぎ、話していた。数カ月前くらいから性格が変わったように思う。家族との会話には加わらない。いつも憂鬱《ゆううつ》そうにしているし、投げやりに見える。学校でいじめに遭っているのかと瑠美が学校に問い合わせてみたが、そのようなこともないようだ。女の子というのは、昔から謎《なぞ》の多い存在だというのが雅人の持論だ。

「おじいさんって人と会ったか?」

娘は「会った」とだけ答えた。

「本物だと思ったのか?」

「わかんないよ。会ったことなかったから」

男の呟ばらいが聞こえた。聞き覚えのある呟ばらい。

本能的に、雅人は声の方向に注意を向けた。風呂から茶の間へ続く廊下を男の足音がする。慣れた様子で足音は茶の間へむかってくる。

死者の足音だ。いや、そんな筈《はず》はないと自分に言いきかせるが、全身肌が粟立《あわだ》っている。死んだ父の夢を見たことを思いだした。死んだときの蒼褐色の肌の父が、黙って自分を見ていた。白い浴衣《ゆかた》を着けて。あのときの父は、まるでゾンビだった。そんな父の足音が聞こえる。足音が近付き、茶の間の襖《ふすま》が開く。そして開いた襖のむこうには誰もいない……。それだったら、話はわかる。いや、その方が納得しやすい。

またしても、咳ばらい。もう、男はすぐそこにいる。足音が止まった。襖がカタリと音を立てる。死者が入ってくる。雅人は生唾《なまつば》を飲んだ。

雅人はスッと自分の背筋が伸びるのがわかった。自分も一つ咳ばらいが出る。先刻聞いた咳ばらいに驚くほど似ているのがわかる。

襖が開いて、男が入ってきた。

雅人のジーンズと雅人のトレーナーを着ている。

「いい風呂でした」

男は、そう言うと、雅人の存在に気がついたようだった。

「雅人か。信じられないな。立派な大人だな」

男は白い歯を見せて笑った。

それまで雅人の内部で色々な考えが渦巻いていた。会ったらすぐに訊ねようと思っていたこと。あなたは誰なんです。どんな用が、わが家にあるんです。何の目的で。そんな思いが、一度に吹き飛んだ。思わず雅人は立ち上がっていた。そんな筈はないという思い。否定している自分がいる。にもかかわらず声が出てしまう。

「父さん」

父の雅継だった。あまり、心を開いた記憶はなかったが、雅人が見間違えるはずはなかった。だが、自分よりは、若く見える。

その筈だった。

二十七年前、父の雅継が死んだときは、享年《きょうねん》三十五歳だ。雅人は三十八歳。父は死んだときの年齢のまま、帰ってきたらしい。ということは、父は三歳年下ということだ。

父は、ウンと大きくうなずいて、腰を下ろした。

愛は、きょとんとして雅人と父親を見較《みくら》べていた。それから呟くように言った。

「パパと、よく似てる」

それは、愛の本音なんだろう。茶の間にサラダを運んできた瑠美もバツの悪そうな表情を浮かべうなずいていた。兄弟と名乗っても通用するだろうと雅人は思う。ただし、どちらが兄かといえば、腹が少々出た雅人の方がそう見られるにちがいない。

「似てるはずだ。親子なんだからね」

そう父親は、言った。

「最後に見たのは、雅人が小学生のときだったからな。大人になって、どうなってるかなと風呂の中で考えていたら、やはり、おもかげは、子供のときのままだ」

父親は雅人を見上げて言った。一七二センチの雅人より父親の方が五センチほど低い。

「父さん、身体《からだ》は？」

雅人は、そう尋ねるのが精一杯だった。

「ああ、調子いいぞ。何ともない。……なんだ。不思議そうに。幽霊でも見るような眼をしてるじゃないか」

雅継は、腰を下ろした。幽霊を見る眼付きだって。そう思われても仕方がない。雅人の眼に映っているのは常識外のできごとなのだから。

全員が席に着いた。縁が雅継のコップにニコニコしながらビールを注《つ》ぐ。そして言った。

「父さん。帰ってきた挨拶《あいさつ》を」

ああ、と雅継はうなずき、コップを持った。

「気がついたら、帰っていた。何だか、不思議な夢を見てるような気がする。自分だけが取り残されて皆が年をとっていて。浦島太郎になったような気がするよ。雅人もいい奥さんを貰《もら》って身を固めていたなんてな。瑠美さんでしたな。よろしくお願いしますよ」

乾杯。

ビールを乾《ほ》しながら雅人の頭の中では、まだ疑問符が行列していた。母親だけが、日本酒も買ってありますと、嬉《うれ》しそうにはしゃぎ続けていた。雅人は居心地の悪さを感じている。

4

中岡秀哉は、上通《かみとおり》まるぶん書店前の河童《かっぱ》の噴水の横にいた。そこが、待ち合わせの場所の書店だが、河童は積まれた本の棚に隠れ、よく見えない。

もうすぐ、そこに、相楽玲子が子供を連れて現れる予定だ。中岡は、本好きの相手ならそこがまちがいないと思い選んだ。胸がときめいた。自分はドジな人間だ。ダメ人間だ。だけど、相楽玲子と一緒になれたら、何となく運命が変わりそうな気がする。これまでは、何でも投げやりだった。勉強も仕事も。それは、生きる張り合いとか、守るべきものが存在しなかったためだと思う。しかし、玲子がいたら、玲子のために俺は生きていける。

立ち読みをしていても活字はまったく中岡の目に入っていない。今の所持金が、一万五千円だから、三人だったらどこがいいだろう。よく食べる子だったら回転寿司《ずし》とかかなあ。でも、ムードがないし。

「お待たせしました」

玲子が、横にいた。笑みを浮かべて。

「あ」中岡は、息を呑《の》み、一歩ずれると本の棚に膝《ひざ》をぶつけていた。「あ、いや、全然、待ってないッス」

玲子の隣に、男の子が立っている。やはり目が涼し気で、理知的な顔だちの子だ。

「息子の翔《しょう》です。小学校の二年生です。お言葉に甘えて連れてきました」

「初めまして。よろしくお願いします」

翔という男の子は礼儀正しく挨拶して頭を下げた。

「あ、ども。中岡です。よろしくお願いします」

中岡があわてて深々と頭を下げて翔に挨拶を返すと、玲子はおもしろそうにクスクスと笑った。

「中岡さんって律義《りちぎ》なんですね」

「あ、いや、ま、その。初めての礼儀だから」

わけのわからない答えをしたが、それには、理由がある。中岡秀哉は二人兄弟の弟である。成績も小学校時代からぱっとしなかったが、兄の優一は、性格もしっかりしていたし、成績も他に抜きんでていた。その兄は、秀哉にとっては特別な存在だった。秀哉の子供時代に、兄はすでに一人の立派な大人だった。

だから、賢そうな子供に出会うと秀哉は兄を連想し、緊張して、かしこまってしまうのだ。三人は下通《しもとおり》の方角へ歩き始めた。

「さ、さ、さてと。どこに食事に行こうかなあ。翔くんは、どんなものが好きなんですか。野菜とか、肉とか」

パルコ前の交差点で信号待ちしながら、中岡が尋ねる。

「ぼくは肉が好きです」

すかさず翔が答えた。

「あ、そう。じゃ、肉にしよう」

どこがいいだろう。ステーキハウスとか、無理だなあ。

鶴屋《つるや》の横を抜け、しばらく歩いた裏通りで「焼肉食べ放題。二時間飲み放題。お一人様二八〇〇円」の看板を見つけ、中岡はすがる気持ちでそこに飛びこんだ。

生ビールで乾杯すると、やっと、なごんだ会話に変わった。

翔くんって、しっかりしてますね。いい子ですねぇ。うまいっス。ビール久しぶりだぁ。あっ、あんまり焼き過ぎないほうが、おいしいと思うよ。親子二人でがんばってんスかぁ。困ったことあったら、俺に何でも相談してください。焼肉いいっスね。同じ金網の肉をつつきあうんですから。翔くん急がなくてもいいよ。食べ放題だから。あっタレ注いでやろうかぁ。あっ、まだいいか。そうかそうか。まだいいか。

そう口では言っているが、中岡の頭の中では葛藤《かっとう》が渦巻いていた。

――これから玲子をデートに誘うと、いつもこの子が一緒なんだろうな。すると、一回のデート代は下手すりゃ一万円超えるなぁ。あの会社だと、手取り十五万円くらいだろうから、家賃とか払いものを引いたら、月に二回くらいしか誘えないな。とすれば、できるだけ早く結婚しないと合わないな。ちゃんと、結婚を前提に交際したいと切り出しとかなきゃいかんな。

「あ、あのお」

箸《はし》を泳がせる手を止めて中岡は切り出した。

「はい」玲子も、きょとんと中岡を見る。「何でしょうか」

「あのぉ、肉つつきながら尋ねるのも変なんスけど、相楽さんは、再婚しようなんて気持ちとかはないんですか」

「は」玲子は、突然の質問に言葉を失った。

「そんなこと、何も考えてませんでした。とにかく、主人が逝《い》ってしまってから、翔と生きていくにはどうすればいいかってことだけで、とにかく、がむしゃらでしたから……」

戸惑いながらの答えだったが、本音であることはわかる。しくじった。焦《あせ》りすぎた。

中岡は心の中で舌打ちした。じゃあ、どうしてデートに誘ったら出てきたんだよ。とも思うが、食事を子供さんも一緒に……と強引に喰いさがったのは中岡の方だということも思い出す。

「あはは……そうですよね。飯喰ってるときにこんな話して。非常識ですよね。気にして貰うと困るっス」

あわてて中岡は取り繕う。

「でも、これだけは言っておきたいっス。あの……お子さんの前で何だけれど、俺ァ、玲子さんのコト、結婚の対象として考えてます。でも、突然こんなこと言うと、気が重くなるといけないから、もうやめます。だけど、これだけ約束しといて下さい。玲子さんが困ったこと悩みごとがあったら何でも相談して下さい。金はないけど、一所懸命、俺も考えるっス。身体だけは、よく動くんで。あっ、もうやめましょう。楽しく肉喰いましょう」

もうやめますと言っておきながら、中岡は非常識の上塗りである。照れ隠しに肉を頬張ると、玲子は、深々と頭を下げた。

「そういうふうに私のことを考えて下さるということは、身に余ることだと思います。ただ、今の私は、死んだ主人のことが忘れられないでいますし、翔のことを考えるだけで精一杯でいるんです。だから——」

最後まで中岡は言わせなかった。

「わかります。でも、どんなときでも、俺、相談にのります」

道は遠い……と中岡は思う。

それで、その会話は打ち切りになり、もっぱら話題は、翔を中心にしたものに移った。

それまで、必死で肉にかぶりついていた翔もお腹《なか》が一段落したのか、積極的に会話に加わってくるようになった。

砂取小学校での翔が、どのような児童なのか。玲子が遅番の日に翔はどんな冷凍食品で夕食を用意しておいてくれるのか。小学二年生としては、驚くほど自立していることがわかる。

翔は、死んだ父親のことも、おぼろげながら記憶しているという。動物園で肩車をしてもらったことや、海水浴で水にどうやって浮くことができるか教わったことなどだ。

中岡は、そんな話を聞きながら、自分が父親になっていて、翔のような子供がいたら離婚していただろうか……と無関係なことを連想していた。

「中岡さんって、ぼくの知ってる大人とはちがうみたいだ」

そう、翔が評した。

見抜かれたのかと中岡は思う。何をやっても永続きしない。子供の頃から成績も兄に較べて悪かった。苦しいとすぐに弱音を吐く。放棄し、逃げだしてしまう。自分でも取り柄が何もないダメ男なんだと思っている。子供の目にも、そう見えるのか。

「そんな失礼なこと言ってはいけません」

玲子がたしなめた。

「いや、いいんですよ。どんなとこが？」

冷汗が噴き出そうになりながら、中岡は翔を庇《かば》った。翔はにこりと笑った。

「中岡のおじさんって、何だか、ぼくの友だちみたいだ。ワシは大人だぞって顔してないもの」

中岡はドッと緊張が解けた。

「そ、そ、そうスか？　は・は・は・は」

乾いた舌に生ビールを撒《ま》き散らす。

それから三人は打ち解けた会話を続けた。

「夏になったら、翔くんを海水浴に連れていくぞ」

と約束することも忘れなかった。

翔は、ワァッと歓声をあげたが、一瞬ふっと暗い表情を浮かべたことを、中岡は見逃さなかった。そういえば、初めて会ったときも会話が途切れるときも、この表情をこの子は時折見せる。

焼肉店を出た帰路、中岡は二人を水前寺公園近くの市営住宅まで送っていった。もちろん、懐《ふところ》と相談して、通町筋から市立体育館前まで市電を利用してのことだが。

二人を送った後、中岡は九品寺《くほんじ》四丁目の熊大《くまだい》病院近くのアパートまで夜道を歩いて帰った。今の相楽母子《おやこ》との食事のできごとに思いを巡らせながら。

相楽玲子は、自分に気を許してくれるだろうか。無駄骨に終わってしまうのだろうか。もう諦《あきら》めた方がいいのかなあ。いや、時間がかかっても、あの母子は必ず自分に心を開いてくれるはずだ。俺の気持ちは伝わったよな。

中岡は、アパートの鉄階段を昇った。二階の一番奥が、中岡秀哉の部屋だ。

おや？

自分の部屋の前に、子供が立っているのが外灯の微《かす》かな光で影として見える。今の時間に誰だろう。

「翔くんかい」

と中岡は声をかけた。返事はない。相楽翔とも似ているがちがう。

子供は丸刈り頭だった。短パンに白シャツだった。あっと、中岡は声を出した。そんなはずはない。

「そこで何してるんだ」

二十四年前に自分の身代わりに海で水死した兄がいるのだ。子供は笑った。

「秀哉が鍵《かぎ》かけてたから、ずっと待ってたよ」

5

中岡秀哉が、よく考えることに「何故《なぜ》自分だったのだろう？」という疑問がある。それは、何故自分が生き残ってしまったのかと言い換えた方がわかりやすい。

二十四年前の夏、大田尾《おおたお》の海岸で海水浴に家族で行った秀哉は、大波にさらわれた。それを救ったのが兄の優一だった。沖へ運ばれる秀哉を見つけ、自分の身の危険も顧みず優一は海へ飛び込んだという。結果的に、秀哉は生き残り、力尽きて溺《おぼ》れた優一はこの世を去った。

秀哉は、兄を尊敬していた。優一は、学校では神童とさえ言われていたし、秀哉に対しても、優しく接していた。成績も優一は学年でもトップだったし、秀哉の宿題も面倒がらずにつきあってくれた。両親も、優一に対しては多大な期待をかけていたと思う。その証拠に秀哉が両親から叱《しか》られるときは、いつも兄が引き合いに出された。「兄さんを見習いなさい」「優一には手がかからなかったのに」

自分のせいで、兄が生命《いのち》をなくしたのだという思いが、秀哉の人生での大きな精神的外傷となっている。あの水難事故で、自分が死に兄が生き残っていたら、皆が幸せになれたにちがいないのだという思い。

「生きてて悪かったね」「どうせ、ぼくは兄さんじゃないよ」。反抗期に何度となく秀哉が口にした科白《せりふ》だ。自分は駄目な人間だという思いと、いつか兄を超えるような一発を当ててやるんだという思いが交錯するようになったきっかけは、この頃のものだろう。

北九州にある駅弁大学を五年かけてやっと卒業したものの、自分で履歴書を見るのもうんざりするほどの遍歴ぶりだ。両親との交流も、勘当こそ受けていないものの、最初の結婚で反対されたことや、親の斡旋《あっせん》で勤めた会社の退職などが重なり、途絶えたっきりになっている。

鮒塚万盛堂の面接の時、近場で相談できる家族はいないと答えたほどだ。

だからといって思い出の中で、兄の優一は秀哉にとって悪いものではない。

小学校に入学して間もない頃、高学年の児童に校門の横で秀哉はいじめられかけたことがある。駆け寄って救ってくれたのが、兄だった。兄は秀哉を守った。相手は優一よりも高学年であり、体格も腕力も勝っていた。しかし、兄は身を挺《てい》したのだ。相手は手を上げることはせず、兄は対等な立場で相手を説得した。それでも、相手がおさまらない結果になると、「秀哉の代わりにぼくを殴れ」と兄は言った。上級生は二回、兄を殴ったが、それ以来、秀哉はその上級生にいじめられたことはない。

兄の優一は小学生の頃から、秀哉にとってすでに立派な大人だった。兄を尊敬したし、兄の前では緊張したし、それでも、困ったときは兄の姿を探していたのだった。

兄の死の後、自分が負け犬になろうとするたび、こんなときに兄がいればという考えを浮かべていた。

その兄が、昔の思い出の姿のまま、自分の部屋の前に立っていたなんて。

少年は、兄の外観だが、兄と呼びかけるには抵抗がある。そんな現実にはありえないできごとを否定している自分がいる。

ドアを開いて中岡秀哉は、兄を室内へと入れた。あわてて万年床をあげる秀哉に、優一は笑いながら「相変わらず、整理整頓《せいとん》は下手なようだね」と評した。

優一は壁に背を向けて膝小僧《ひざこぞう》を抱えて中岡の部屋を珍しそうに見まわしていた。

「気がついたら時代が変わってるんだね。ぼくは死んでたんだろう？」

事もなげに優一は言う。中岡は「あ、ああ」と答えながら、戸惑いが隠せない。さっきまで飲んでいたビールも完全に醒《さ》めてしまった。

「腹減ったなあ。ここは何か食べるものはないのか？」

「カップヌードルならあるけど。お湯沸かそうか？」

「ああ。それでいいや」

兄が答える。

間違いないと秀哉は思う。生きてる。この少年は兄だ。そして兄は幽霊なんかじゃない。顔も赤味をおびているし、話し口調もそのままだ。でも、何故、俺のとこなんだ。

八代《やつしろ》の親父《おやじ》たちのところではなく、この安アパートに還《かえ》ってきたんだ。この子供は兄にそっくりだが別人ではないのだろうか。このアパートも一年半前から住んでいるにすぎないのに。どうして兄が知っているんだ。誰かが、ビックリカメラで悪戯《いたずら》を仕掛けているのではないのか。

でも、俺にそんなことして、誰にどんな得があるというのだ。

「どうして、俺がこのアパートに住んでいるってわかったんだ」

優一は少し考えこむように頭を傾けた。

「そう、秀哉が波にさらわれるのが見えたなぁ。それで夢中で海に飛びこんだ。秀哉の髪の毛を摑《つか》んで必死で泳いだ。そこで記憶が途絶えてる。で、気がついたらここの階段の所に立っていたんだ。表札が出ていたから、ここが秀哉の部屋なんだとすぐにわかった」

自分でも、幽霊になったんだろうかって思った、と優一は屈託なく笑った。そして言った。

「うん、このカップヌードル。前より味が良くなっている」

何故、自分が蘇《よみがえ》ったのか、兄自身にもわからないらしい。

「よその郵便受けにあった新聞の日付けを見て驚いたんだ。昭和じゃなくて、平成になってたからね。西暦を見たら、ぼくの知っている時代の遥《はる》かな未来だ。だから、秀哉も、もう大人になっているんだとわかった」

「どうするんだ。父さんとこに明日でも帰るの？」

「いや、しばらく、秀哉といるよ」

　平然と優一は、そう答えた。

「待ってる間にいろいろ考えたんだ。何故、この場所に、ぼくが来たかってことさ。父さん、母さんの所でなく。何か、意味があるのかもしれない。父さんたちを驚かせないようにとか」

「でも学校は、どうするんだよ」

　秀哉は、会話の中で、一度も兄さんと呼びかけない。兄と呼ぶには矛盾が多すぎると思っている。

「うん。代陽小学校に戻っても、知らない顔ばかりになっているだろうし。ぼくも、この時代に来たばかりだから、秀哉に色々と教わってから、一番いい方法を考えるよ」

　俺の立場、わかってんのかい。そう言いたかった。まだ、最初の給料も貰《もら》ってない。自分一人で食べていくのさえ、ままならないんだ。扶養家族を作る余裕はないんだよ。明日は八代の松江町の家へ帰れよ。

　でも、言葉に出して言えなかった。少年が、その気でいるのなら、貧乏だけど、そうさせてやろう。優一に秀哉は逆らえない。

「こんなに、むさ苦しくっていいのかい？」

顔を上げると、兄の優一の姿が消えていた。

いなくなった。幻を見てたのだろうか。夢だったのか。嘘《うそ》だろう。どこかへ行っただけなんだろう。まだ、何も話してないじゃないか。幽霊だって、そんな唐突に消えたりはしない……。

次の瞬間、秀哉の両脇《りょうわき》に背後から手が差しこまれた。

「どうだ。秀哉。どうだ」

小さな手が、秀哉をくすぐり始めた。子供の頃から、秀哉はくすぐられることに極度に弱いのだ。それを知ってるなんて。秀哉は思わず叫んだ。

「ひゃあぁっ。やめてくれよ優一兄ちゃん。やめてくれぇ」

秀哉はのけぞって身悶《みもだ》えする。三十男が小学生の男の子にくすぐられ、涙を流して身体をよじる。

二十何年ぶりかだと思う。優一兄ちゃんは、ふざけるとき、よく後ろから近付いてくすぐりをかけた。やはり、この子は優一兄ちゃんだ。

小さな手の暖かみも、秀哉は感じることができた。呼びかたも〝兄ちゃん〟に変わっている。

二人でひとしきり室内をどたばたした後に、おたがい壁に寄りかかって荒い息を吐いた。

兄は、いつまでここに住むつもりなのだろう。いずれ、玲子にも紹介しなければならないときが来るのだろうか。兄とは紹介できないしな。年齢の離れた弟だと言うしかないだろうな。明日、会社に行ったら総務にも言っとかなきゃな。弟を引き取ったから、扶養家族が増えたって。

児島課長、どんな顔するだろう。

いや、ちょっと待て。まだ、まずいな。死んでた人間が蘇って家にいるってことがばれたら。どう常識的に考えても説明つかないものな。騒がれるかもしれないしな。

しばらく内緒にしておこうか。そうしよう。

荒い息を吐きながら、とりとめもなく、ぼんやりと秀哉はそんなことを考えていた。

「大人になるって、つらいことが多いんだろうね」

優一が、思いだしたように言った。

「ん、どうしてだよ」

「階段を上ってきたときの秀哉の表情さ。顔はあまり変わってなかったけれど、子供の頃、あんな表情は浮かべていなかった。心の中にいっぱいつらいことが染《し》みついちゃったんだろうなと思ったんだ」

「そうかなぁ。そう見えるのかな」

二人の間でしばらく会話が途絶えた。再び優一が口を開いた。

「秀哉は、ぼくが死んじゃったことで、ずっと心の負担を感じてたんじゃないのか。ぼくが死んだのは、自分のせいだと秀哉は自分を責めてたんだろ？」

「……――」心の中を覗《のぞ》きこまれたような気が秀哉はした。そんなことはない、と言えば嘘になる。虚を衝《つ》かれた感じだ。

「もう、負担に感じることはないよ」優一は続けた。「ちゃんと、ぼくは還ってきたんだから」

そう優一に言われて、これまでずっと心の片隅で瘤《こぶ》のように固まっていたものが、緩やかに融《と》け去ってしまうのが、秀哉は自分でもわかった。

知らずに、涙がぼろぼろと溢《あふ》れ出す。

優一は、大きく欠伸《あくび》した。

「さぁ、今日はもう寝よう。疲れちゃったよ。明日も会社なんだろ？」

その夜、兄弟は、二十数年ぶりに、一つの布団《ふとん》で眠ることになった。

6

隣の布団から、瑠美が声をかけてきた。

「パパ。まだ起きてるんでしょ」

すでに、午前零時を過ぎた寝室の闇《やみ》の中だ。雅人は、眼を閉じているのに、なかなか睡魔が訪れてはくれなかった。

「ああ」と雅人は生返事で答えた。

「やっぱりね。寝息をたててないから、そうだと思った」

妻の瑠美も、まだ寝つけないでいるらしい。死んだ父親の予期せぬ帰還で、二人とも頭の整理がうまくつかないでいるのだ。だから、頭の中が、妙に冴《さ》えきってしまう。

当の父親の雅継は、二十七歳も年上の母親縁と仏間で休んでいる筈《はず》だ。児島家は細長い旧家の間取りで、仏間は小さな庭を挟んで渡り廊下で行き来する離れだから、雅人夫婦の声が聞こえる心配はない。

「ちょっと電気をつけていい？」

「ああ」溜《た》め息に近い生返事を雅人は返した。

まぶしい光に雅人は、目を細めた。瑠美が立ち上がり、本棚からアルバムを一冊とり出して、雅人の前に置いた。

「まだ、お義父《とう》さんのこと何者だって、疑ってるでしょ」

「そうだな。当然だろ。ぼくは病院で父の死に顔を見てる。青白い蠟《ろう》人形の色だった。父親の死に顔ってのは、好きだった嫌いだったは別として子供には相当に強烈な印象を残すものなんだぞ。それに、市営の焼き場で、親父が焼きあがるまで、ずっとおふくろと待っていたんだ。カラカラの白い骨と灰に変わった状態ってのも子供心には焼きつくものなんだ。二十数年たった今でも、はっきりと憶《おぼ》えている。それだけの記憶を乗りこえて、突然に現れた人物が、父親だと信じろというのは、かなり抵抗があるんだよな」

「だと思った」

それから、瑠美は、おもむろにアルバムのページをめくった。雅人にも、見覚えのない古い布表紙のアルバムだ。

「パパが帰る前におばあちゃんが出して見せてくれたの」そう言って一つの写真のページを見せた。「これ、お義父さんが亡《な》くなる一カ月前に、皆で河内《かわち》にみかん狩りに行ったときの写真だって」

それは、初めて見る写真だった。母親と父親が仲良く、笑いながら、カメラの方を向いて、みかんにハサミを入れようとしていた。その間に小首を傾《かし》げ、棒つきのキャンデーをくわえた雅人自身が、きょとんとした眼でいる。母親の縁も若い。頭から首にスカーフを巻いている。父親は革ジャンパーだ。風が強いのか、髪が浮いていた。

「よく見て。それが、お義父さんの最後の写真だったからって。おばあちゃん、そう言った」

まちがいない。見れば見るほど同一人物だ。さっき、一緒に夕食をとった人物と。

「あの人物、ぼくの腹ちがいの弟じゃないのかなってのも可能性として考えたんだけど。ちがうだろうな」

瑠美は、一瞬、呆《あき》れたような表情を見せた。

「あのね。お義父さんが帰ってきたとき、これと同じ革ジャン着てたの。夕食のときはパパのトレーナーだったから、わからないだろうけど。あれは、おじいちゃんよ。お義父さんよ。間違いないわ」

雅人は、言いきれる瑠美が羨《うらや》ましかった。女は直感と情的部分だけで生きていける生きものなのだ。ところが、男はちがう。九割方、情的には信じても、一割、理的な部分が埋められないと納得できない性質がある。

とりあえず、瑠美がそう言いきるのなら、仕方がないなと思うしかない。表面的には。

でも、何故《なぜ》、親父なんだ。何故、親父が帰ってきたんだ。

雅人は、半年前にやめたタバコが、無性に吸いたくなっていた。

「どう思う」と瑠美。

「何が」

「お義父さんよ。いつ迄《まで》いらっしゃるのかしら」

「いつ迄って。ぼくに訊《たず》ねてもわからないよ。本人には聞かなかったのか？」

「まだ、帰ってこられたばかりだから、聞けないでしょ。お義父さんもそんなこと言わないし」

「お盆だったら、十三日に迎え火を焚《た》いて十五日に送り火焚くよな」

自分でも答えながら、雅人はトンチンカンな答えだなと思う。

「それは魂の話でしょ。お義父さん、生身で帰ってきてるのよ」

「ああ。そう言えばイースターってあったなあ」

「何よ。それ」

「キリストが処刑された後に、復活するんだ。復活祭のことだ。でも、あれは時期がちがうな。三月末から、四月初めにかけてだから」

「何で、そんなこと知ってるの？」

「高校がカソリック系だったから。マリストでホームルームのとき聞いたんだ」

「お義父さんは、イエス・キリストってこと？　普通の人間よ。神様じゃないわ」

「そうだな。で、何が言いたいんだ」

「これからのことよ。お義父さんが、このままずっと居続けるのなら、私たちどうしたらいいのかってこと」

「父さんがいたら迷惑か？」

「そんなことじゃなくって。お義父さんは、働き盛りで帰ってきてるんだから、また仕事をやるって言いだすわ。でも、戸籍上はお義父さんは存在してないのよ。不法入国した外国人と変わらないじゃない。それに、おばあちゃんとうまくやっていけるかしら。あんなに年齢が離れちゃってて」

「やはり、戸籍を復活させるしかないだろうな。おふくろとのことは、ぼくには何とも言いようがない。夫婦間のことだから」

雅人は、冷蔵庫から缶ビールを取り出し、ぐびぐびと飲むと、胡座《あぐら》をかいて腕組みした。

「そうだ。戸籍が復活したら、困ることが出てきた。隣のマンションな。あれ、おふくろは、父さんの生命保険金で建てたんだ。生き返ったら保険金返さなきゃならないんじゃないか。あれ、時効ってあるのかなぁ。二十数年前だし。知らないか？」

「知らないわ。でも、健康保険とか色々手続きするのも、戸籍がないとできないわよ」

「まあ、父さんの気持ちとかを無視して、勝手にこちらだけで色々と手配するのも、問題がありそうな気がするなぁ」

と、すると……。しばらくは、父親が蘇《よみがえ》ったことを隠しておいた方が、いいのではないのか。いつまで、こちらにいるか、わからないわけだし。

「愛の様子はどうだ」

愛の寝室は、二階にある。

「愛は、何だか、妙に機嫌が良かったわ。最近では珍しいわよね。いつも、ふさいでいたから」

「そうか……」

夫婦で話し合っていても、何にも解決にならないということだけが、確認できた。

「数日間は、様子を見よう。まだ昨日の今日だ。これからどうなるかもわからないし」

「そうだねえ」

瑠美が相槌《あいづち》を打ってくれたので、少々雅人はほっとした。

「それから、父さんが帰ってきたことは、しばらく親類にも近所にも内緒にしておこう。あまり騒がれたくないし」

「わかったわ」

「父さんが、ずっといるという見極めがついてからでも遅くはないと思うしな」

今夜のところは、一応の結論がでたなと、雅人は、ほっとした。と、同時に、あることを思いついた。

ひょっとしたら……。

ひょっとしたら、死者が帰ってくるという現象は、児島家だけに起こった特殊なできごとではないのではないか。

ふと、そう思ったのだ。

昼間、鮒塚万盛堂に勤務していて気にかかったできごとが、次々と脳裏に浮かび上がってきた。

朝の河山悦美の突然の欠勤。お客があって休むということだった。おばあちゃんがと言いかけて……。

それが、死んだおばあちゃんだったら。河山悦美も、はっきりと電話で言いづらかったはずだ。

昼休み、横山信子が目撃したという先代の社長そっくりの老人。あれも、先代の社長そっくりというよりも、先代の社長その人ではなかったのか。

いずれも、強引な推論だが、そう考えると、少しずつジグソーパズルのピースがぴたりと揃《そろ》っていくような気がする。いや、あくまでも推論だ。明日は、会社で自分からこの件に触れるようなことはやめておこう。あわてなくとも、少しずつ、何が起こっているのかわかってくるはずだから。

死者が次々と還《かえ》ってきているとしたら……。

またしても、高校時代の知識が蘇ってきた。

その教師は、倫理の時間にカソリック系の思想を披露した。大半は、午睡《ごすい》を招きそうな内容で雅人は受験勉強の束《つか》の間《ま》の休息時間として活用した。しかし、何故か、その教師の話したことを一つだけ今も記憶していた。

そのときのことだ。

そのときが来れば、すべての生者に加えてすべての死者が蘇る。そして神の審判を受けねばならないという。有罪か、無罪か。

それが「最後の審判」だ。

瑠美が「どうかしたの?」と尋ねると、雅人は「いや、何でもない」と答えた。

7

河山悦美は、その日は出勤していた。

「昨日は、どうしたの?」

雅人は、そう彼女に声をかけたが、返ってきたのは「すみませんでした。欠勤届は、課長の机の上に置いておきました」ということだけだった。

机の上の欠勤届には、「私用のため」としか理由は書いてなかった。雅人は、それ以上、事情を追及することはやらなかった。総務としては、社員の一人一人の事情まで把握しておく必要があるのだが、今は雅人自身にも父のことがある。心の中が、うまく整理できていない。そんな状況で事情を質《ただ》すのは、ブラインド・ポーカーをやるようなものかなと後ろめたさを感じることもあった。

遠くから河山悦美を観察する限りでは、やはりふだんの彼女よりナーバスになっているように思えた。仕事をしているときは、そうでもないが、ふと何かを考えこんでいたり、同僚から話しかけられて、はっと身を引くような行動を見せた。

ふと、自分も少しは行動がいつもとちがうのだろうかと雅人は思う。

営業の中岡秀哉も、いつもの張り切りぶりが見えなかった。朝の間だけだが……。

「おはようっス」と朝、雅人に挨拶《あいさつ》はしたものの、それ以上、話しかけてはこなかった。

雅人は、前夜の彼のデートが、不調に終わったのではないかと、推測した。

ただ、それも九時半過ぎ迄のこと。セールス用のサンプルを揃えていた中岡に一本の電話がはいった。

「女性からよ。女性」と中岡に中原奈々が、作った濁声《だみごえ》で伝えているのを聞いた。

中岡は、恐る恐る電話に出ていたようだ。だが、一瞬で態度が変容した。小声だったのが、声が総務まで響きわたる。

「いやぁ、昨日はどうもー。驚いたっス。会社にかけてこられるなんてェ。いや、嬉《うれ》しいっス。いや、職務中だからって全然、気にすることないっス」

聞いていて、「あのバカ」と雅人は思う。案の定、営業課長の寺本が「おい、中岡っ」と注意していた。だが、寺本課長の叱声《しっせい》も中岡にとっては何処《どこ》吹く風だ。右肩で受話器を押さえ、天井に顔を向け左手で左耳にボールペンを突っこみかきまわしている。

よほど嬉しい相手なのだろうと雅人は思った。中岡は舞い上がっていた。

「何事ですか？　え、相談したいことがあるって？　いやぁ、どんと来いっス。そんな暗い声出しちゃだめって。水臭いなあ。あは・あは・あは。じゃ、今夜うかがいましょう。翔くん、いい子ですよね。はいっ。はいっ。じゃ、今夜」

電話を切った中岡は、立ち上がり右手を前に急に突き出して「ヨシッ」と叫んだ。

雅人が、何が能天気に「ヨシッ」だよと呟《つぶや》くと、中岡は雅人の場所まで突進してきた。それから小声で言った。

「御礼、遅れました。昨日の五千円、役に立ちました。今の電話、彼女からです。相談したいことがあるらしいっス。うはは。うは。ローン会社からの電話と思ったら、これが、またよかった。うはは。児島課長のおかげっス」

文脈不明の御礼だった。

その後、中岡は外回りに出て行ったのだが、大沢水《おおそうず》常務の姿が見えなかった。大沢水常務が児島雅人の直接の上司になる。常務は、朝礼が終わってすぐ社長とともに外出したままだ。

大沢水常務は五十代後半のはずだ。熊本商業高校を卒業後、先代の頃に鮒塚万盛堂に入社して四十年近く勤めあげていることになる。

常務が所属している異業種研究会のパーティー運営の件で事務局から連絡があったことを伝えておかなくてはならないのだがと思っていると、内線が入ってきた。

「児島課長、ちょっと社長宅まで来てくれんか」

社長の自宅も会社の裏だから、内線でつながっている。大沢水常務は、社長とともにそこにいたらしい。

「はい。すぐ行きます」

社長宅へ行くのは、先代の不幸のとき以来二年ぶりのことだ。雅人は総務の河山に社長宅にいるからと言い残し、席を立った。

社の横の駐車場の奥の門をくぐり玉砂利を数メートル踏むと奇蹟《きせき》的に戦災を免れた古いつくりの玄関だ。三和土《たたき》に立って「児島です」と叫んだ。

すぐに先代社長の妻である鮒塚シメが玄関に現れた。もう七十代半ばのはずだ。髪を紫色に染めているが、背筋はまだまっすぐに伸びている。おっとりとした口調で言った。

「すみませんねぇ。忙しいときにお呼びたてして」

庭伝いの廊下を進み、奥座敷へ通される。白い花が数輪残った肥後椿《つばき》の枝でメジロが鳴いている。市内中央部で、まだこんな自然の風情《ふぜい》が残っているのかと雅人はあらためて驚かされた。

座敷には、三人が座っていた。大沢水常務が、雅人に座るように言う。

座っていたのは、鮒塚社長、大沢水常務、そして予感どおりの人、先代の鮒塚重宝社長だった。死者の帰還は児島家だけじゃない。

「遅くなりました」

雅人は言った。常務は、意外そうに言った。

「児島課長は、驚かないな。私は社長に呼ばれたとき、息が止まるほど驚いたんだが」

「いえ、十分に驚いています」と雅人は答える。「しかし、一年前とお変わりなく……」

鮒塚社長は、腕組みをしている。先代は痩《や》せているが、現社長はずんぐりがっちりの大顔面だ。目が細く平板な顔なので、ほとんど感情の変化が読みとれない。だから、雅人は状況が今一つ推測できない。

大沢水常務が代わりに口を開いた。

「先代は昨日、お帰りになられたそうだ。ま、ある種の奇蹟が起こったわけだ。社長から相談を受けて今迄《いままで》、三人で打ち合わせしていた。事情が事情なんで、会社で打ち合わせるわけにもいかなくてね。だから、先代が帰られたことも、今の段階では社内でも伏せておいてもらいたいんだが」

「わかりました」

雅人は、そう答えたが、自分の父親の件についても、まだ話すべきではないと思っていた。

「で、先代が、どのようなことをお考えになっているにしろ、先代の法的な復活が必要になってくる。児島課長にお願いしたかったのは、これから市役所へ行って死亡届の取り消し手続きを調べてきてもらいたいということなんだ。市役所では、まだ、鮒塚家という具体的な名前は出さないでくれ。手続きに、どの程度時間的にかかるか、必要書類は何かとかそういうこと一切だ。先代が社会的復帰ができるには、最低、何が必要かということで。もし……簡単にいかないようだったら、名乗っていなければ他の手を使うことも考える」

「他の手ですか」

「政治力を使うということも含めてさ」

常務は、そう言うと、先代を振り返った。心不全で死んだはずの先代の血色は良かった。先代は常務の言葉に大きくうなずく。

「児島くん……だったな」

先代、鮒塚重宝が、口を開いた。数年前、生前の先代と同じ口調だった。

「は、はい」

「二年前の、私の社葬のときは、大変、お世話になったようだな。さっき、息子からも、大沢水くんからも聞かせて貰《もら》ったよ。ありがとう。今回、また黄泉《よみ》の国からこんな形で帰ってきてしまったようだが、よろしく、また頼みますよ」

二年前に亡くなった先代は、自分の父よりも鮮明に雅人の記憶の中にはあった。だから正面に向かいあって言葉を交わすと、その口調も仕草も先代その人だとはっきりとわかるのだ。ただ、生前のときより、何だか穏やかになって帰ってこられたような気がする。

「おそれいります」

そこへ、先代の妻が、おっとりとお茶と菓子を持って座敷へ入ってきた。

「児島さん、驚かれたでしょう」

「は、はあ」

雅人の前に茶を置く。

「昨日は、もう皆、びっくり仰天ですよ。信じられないことって、あるんですねぇ。簞《たん》笥《す》の奥にしまっていた服とかあわてて引っ張り出しましてねぇ。ちゃんと手入れを欠かしてなかったから、立派に着られますでしょう。こんな風に使えるとは思ってませんでしたからねぇ。社長は体型が全然ちがうから、どうしようと思ってたんだけど。社長だけは、何かむすっとしちまっててねぇ」

鮒塚社長がやっと口を開いた。

「母さん。色々、会社の方の打ち合わせやってるんだから、向こうに行ってて下さい」

「はい、はい」

鮒塚シメは、おっとりとした足取りを変えることもなく座敷を去る。

「じゃ、私は、早速、市役所の方へ行ってきます」

「ああ、私たちは、今後のことでまだ打ち合わせることがあるから、ここにいる」

雅人が立ち去ろうとしたときは、すでに三人は次の話し合いに移っていた。

社を出るとき、経理の横山信子が、眼で自分を追っていたことを思い出した。その眼は「まちがいないんだから」と言っていたのだ。

そして、それは当たっていた。

8

研修中の職員、三田洋美《ひろみ》は、すぐに情動失禁状態に陥ってしまう。彼女は市役所市民課窓口に座っていた。

「家族が帰ってきたけん異動届を出します」

と中年男がやってきたのが最初だった。

「こちらの用紙に記入して下さい」

洋美は、白い住民異動届の用紙を渡した。中年男は、用紙を受け取り書類記入用の台で書きこんでいた。しかし、何度か頭をひねると窓口の洋美のところへ戻ってくる。

「よう、書きかたが、わからんけん」

洋美は、項目をチェックした。異動日、届け出日は今日の日付になっている。届け出人は、世帯主に丸。名前も印鑑も電話番号も記載されていた。

「異動する人全員を記入してください」の欄に大正十三年生まれの女性名があった。世帯主との続柄は「母」になっていた。

別居していた母親を引き取って同居することになったのだろうと洋美は推測した。

「これで良かつかなあ？」

中年男が問う。

「転入ということですね。転入される方の以前の住所は、どちらになるんでしょうか？」

洋美は尋ねた。

「おふくろは死んどったつ」

と中年男。

「は？」洋美は、頭の中に大きなクエスチョンマークを浮かべた。

「今朝、生き返ったつ。だけん、届けにきた」

洋美は、カーキ色の作業着を着た目の前の中年男が頭に変調をきたしている人物なのだと確信した。ときどき変な人が窓口に訪ねてくるということを他の職員から聞かされたことがある。ある人物は熊本市庁舎の屋上から電波を発信して自分の頭の中を洗脳しようとしているからやめてくれと怒鳴りこんできたり、有名なアイドルタレントと昨日、結婚したから婚姻届を出したい。妻はスケジュールがあかないので自分一人で来ているのだが、といったものだ。

今、目の前にいる中年男も、一見、平凡そうに見えるが、アブナい人なのかもしれない。そう考えると、皮膚の表面が粟《あわ》状に縮んでいくのがわかった。どうしよう。どうしよう。

このようなときの対応は、わからない。

全身をこわばらせつつ、「しばらくお待ち下さい」と引っこみ、端末機の前にいた職員の村上俊《しゅん》のところへ走った。彼は戸籍担当の係長だ。

「どう答えるといいんですか」

洋美の声はビブラートがかかっている。恐怖のためだ。

「それ、どういうこと」

村上が眉《まゆ》をひそめた。

「どういうことって」

洋美は中年男から受け取った住民異動届を村上に差し出した。

村上は、「ちょっと確認しよう」といって端末機を叩《たた》いた。

異動届を出した中年男の戸籍が画面に現れた。確かに中年男の母親の名には×印がかけられ、死亡による抹消となっていた。

「四年前に死んだことになってるよ。この人」

そう言いながら、村上の頭をよぎったのは戸籍の入力ミスだ。同姓同名の他人の死亡届を間違って入力したのではないのか。

だとすれば……。村上の胃が重くなった。

肥之國日報の記事で、入力ミスによる固定資産税の取りちがえや、住民税の取りすぎが騒がれたことが脳裏に蘇《よみがえ》っていた。

ここでまた……。戸籍の入力ミスがあったとしたら。

「ええ、その方もそう言っとられますから」

村上は、少しほっとした。少なくとも戸籍の入力ミスではないようだ。

「じゃ、ぼくが話そう」

村上が立ち上がり、窓口へむかう。窓口には中年男の他に、二人ほど現れ、中年男の後ろで順番を待っている。

「じゃ、三田さん、後ろの方の応対をお願いします。今の方、ちょっとこちらへ」

村上は、窓口の横にずれ、中年男を手招きした。

「わかったかいた」と中年男。

「いえ、手続き上の説明を申しあげようと思います。すでにお母さんは、四年前に亡《な》くなられて正式な死亡届を出されて、戸籍が抹消されていますよね」

村上はできるだけ、ていねいな口調で応対する。

「おお。四年前だろ。出したたい」

村上は、その答えに満足し、うなずく。

「で、死んだお母さんが帰ってこられたから抹消された戸籍を復活させたいと、そういうことですね」

村上は言葉を選んでいた。そんな馬鹿《ばか》なとか、嘘《うそ》でしょうと言えば、変わったことを言う中年男を逆上させかねない。疑いを持っていないという態度で接して納得をして貰わなければならない。

「ただ、残念ながら、窓口で抹消された戸籍の復活はここではできないんです。戸籍法という法律がありましてね……」

「何ができんてや」

中年男が、静かに言った。そのとき、村上の横で洋美に相談している会話が同時に耳に入ってきた。

老人が洋美に言っていた。

「家内の死亡届を取り消したいのですが。必要な書類とかを教えて頂きたいのですが」

白髪の上品そうな紳士で、とても気が触れているようには見えない。

村上と洋美は、一瞬、顔を見合わせた。

？？？？　二人の眼に、そのマークが同時に浮かんでいた。

——この二人、組んでいるんだろうか？

村上は、無意識に言葉を呑《の》みこんでいた。

「なして、できんとや!!」

村上は大声に、はっと我にかえった。中年男が、窓口カウンターを両手でばしっと叩いたからだ。中年男は、またしても叫んだ。

「何の法律か知らんばってん、死亡届はちゃんと受けとっただろうが。その本人が生き返ったんだから、死亡届は取り消さないかんだろうが」

その声は、市民課いっぱいに響きわたった。すると、その声が合図になったのか、書類申請の待ち合い椅子《いす》に座っていた人々が、次々と立ち上がり、カウンターに押し寄せてくる。

洋美が相手していた老人も、中年男に「おお、お宅も家族が蘇られたのですか」と驚いた様子でいる。

新たな人々が、カウンターまわりに集まり収拾がつかない状態になった。集まってくる人々は、申請を出すべきか市役所まで来ながら迷っていたのだろう。

「応援を頼んで。一人じゃとても捌《さば》ききれない」

洋美は泣きべそをかきながら、はいと、走り去った。

「ここで死亡届の取り消しはできないよ」

市民課課長補佐の滝口嘉隆《よしたか》は言った。

「はい、村上さん、そう説明してたんですが、皆、押しかけてきて」

洋美は両頬に幾筋も涙の痕《あと》をつけている。滝口が、窓口を見ると、黒山の人だ。津波が押し寄せてきたように見えた。

「皆が皆、死人が生き返って死亡届を取り消したいって人たちなのか？」

「そうみたいです」

市民課の数人が立ち上がり、村上の手助けに窓口へ向かう。だが、系統だてた作戦がたてられたわけではない。パニック状態に変わりはなく、

「順番でお願いします。ならんで下さい」

と叫ぶことしかできない。

課長補佐の滝口は、戸籍の神様と呼ばれた男だ。個別の対応であれば、法に則《のっと》って、ケースごとに解決していくことができる。しかし、このような異常な申請が集中するとなると……。何故《なぜ》だろう。

滝口は、先《ま》ず、集団による、あるいは組織による熊本市への嫌がらせの可能性を考えた。

――オンブズマンの情報公開要求と関係あるだろうか？

——西回りバイパス関連？

——浜線バイパスの土地取得に関して？

脈絡なく、脳裏に浮かんでは消えるが、どれも当てはまりそうにない。目的が見えてこないのだ。

五福市民センター長を退職して現在、市民課の嘱託をやっている大山が言った。

「他の県庁所在都市の市民課に似たような事例が発生していないか、問い合わせてみましょうか？」

「あ、お願いします」

窓口の混乱は、まだまだ続いていた。これでは、通常の窓口業務は、停滞したままだ。

滝口は立ち上がり、課長に頼んだ。

「このままだと、窓口が渋滞します。彼らを別の場所に移して応対した方がいいと思いますが」

「ああ、それで対応してください」

滝口は人数を見積もった。とても一階の市民交流サロンでは入りきれない。総務課に連絡をとると、不在者投票に使われたりする市役所別館の八階が使用できるという返事があった。

課長に、その旨《むね》を報告して、滝口は、窓口へ進み、申請者たちに告げた。大声で。

「皆さん、大変お待たせして申し訳ありません。死亡届の取り消しで来庁頂いた方は、御足労ですが、状況の聞きとりをさせて頂きたいと思いますので、市役所別館の八階へお移り下さい。場所は、係が誘導致します」

二十代の職員が二人、機転を利《き》かせて市民たちを誘導していく。滝口は、戸籍係長を含め五人の職員を聞きとりに指名した。最初の説明は自分がやりますと滝口は言った。

嘱託の大山が調査結果を滝口に報告した。

「九州内の県庁所在市の市民課に問い合わせましたが、他所《よそ》では、まったく、こんな例は起きてませんな」

それが当然だろう。

9

児島雅人は、鮒塚万盛堂の本社から手取本町《てとりほんちょう》にある熊本市役所まで歩いて行った。時間は午後一時半を回っていた。

一階正面入り口から一番近い窓口が、市民課になっている。ここには約六十五人の職員がいて、戸籍、身元証明、印鑑登録証明をはじめ死体埋火葬の許可、市民サービスに関することまでを受け持っている。

雅人は、相談するのなら、ここしかないと思っていた。社長の印鑑証明なども、よく取りに来る。諸手続きを受けに来る市民たちで、いつも活気に溢《あふ》れた場所なのだ。

だが、今日は、少し様子がちがっていた。

四十人ほどの年齢も職業もばらばらな男女が窓口にびっしりとへばりついていた。

5番の〈住民異動・印鑑登録〉の窓口と、6番の〈戸籍の届〉と書かれた窓口だ。カウンターの中では、十名ほどの職員が対応しているが、多勢に無勢。とてもこなしきれない。

5番窓口には看板が出ていた。


——この時期は、大変混雑しているため入力作業に時間がかかります。

本日、異動届を出された方の諸証明（住民票など）の発行は（　）日となります。

ご了承ください　　　　　　　　　　　　　市民課——


雅人は、その状況をしばらくポカンと眺めた。それから「この時期は、大変混雑している——」と呟《つぶや》いた。

しかし、そこでいつまでもポカンとしていても埒《らち》があかないと思い、群衆の背後に近付いた。

人々と職員たちは、てんでんばらばらにやり取りを繰り返している。

「じゃあ、どの窓口に行けば受け付けてくれるんだ。はっきりしろ！」

そう怒号を放った男は、カウンターを叩く。

「間違いなく、ウチの人は生き返ってるんですよ。本人も連れてきてますよ。指紋でも何でも調べて下さいな」

老婆《ろうば》が、裏返った声で、職員に訴える。

職員たちの声も、すでに叫び声に近くなっている。

「いや、調査が必要だと申しあげてるんです。即座に戸籍を復活させるわけには、いかないんです」

「じゃあ、どうすればよかと？」と若い男。

「手続きが必要になると思います。あまり、前例がありませんので」

「おう。手続き。よかよ。手続きやるよ。印鑑も持ってきとるけん。どんな手続きばすると、はよ受け付けてもらえると？」

「そ、それは――」

対応する職員たちの背後で、胸に「研修中」の札をつけた若い女が、おろおろと泣きべそをかいている。

児島雅人は驚いた。この市民課の窓口に殺到している数十人は、すべて家族の誰かが、黄泉の世界から帰ってきた人々なのだ。そして、市民課は前例のないできごとに、どう対応すべきか結論を出していない。

死者の復活は、児島家や、鮒塚前社長だけではないらしい。雅人も父親の復活に関しては今のところ届を出すにはためらいがある。鮒塚前社長に関しては社命だから市役所へ来たわけだ。とすると、まだここへ訪れていない潜在的な復活した家族は、この数倍……いやひょっとして数十倍いるのかもしれない。

眼鏡をかけた管理職らしい男が出てきて、皆に伝えた。状況を把握したいので、個別に聞きとりをやるという。会場は市役所別館の八階に設けたということだった。

やはり、すんなりと戸籍が回復するということはないのだなと、雅人は実感した。死者が戻ってくるということは、古代より、ありえないできごとなのだ。その、ありえない状況が現実に発生したとすれば、行政が現実を先ず疑ってかかるのは当然だろう。

どうしようかと、雅人は迷った。しかし、常務には、市役所の対応及び経過について報告する必要がある。市役所別館へ行くだけは行ってみよう。

別館のエレベーターから降りると、広間には、既に椅子がならべられており、二十名近い人々が腰を下ろしていた。空いている椅子に雅人も座る。その後も人々はさらにふえ、ほどなくして市民課の窓口で申請者たちを案内した眼鏡の管理職らしい男が前に立った。

「皆さん、御足労頂きまして申し訳ありません。私は市民課の滝口と申します。本日は窓口で死亡届の取り消しというあまり例のない申請が集中しましたので、通常業務との輻輳《ふくそう》を避けるために、このような形をとらせて頂きました」

中年男が、叫ぶ声が響く。そぎゃんとは、わかっとる。はよ、せんかい。滝口と名乗った市の職員はその声に一回大きくうなずいて続けた。

「ただ、法律で戸籍法というものがございます。戸籍の訂正に関しては、その第一一三条に、違法な記載又は錯誤の訂正の項目があります。それは、こうです。戸籍の記載が法律上許されないものであること又はその記載に錯誤若《も》しくは遺漏があることを発見した場合には、利害関係人は、家庭裁判所の許可を得て、戸籍の訂正を申請することができる。ということです」

市民たちは、ぽかんと口を開いた。中年男だけが、「意味がわからんぞ」と返す。

「つまり、いったん死亡届が出されている場合、以後の戸籍の訂正の権限は市にはないわけです。これは法務省の管轄《かんかつ》になります。市長あてに戸籍訂正申請を出すことになりますが、その前に法務局及び家庭裁判所の戸籍訂正許可の審判が必要となります。その結果を以《も》って戸籍が訂正されるわけです。しかし、本日は、とりあえず熊本市としても皆様の個別の状況を把握しておきたいと思います。これから、順番に聞きとりを実施致しますのでよろしく御協力をお願いします」

――じゃ、今日は戸籍は戻らないんだな。

――市役所の方から、法務局への手続きはやってくれないのか？

――家庭裁判所って、どう申請すればいいんですか。

そんな質問が相次ぐ中、見切りをつけて立ち上がり、出口へ向かう者もいた。雅人も席を離れエレベーターへ向かう。市役所の現在の対応状況だけを大沢水常務には報告すればよいと考えたからだ。先代鮒塚社長に関しては、他人の自分が語るべきことではない。

「やっ。児島ぁー。そうだろう」

と声がした。

ギョロギョロ眼玉の男が立っていた。小学校、中学校と同級だった川田平太だった。

「あっ、カワヘイか」

雅人は片手を挙げた。子供の頃から彼をそう呼んでいた。独特の風貌《ふうぼう》で、とぼけた物言いをするが、言ってる内容はけっこうキツかったりする。今、肥之國日報の社会部記者の筈《はず》だ。雅人とは同い齢《どし》だが、独身である。ときおりカワヘイと雅人は飲みにいったりするのだが、そのとき、何故、結婚しないんだと質《ただ》すと、「俺は大器晩婚だけん」とヘロリと答えるのが普通だった。それから「今年中に結婚するけん」と続け、「今、見つけよるけん」と結ぶ。何となく服のセンスがちぐはぐなのだが、これは未《いま》だに彼女に恵まれていない証左なのだろう。

「児島んとこも誰か生き返っとっと？」

カワヘイは、眼玉を剝《む》き出し、伸びた髪に指を突っ込みポリポリと掻《か》く。外から差し込む光の中でカワヘイのフケが、ふわふわと舞い上がるのが見えた。数日間、風呂《ふろ》に入ってないのかもしれないと雅人は思う。

カワヘイは、すでに死者の蘇生《そせい》現象を嗅《か》ぎつけているのだ。

「ぼくは、会社で総務やってるから、社員の家族のことで、状況を知りたいと思って来てるんだけど」

そう、雅人は言葉を濁す。

「肥之報にもそんな情報が入ってるわけか？」

逆にカワヘイに問い返してみた。

カワヘイは首を横に振る。

「まあだ、まだ。ばってん、情報の入ったけん来てみたと」

「地獄耳だな」

「なあん、俺が情報ルートは特別だけん。すーぐ、県でん市でん内部から入ってくるごつなっとるけん」

カワヘイは、こともなげに、そう返す。

「ばってん、信じられんねぇ、死人の帰ってくるて。ありえんこつだもん。ありえんこつの起こると行政は小回りは利かんけんネ。熊本市が、どぎゃん対応するか、楽しみたい」

　カワヘイはギョロ眼をそのままに口許《くちもと》だけで笑った。

「死者が帰ってくるって……原因はわかってるのか？」

「わからん。まだ、何もわからん。これからが取材たい」

　それはそうだろう。カワヘイも、たった今、事態を知ったばかりの様子でいるのだから。カワヘイは、付け加えた。

「児島とは、最近な、いっちょん飲んどらんけん、いっぺん飲もか」

「ああ」

「ど、取材しようかね。多分、こら氷山の一角ぞ」

　バッグからノートを取り出す。

「え？」

「死人が還《かえ》ってきて市にすぐ届くって百人に一人くらいだろうもん。普通はびっくりするだけで届けはせん。この人たちが嘘《うそ》言いよるとじゃなかなら百倍以上、生き返りのおるぞ。なら、また連絡するけん」

　カワヘイは、会場内へ潜りこんで行った。

吸い寄せられるかのように、〝彼〟は、その惑星に着いた。

その惑星は、地表に信じられないほど濃厚な大気を持っていたため、地表へたどり着くまで、高密度な身体《からだ》に縮小していた〝彼〟の表面は、その大気との摩擦で数万度の高温に上昇した。しかし、〝彼〟は正確に〝力〟の存在位置を探知し、目的の座標に激突したのだ。

高密度化していた〝彼〟にとって地殻は、柔かなプリン状物質に過ぎなかった。そのまま地下一キロメートルまで沈みこんだ〝彼〟は〝力〟を抱えこんだ。瞬時に〝彼〟の身体は〝力〟を吸収し、拡大した。〝力〟の一部は〝彼〟の身体から逃れ、比較的微弱なエネルギーとして地表へ震動を伝えたのだが。

だが、〝彼〟が広大な空間を再び放浪するためには、まだ十分な

〝力〟であったわけではない。次の〝力〟の発生までに、そんなに時間を要するわけではないと〝彼〟は予知していた。漂っていた時間に較《くら》べれば、それは瞬《まばた》きの間に等しい。

それで、〝彼〟は待つことにした。

その惑星の地中で。

到着したときには砂粒ほどだった身体を、今は、数百万倍にも広げて。

次の〝力〟の発生を、静かに、ひたすら静かに。

そこで〝彼〟は自分のいる場所が、これまでの環境とは凄《すさ》まじく異なることを知る。

刺激がある。

何かの存在が、拡大した〝彼〟の身体の表面に刺激を与えてくる。それが、無数の思念であることが、〝彼〟には、わからなかった。だが、これまでにない体験が、〝彼〟の身体に変化を与えているような気がする。

変化は、劇的だった。

〝彼〟は感じたこともない知覚を持った。

視覚。聴覚。触覚。嗅覚《きゆうかく》。
まず、一つ。そして二つ。三つ。四つ。そして無数の視覚。無数の知覚。
これは、何だ。何を感じている。
〝彼〟は、今は黙って、経験のない知覚にひたすら馴《な》れるしかない。

10

それは、相楽《さがら》玲子にとって夢にまで見たできごとだった。かなうことがないとわかっていて、何度望んだことだったろう。

四年も前の梅雨の頃だ。

それまでは、日々が幸福の連続だった。夫の周平はやさしかったし、玲子の興味の中心といえば一人息子の翔の成長についてだった。思い煩《わずら》うことは、その夜の献立を何にするかという類《たぐい》のことだけだ。

そのとき、日常がひっくり返った。

会社からかかってきた一本の電話によって。電話は、相楽周平の上司からで、玲子は、相手の言っている意味が、最初、よく摑《つか》めなかった。

御主人が事故に遭われました。今、済生会病院に運ばれています。というものだった。玲子は、どちらにおかけですか？　と先《ま》ず尋ねた。間違いではなかった。眩暈《めまい》を感じていた。声は裏返り、ケガはひどいんですか？　と尋ねた。はっきりしたことは、わからない。社でも連絡を受けたばかりで。今から我々も病院へ走りますという返事があった。

玲子は、幼稚園から帰ってきたばかりの翔の手を引いてタクシーに乗った。何かのまちがいに違いない。頰に絆創膏《ばんそうこう》を貼《は》った周平が、苦笑いしながら、「今日は厄日だったよ」と言ってくれるはずだ。そう言いきかせながら。

病院でのことは、ほとんど記憶にない。ベッドに横たわった夫の周平は、内出血のためどす黒く変色し、顔を膨れさせていた。しかも生の証《あか》しは何も残っていなかった。医師の説明を受けている途中で玲子は、意識を失った。

印刷会社の営業に出ていた相楽周平は、浜線バイパスで、中央線を越えてきた砂利運搬用のトラックと正面衝突したということだった。原因はトラック運転手の居眠り運転だ。周平が乗っていた軽乗用車は原形をとどめないほどにひしゃげてしまったという。

玲子は、しばらく泣き暮らした後に、ある日、突然、決意を固めた。残された翔のために。何がなんでも、自分の手で育ててあげてみせると。

親元にすがることは、意地でもやらなかった。もともと両家の親たちの反対を押し切って結ばれた二人なのだ。

周平の退職金や弔慰金、それに事故の賠償金が、二千万円弱入ってきたが、それは、ゆくゆくの翔の学費に必要になると考え、手をつけないことにした。それから、何とか玲子の収入だけで二人ぎりぎりの生活を支えてきている。玲子は翔と生きていくということだけしか考えなかった。

周期的に、周平に頼ることのできない寂しさが、襲ってきた。「何で、あんなにあっけなく逝《い》っちゃったの。私と翔を残して」それが呪文《じゅもん》のように幾度繰り返されたことか。生活のパターンも変えざるをえなかった。広めのアパートから、市営住宅へと移った。習いごとはすべてやめ、昼は古本屋に勤めた。夜は友人が回してくれる英語論文の下訳のバイトをやった。

挫《くじ》けそうな気持ちになることは、何度となくあった。そんなとき、夢の中に夫の周平が出てきてくれる。周平は「つらい思いをさせたけれど、あれは夢だったんだよ」と言ってくれる。しかし、それは嘘《うそ》なのだ。その証拠に次の瞬間、目が醒《さ》めていることが多い。闇《やみ》の中で、玲子は声を出さずに泣く。

その朝、翔を小学校へ送り出した後、玲子は、洗濯物を干していた。勤め先の古本屋は、火曜日が定休日になっている。この二、三日、雨が続いたから、この機会にと、籠《かご》の中の溜《たま》っていたものをまとめて洗ってしまった。

ベランダに干しながら、ぼんやりと、昨夜中岡に焼肉を御馳走《ごちそう》になったことなどを思い出していた。

中岡さん、私に好意を持ってくれるのはありがたいけど、これ以上おつきあいするのは悪いかもしれないわね。私、もう周平以外の男性との結婚なんて考えもよらないし。でも、中岡さんって、何でも相談にのりますって真剣な顔で言ってたけど……。どういうふうに私、受け取ったらいいのかしら。悪い人じゃないみたいだけれど。翔にも父親はやはり必要になってくるのかしら。でも、中岡さんって私にとっては、男性として意識する部分はあまりないし……。

玄関のブザーが鳴った。

誰だろう。新聞の集金は、もう終わっているはずだけど。セールスとかだったら厭《いや》だわ。

玲子はチェーンを付けて、ドアを薄く開いた。

男が立っていた。

玲子は、口を大きく開いた。

先ず恐怖だった。ありえない人が立っている。見まちがえるはずのない人だった。

四年前に死んだ夫の相楽周平だ。

周平は、玲子を見て白い歯を見せて笑った。玲子は、反射的にドアを閉めた。

この世でありえないことが起こった恐怖が、玲子にそうさせたのだ。

どうしたらいい。どうしたらいいの？

外に立っている、あの人は誰なの？

周平にそっくりのあの人は？　幽霊？　そんな非科学的なことってないわ。

玲子は、台所にまで逃げていた。テーブルの上の名刺をとって、電話機に走る。

困ったときは何でも相談にのるって言ってくれた。ナンバーを押すと、女性が出た。

「鮒塚万盛堂です」

「相楽と申します。中岡さんをお願いします」

自分の声が震えているのがわかる。

「はい中岡です」

中岡の声だ。ぼそぼそっとしか聞こえない。

「相楽ですが」

そう言うと、中岡の声のトーンが急変した。早口で何やらまくしたてる。

「――で、何事ですか？」

「ちょっと、御相談したいことがあるんですが」

中岡は、今夜うかがうと言った。今夜では遅すぎる。今、なのに。今、どうすればいいか……。

電話は切れた。受話器を置いた。

またブザーが鳴る。

玲子は怪談の短編を思い出していた。ジェコブスの「猿の手」という話だ。願いごとのかなう猿の手のミイラに死んだ息子の復活を願う話だ。願いはかない、死者は蘇《よみがえ》りドアを叩《たた》く。だが、あれほど望んだはずなのに、恐怖でドアを開くことはできない。

玲子は覚悟を決めた。ドアに近付く。再びゆっくりと開いた。周平である筈《はず》がない。

「どなたですか？」

そう玲子は尋ねた。

男の顔が覗《のぞ》いた。周平だ。顔は腐敗もしていないし、蒼白《あおじろ》くもない。それどころか、乳児のように生まれたての肌艶《はだつや》さえ備えている。

「ただいま」と男は言った。「何をびっくりした顔しているの」

周平本人だ。玲子は確信した。周平以外にこんな話し方はできない。幽霊でも死霊《しりょう》でもない。何故《なぜ》だかわからないが、夫の周平が、まったく生前と変わらない様子で帰ってきたのだ。新たな引っ越し先であるこの市営住宅を探し出して。

「ちょっと、待って」

玲子はチェーンをはずして周平を中に入れた。部屋の中に立った周平は、四年前の事故の日から、まったく変わってはいない。

立ったまま、部屋の中を見回していた。

「前のアパートより、ずいぶん狭いなぁ」

玲子は、しかし、こう尋ねるしかなかった。

「あなたは、誰？」

「玲子、どうしたんだ。本当にぼくがわからないのか？」

「周平なの？　パパちんなの？」

パパちんとは、翔がかつて周平を呼ぶときに使っていた愛称だ。周平は大きくうなずいた。

「周平、ほんとは生きてたのね。あれ、何かの間違いだったのね。どこにいたの？」

「どこって……。浜線で車を運転してて、トラックが急に真正面から走ってきて、ぶつかった。気を失っていたか、眠っていたのか。気がついたら、この部屋の前にいたんだ」

「傷は……。後遺症とか、何ともないの？」

周平は、不思議そうに自分の両掌《りょうて》を見た。

「何ともないよ。頭も痛くないし。少し、腹がすいたくらいかなぁ。翔は？　翔はどこだ」

「今、学校に行ってるわ」

「学校？」周平は、驚いていた。「学校って、今は幼稚園だろう」

「今、砂取小学校の二年生よ」

「二年生……。四年経《た》っているのか。何故、ぼくは四年間いなかったんだ」

「何故って……。周平は四年前に交通事故で死んじゃったのよ」

周平は、一瞬、ぽかんとした表情を浮かべた。

「ぼくは……死んでたのか……。それで家も移ったんだな」やっと周平は状況が理解できたようだった。それから、まじまじと、玲子の顔を凝視した。

「玲子。少し瘦《や》せたんじゃないか。いや、ちょっとやつれたのか」

玲子は思う。まちがいなく周平だ。周平はときどき、こんな無神経な物言いをすることがあった。悪気はないのだが。だが、今度は恐怖に代わって怒りがこみあげてきた。

「四年間もほっときゃ、やつれもするわよ。周平の馬鹿《ばか》ちん。私の苦労も知らないで」

玲子の感情が爆発した。何度も拳《こぶし》で周平の胸を叩き、それからその手は胸にすがりついた。

「つらかったんだな」と周平が言った。

玲子は、そのまま大声で泣きだした。

11

中岡秀哉は、アパートに帰ると、コンビニの袋からのり弁当を出して優一に渡した。

「ごめん、兄ちゃん。今のぼくの収入じゃ、たいしたもの買えなくって。晩飯だ」

優一は、ありがとうと言って弁当を受け取った。

「兄ちゃん、今日は何してた。ずっと部屋の中にいたの？」

優一は大きく首を振った。

「九時過ぎまでテレビを見ていた。それで、その後、この近くを探険してまわった。そしたら、市立図書館があったから、中で本を読んでた。あ、それからこれ」

優一は、ポケットから三千円出して秀哉にわたした。

「どうしたんだい。兄ちゃん、この金。まさか」

秀哉は仰天した。兄には一円も渡してはいなかったのだ。

「心配しなくてもいいよ。悪いことをしたお金じゃない。お昼過ぎたら、とにかく腹がへってきた。で、図書館のまわりを歩いたら、立派な住宅が多いんだ。で、お婆《ばあ》さんが庭掃除をしているのを見かけたんで、声をかけた。ぼくを庭掃除にやとってくれませんかって。そしたら喜んで使ってくれた。二千円もくれた。その隣のおばさんも、その様子を見ててやらせてくれた。二軒分で四千円。パンとか菓子とか買ったから、残ってる分は、秀哉にやるよ。明日も、そのおばさんの紹介で二軒ほど庭掃除に行くから」

「へえっ」

秀哉は、感嘆の声をあげて兄を見る。子供だけど、やはり兄ちゃんはやることがちがう。

「自分の食事代くらいは何とか自分で稼ぐよ。あ、秀哉。一つお願いがある。新聞を一つ取ってもらえないかなあ。新聞代は、ぼくが稼ぐから。とにかく、随分世の中が変わってしまっているようだから早く追いつきたいんだ」

「あ、いいよ、それから、兄ちゃん。俺ァ、これからちょっと出かけなきゃなんねぇ」

「仕事なのか」と優一。

秀哉は言葉に詰まった。

「い、いや。ちょっと、人の相談に乗らなきゃならない」

「ふうん。秀哉も頼りにされるんだね」

「まあね」秀哉は冷汗を噴き出させる。「今朝、電話をもらってね」

「それは、秀哉の恋人かい」

秀哉は、自分の耳で、ギクッという音を聞いた。

「いや、そんなんじゃない。そうなればいいとは思っているけど」

「やはり女性か」優一は大人びた表情でうなずいた。「じゃ、早く行っておいで」

「あ、悪ぃ。兄ちゃん悪ぃ」

秀哉は兄を部屋に残してアパートを飛び出した。

実は、夕刻、社に帰りついたとき、二枚のメモが机に残されていた。

二枚とも相楽玲子からのもので、最初は昼休み、二回目は午後五時になっていた。午後五時のメモでは用件の欄に、「本日は、おいで頂かなくて結構です。わかりましたので」とあった。中岡秀哉にしては、その方が、よほどわからない。朝の電話では、あれほど困った様子だったのに。いったい何事だったのだろう。このままにしておいたら、心の中は蛇の生殺し状態なのだ。

味噌《みそ》天神まで九品寺《くほんじ》から走り、息が切れて電車通りを市立体育館電停前まで歩いた。それから、再び市営住宅まで一気に走った。

時刻は午後七時を回っていた。

中岡秀哉は、前夜、棟の前まで送って行ったが、相楽玲子の部屋が、その棟の何階のどこにあるのかも知らないままだ。

郵便受けを見てまわる。どこだろう。あった。子供用の自転車の後部にマジックで相楽とある。翔くんの自転車だ。

その階段を駈《か》け上りながら、両側の名札を確認していく。

三階に着いて荒い息を吐いたとき、秀哉は「相楽」と書かれた名札を発見した。

ここだ！

息を整え、ハンカチで額と鼻の頭の汗を拭《ぬぐ》った。それからブザーを押した。長すぎて、くどい男だと思われてもいけないし、短すぎて聞こえなくてもいけない。

そのまま微動だにせず、待った。

ロックを解除する音がして、ドアが開いた。

「あっ。中岡さんだ。こんばんは」

相楽翔が、顔を出した。

「あ、こんばんは。中岡ッス。お母さん、いるかなあ」

うん、と翔はうなずいて、

「お母さん、中岡さん来てる」

と内部に叫んだ。それから、翔は眼を輝かせ、秀哉に言った。

「今日は、うち、とっても凄《すご》いことになってるんだからね」

何だろう、と秀哉は思う。凄いことって、俺のために御馳走《ごちそう》を準備しているってことなのか。昨夜のお返しに。いやぁ、そんなに気をつかってくれなくてもいいのにぃ。

「本当に凄いんだから」

翔は念を押すように言った。

その翔の代わりに顔を出したのが玲子だった。秀哉は、ニッと精一杯の笑顔を作ってみせた。

「お悩みごとと聞いて早速に参上したっス」

ところが、玲子は、戸惑ったような表情を浮かべている。

「あの。もういいんです。もう、こちらで解決したんです。朝のときは、どうしていいかわからなくて」

何かトラブルがあるんだ。そう秀哉は考える。中岡さん迄《まで》トラブルに巻き込みたくない。そういうことか。

「心配しないでいいス。中で話を伺いましょう」

　秀哉がドアを開こうとする。玲子は閉じようとする。

「どうしたんだ玲子。どなたが見えてる」

　内部から男の声がした。秀哉は耳を疑った。そして呆然《ぼうぜん》として凍りついた。今は独り身の筈じゃ。

「玲子さん。誰？　今の声。誰？」

　玲子も大きくうなずく。

「主人です。今朝、帰ってきたんです」

「あ」秀哉は後頭部をハンマーで叩かれたような気分だ。そんな馬鹿な。玲子は、どうしようという表情を浮かべている。秀哉は思った。俺ァだまされてたんだろうか。

「中岡さんって方」

「そうか。あがって貰《もら》ったらいい。立ち話もなんだろう」

　玲子の主人とやらが、そう言う。

「あ、じゃ、もう、俺、失礼するっス」

　中岡秀哉は、及び腰でそう言ったが、ドアが開かれ、玲子の後ろから秀哉と同い齢《どし》くらいの男が手招きした。

「せっかくおいでになられたんだ。お茶でも一杯どうぞ」

「は、じゃあ、ま。失礼して」

秀哉は部屋に上がった。勧められるままにテーブルに着いた。

「相楽周平と申します。初めまして」

男は丁寧に頭を下げた。秀哉も頭を下げて名乗った。相楽周平は、ガッチリした体付きだった。同い齢くらいだが、端整な顔立ちで玲子が横にいると、まさに美男美女の雑誌グラビアにでも載っていそうな組み合わせだ。相楽翔まで加わればファミリィカーのテレビCMの世界だ。

「玲子が、お勤め先にまで電話しまして。私も自分で状況が呑《の》みこめなくて、色々話していて、ようやく合点がいきはじめたくらいです。私が不在中に、何かとお世話になったようで、ありがとうございます」

周平は穏やかな声で礼を述べた。秀哉は、何だか自分の下心が見透かされて皮肉を言われたような気分になったが、相手の口調に、そんな濁ったものはない。素直にそう思われているようだ。

「あっちがいいな」

と周平は言った。玲子ははいと答えて、二人にコップとビールを出した。周平が、

「まぁ、どうぞ」とビールを注ぐ。そんな周平の眼を見て、秀哉は、誰かに似ていると感じていた。すぐに思い当たった。身近な人物だ。兄の優一の眼と同じだ。形は異なる

が眼から発される穏やかさがそうだ。

兄ちゃんと同じだ。ひょっとすると……。

「御主人も……生き返ったんですか？」

「そのようです」

こともなげに周平が答え、ビールを一息であおった。それから、はっとした顔で、肴《さかな》を作っていた玲子と顔を見合わせる。

「今、御主人も……って言いましたね。他にも誰か」

「あ」秀哉は肩をすくめる。

「うちは、兄貴が帰ってきて。子供の頃死んだんで子供の姿のまま」

全員が、そのまま黙りこくった。秀哉は頭の中で様々な思いが駈け巡っていた。玲子は嘘《うそ》を言ってたわけじゃない。亭主は生き返って。じゃ、俺は何故《なぜ》ここにいなくっちゃならない。さっさと引き上げるべきだよな。でも優一兄ちゃんといい、この亭主といい、こんなこと他にも起こってるんじゃないか？

「私が生き返って、家族みんな喜んだのはいいけど、皆でこれからのことを少し考えたんですけどね。死亡と同時に仕事もなくなったわけだし、二人とも世間にうとくってどうしようかって話してたんですよ。何か、今、失業率もかなり高いらしいですね」

周平が、ぼやくように言う。秀哉はおいとまするタイミングを測っているが、うまく摑《つか》めない。

「色々、他にも手続きとかいるんじゃない。何だかわかんないわね」

と、玲子も言った。その瞬間、その言葉は発作的に秀哉の口から発せられた。

「大丈夫です。まかせて下さい。そんな困りごとの相談のため、俺ァいるんスよ」

思わず秀哉は、自分の胸を叩いてしまった。何故そんな事を口走ったのか自分でもわからない。

12

仏間の縁側で男と初老の女が猫の額ほどの庭を前に座っていた。狭い庭だから、種類は少ないが、縁の世話で咲いた花々が美しい。大きな鉢からは、どっしりとした牡丹《ぼたん》の花が二輪。それに、地植えされたシャクナゲが何本か、赤く固い蕾《つぼみ》をつけていた。その上に庭の半分ほども覆《おお》う楓《かえで》が木陰を作っている。置かれた岩も含めて、苔《こけ》が地表をびっしりと緑色の絨毯《じゆうたん》に変えていた。眺めているのは、児島雅継と縁だ。

縁が、新茶なんですよと雅継に湯呑みをすすめる。雅継は、胡座《あぐら》をかいたまま、ああ、ありがとうとそれを受け取る。

他所《よそ》から客観的に見ると母親が息子に茶を注いでやっているように見えるかもしれな

いが、実は、夫婦の光景なのだ。他人から見れば違和感を持つだろうが、本人たちはそんなアンバランスは感じていないようだ。ただ肉体的に若い雅継は、身の置き所がないようだ。湯呑みを持ったまま大きく伸びをする。

「ちょっと、散歩でもするか。縁」

「ああ、いいですよ。おつきあいしますよ。どちらの方に行きますか?」

「そうだな。ソバを喰いたいな。大石のソバ」

縁は笑った。

「あなた、ソバが好きでしたもんね」それから、ふっと真顔になった。「あ、今日は何日でしたっけ。十五日ですよね。あら、あら。すっかり忘れてた。お寺さんが来る日だ」

「お寺さん……。何のお寺さんだ」

雅継が問いかけると、すでに縁は立ち上がり、仏壇の前に座蒲団《ざぶとん》と木魚を用意している。

「だって……今日は祥月命日ですよ」

そう口にして、きょとんとした。「ああ……あなたの」それが自分でもおかしかったのか、ぷっと噴きだした。

「去年は二十七回忌もやりましたよ。家族だけでしたけど、ちゃんとね」

「ああ、それはありがとう。じゃ、お寺さんが終わってからか？」

「いいですよ。今、玄冬寺さんは息子さんが来るから。瑠美さんにお布施《ふせ》を預けときますから」

二人は、家を出た。雅継があの世から帰宅して初めての外出だった。

「ここは食糧倉庫だったろう。駐車場になってるのか。ここもマンションになっている。えらく、街が変わったなあ」

雅継は、あたりをきょろきょろと見回す。無意識のうちに二十七年前の街並みと比較してしまうらしい。

「ええ」「そうですよ」と縁はニコニコ笑いながらついていくが、若い雅継は早足だ。歩き馴《な》れない縁は息が荒くなってしまう。

「あ、すまんな。驚いてばかりで足が速くなってしまった」

雅継は、縁の息づかいに気がつき歩調を緩めた。縁は驚いていた。自分の夫は、こんな悪気はないことにまでも、こんな心遣いがあったろうか。前よりも、この人、優しくなっている……。

次の瞬間、電柱のポスターに雅継の関心は移っていた。

「カラオケDONDONって何だ。何の店だ。唄《うた》い放題って。歌声喫茶か」

「カラオケボックスのことですよ。そこで、……ジュークボックスの最新式みたいので、自分の唄いたい歌を唄うんです」

「ふうーん。昨日テレビで音楽番組やってたけれど、メロディーがお経みたいだったな。何て唄ってるかちっとも聞きとれなかった。プレスリーとかニール・セダカとか、もう流行《はや》ってないのか」

「プレスリーは死にましたよ」

「そうかぁ。プレスリー死んだかぁ」雅継は天を仰いで感慨深げに言った。

「舟木一夫とかは？」

「まだ生きてます」

「そうかぁ」

そう。前日は雅継は日がなテレビに齧《かじ》りついていた。ニュースになると縁に質問の雨を降らせたが、縁としても世相にそれほどくわしいわけではないので、ややトンチンカンな答えを返すだけだ。縁は、歩いていても、すぐに雅継の二、三メートル後ろになる。

「まだ、俺は早足かな。もっとゆっくりにしようか」

「いえ、大丈夫ですよ。ついてけますから」

縁はにこにこと、そう答える。しかし、縁の心の深い場所で、正体のわからない不安感が巻き上がり始めているように思える。それは、いったい何だろう。

今は、雅継が還《かえ》ってきたことだけで、幸福を感じ満足している。いつまで、この幸福が続くだろうかという不安だ。雅継がクモ膜下出血で急逝したとき、いやというほど愛別離苦を経験した。また、あの苦しみを味わわなければならないのだろうか。今の幸福は、やがてくる哀《かな》しみの一部ということなのか。

いや、死が二人を別《わか》つということだけではない。夫は、今、不在期間の情報を必死で集めようとしている。二十七年前からの時の流れを必死で追っかける。そして、やがて追いつくだろう。〝今〟という時代に。

そのとき、雅継と自分のアンバランスを感じるのではないか。三十五歳の夫と六十二歳の妻が、うまくやっていけるものか。肉体的にも精神的にも。

ふと、縁が顔を上げる。雅継は微笑を浮かべたまま振り向いて縁を待っている。

「すみません。すみません」と声を弾ませて、縁は小走りで雅継の場所までたどり着く。

「商工会議所もきれいになったものだ」

と感嘆する雅継の袖《そで》を引いて電車通りから紺屋《こうや》町の小径《こみち》へ二人は歩いた。そこに目的の大石そばがある。細川家御用達《ごようたし》の肥後そばの店だ。

「ここの雰囲気は変わってないな」

と雅継は破顔して暖簾《のれん》を割る。でも「あれっ。土間じゃなくなっている」と呟《つぶや》くのを縁は聞いて思わず笑った。

「改装されたんですよ。二十七年の間に」

「そうだな。ここの大将の頭も真っ白になってる」

「昔、よく二人で来ましたよね」

「昔……そんな昔の気がしないからな」

「いつも、木曜日でしたね。来たのは」

「ああ……」雅継の声が曇った。縁はしまった……と思う。雅継は、急逝する前にデパートに勤務し、売り場主任をやっていた。還ってきて先《ま》ず縁に尋ねたのは、そのデパートのことだった。雅継の死後数年目に原因不明の火災で閉店してしまったことを告げると、雅継は心底残念そうに「いいデパートだったのに」と口惜《くや》しがった。帰る先がなくなったな。そうも言った。それから、この話題については、おたがい触れていなかった。そう……。そのデパートの定休日に二人はソバをよく食べに来ていたのだ。

　雅継は天セイロと親子丼。縁はおろしソバを注文した。

「よく入りますね」

　と縁が言うと、

「ああ、腹は調子いいよ。若さだな」

　と応《こた》えた。縁はうなずき、やはり……と思う。

「やはり、ここのソバだな」

　食べ終わって満足そうに雅継はソバ湯を三杯も飲んだ。

二人は、ソバ屋を出て、どちらからともなく顔を見合わせた。

「せっかく、ここ迄《まで》来たんですから」

と縁が言った。雅継がうなずいた。

「うん、俺もそう思ってた」

それから二人同時に同じ言葉を発した。「玄冬寺に寄って――」そこで二人は口籠《くちご》もり、また顔を見合わせる。

「あなたの祥月命日だし」

「俺は、まだ自分の墓を見ていない」

玄冬寺は米屋《こめや》町にある。通りを入り細い路地状の道を伝うと玄冬寺だ。この界隈《かいわい》は寺が多い。その寺のほとんどは周囲を住宅で囲まれた形で存在している。これは城下町が形成される過程で、天災が発生したときの避難所としての機能と火災時の延焼を喰い止める機能を併せ持っているためだ。

本堂を背にして左右に二体の仁王の石像が二人を迎えた。一体は阿《あ》で大きく口を開き、一体は吽《うん》で口を閉じていた。

雅継が、それを見て眼を細めた。

「変わってないな。でも、少し苔むしたようだ。子供の頃、お墓まいりに連れて行かれるのが怖くてたまらなかった。この仁王さんたちのせいだ」

雅継は、ためらいもせずに、本堂左手の、墓所を目指した。縁が追いついたときには、児島家代々之墓と記された前で腕組みをして立っていた。

「どうかしました?」

と縁が尋ねる。

「いや。この中に、二十数年も入っていたのかなと思ってね」

雅継は、自分なりに納得したように何度か、うなずいていた。

「お水を汲《く》んできますから」

「いや、いい。ここで待っていなさい。藪蚊《やぶか》に喰われないように気をつけて」

雅継は、小走りで去り、縁は一人、そこに残った。

あの人は、自分の墓をどんな気持ちで眺めていたんだろう。縁は後ろ姿を見送りながら、そう思う。雅継は水を入れたポリバケツと、竹ぼうきを両手に持って走ってくる。

雅継はてきぱきと墓掃除を済ませ、墓石に水をかけた。

「いつも命日には、こうしてたのか?」

「そうですよ。わかりました?」

「いいや」

素っ気なく雅継は答える。

「ということは、墓は死者のためではなく生者の心のためにあるってことか」

言葉とは裏腹に、雅継は手を合わせた。縁もそれにならう。縁は拝み終わって思った。この人のあの世の考えかたって、そんなものかしら。

「享年《きようねん》三十五歳児島雅継って墓石に彫ってあるな」

突然、思い出したように言う。

「はい。消させましょうか？」

「いや、いい。でも、縁も名前を彫っといて貰《もら》え。どうせ一緒に入るんだ。俺の名だけじゃ、片手落ちだろう」

「そうですね。お願いしときましょうか」

縁がそう答えると、雅継はうんと大きくうなずいた。縁は、何だかすごく幸福な気分に満たされた。二人は顔を見合わせて笑った。

13

熊本市役所五階にある市長応接室では、毎週火曜日の午前中に庁議が開かれる。

庁議というのは、熊本市執行部の意思決定機関と考えるのが、一番わかりやすい。参加するのは、熊本市長、助役、収入役の三役をはじめ局長クラス、そして企画広報部長、政策審議室長、市長室長など七名のオブザーバーが加わり、二十数名になる。

しかし、今日は水曜日だ。定例庁議は前日に開かれたのだが、そのとき迄は、この事態は誰も想像もしていなかった。

臨時庁議が始まろうとしているのだ。

楕円形《だえんけい》の巨大なテーブルに、局長たちは次々に姿を見せ、席に着こうとしている。窓からは樹木の緑の間から、熊本城の天守閣が迫るように見える。

まだ市長の姿は見えない。数名の局長が、雑談を交わしているくらいだ。朝一の招集だったから、それぞれの局内の雑事でたどり着けずにいるものもあるのだろう。だが、九時半の会議スタートまでは十分弱ある。

「議題は、それだろうもん」

席に着いた環境保全局長は、総務局長が目を通している肥之國日報の紙面を顎《あご》で指した。

「でしょうな。でも信じられない」

と紙面から目を離さず総務局長が答えた。

「なん、家で新聞は読まんと？」

「ウチは、朝毎新聞だから。肥之報は、ここで読むことにしてますから」

総務局長は、テーブルの上にばさりと肥之國日報を置く。その紙面では、次のような文字が躍っていた。

——死亡届、取り消し申請相次ぐ　熊本市役所

その記事の中では、前日の午後から市役所市民課窓口に死亡届取り消し申請が集中するという異例の事態が発生したことが、客観的に述べられていた。原因についても触れられておらず、戸籍法における死亡届の取り消しが法務省管轄《かんかつ》で、市には権限がないことが述べられ、今後の熊本市の対応が注目されると結ばれていた。

「まあた、カワヘイだろうもん。まだ状況が見えとらんのに」

環境保全局長が吐きだすように言った。カワヘイというのは、肥之國日報社会部記者の川田平太のことだ。

他の局長たちも次々と部屋に入ってくる。最後に濃紺のスーツを着た市長が足早に入室し、席に着く前に、企画調整局長に言った。

「おい。ハヨ済ますっぞ。午後一番には、北九州に着いとかなんから」

「はい、了解しております」

と企画調整局長が答える。市長は、翌日、北九州市で開かれる九州市長会を予定している。そして、この日の午後は九州市長会に先立ち、理事会にも出席しなければならない。その合間を縫っての臨時庁議ということになる。

「あれ、議会事務局長は、来とらんね」

市長が言うと、男が一人立ち上がった。

「今、ちょっと議会の各派団長に捕まってまして動けんのです。代わりに私が出席しました」

男は議会事務局の次長だった。

市長は、うんとうなずき、企画調整局長に合図した。彼が司会を務めるのだ。

「それでは定例の翌日ですが、急々の案件が発生しましたので、この点につきまして御検討頂きたいと思います。詳細については、市民生活局長の方から報告下さい」

市長応接室が、凍りついたように沈黙した。視線のすべてが一点に集中した。市民生活局長が立ち上がり、最初に大きく咳《せき》ばらいした。表情にも戸惑いが見え隠れしている。

「すでに、お聞き及びかと思いますが、昨日午後から、死亡届の取り消し申請が相次いでおります。市民課窓口に四十七件、市民センターが十二件です。直ちに担当者が事情聴取にあたりましたが、すべて死者が帰宅したためにということで、そちらに今、匿名《とくめい》にはしてありますが、申請者の状況を一覧表にまとめたものを、お回し致します」

皆が、受けとった数枚のレジュメに目を走らせるなか市民生活局長の説明が続いた。

「状況は以上の通りです」

説明は終わり、しばらく皆が黙りこんだ。あまりにも話が荒唐無稽《こうとうむけい》すぎて議論の切り出しに迷っているようだ。

「死者が帰宅したって、そりゃ、死人が生き返ったてことだろうもん。そんなこと、これ迄聞いたこともありまっせんが、何か、意思が働いてるんかなあ。そんなこと、あるかなぁ？　市民病院で、そんな生き返った例はあるのかね」

市民病院長は、自信をこめて答えた。

「死後数年して生き返るなど、天の摂理に反しています。また、そんな例は世界中探してもありません」

当然の答えだった。参加者全員がううむ、と眉《まゆ》をひそめる様子は、あたかもこの場がマフィアの幹部たちが密談を交わしているようでもある。

「常識で考えられん申請が続くということは、目的は他にあるんだろうか？　何か、組織的いやがらせの可能性は、ないのか？　申請者に何か共通点はないのか？」

市長は、頭をひねりながら、市民生活局長に質問した。

「現段階では、申請者もその家族にも共通性は見当たりません。住所も、職種もすべてばらばらです。共通点は、死者が帰ってきたのは月曜日以降ということだけです」

「いやがらせの可能性も、ないとは言えない。調査して下さい」

「わかりました」

「徹底的に調査して下さい」

助役も口を揃《そろ》えた。

「他に、県警本部にも調査依頼する必要があるのでは。熊本市だけで発生しているのかどうか。熊本都市圏だけの現象であれば、より、何かの作為が働いている可能性も出てきます」

「調査依頼……必要だろうな」

市長は、うなずく。それから、左腕の袖《そで》をめくった。時間が迫っている。

「とりあえずの結論が出たようだけん……」

そう市長が、言いかけたとき、市民生活局長が、不安気に手を挙げた。

「それで……。本当に死者が生き返っているというケースの場合の対応についてですが」

三役は、揃って顔をしかめた。

「死者は、生き返らない」

収入役は、そう断定した。それが、常識的な判断というものだろう。市民生活局長は挙げた手を引っこめた。

「あのう」

恐る恐る発言したのは、この議題には直接関係のない建設局長だった。その段階でも、まだ発言すべきかどうか迷っている。

「私的なことですが、発言よろしいでしょうか」

司会をする企画調整局長が、市長を見た。市長が、かまわんというようにうなずく。

「実は、昨年の夏に亡《な》くなった私の家内ですが……」

それは、この場にいる全員が、まだ記憶していた。四十八歳の若さで、ガンに罹《かか》り、短期間で勝負がついていたのだ。彼は庁内でも同情を集めたものだ。あれほど仲が良かったのに。

「昨日の夜中に、帰ってきまして。ですから、満更、ありえないことではないと思うのですが」

会議は騒然となった。流れが根底から引っくり返ってしまったのだ。しかも、全員が建設局長の人柄を承知している。冗談や嘘《うそ》とは、まったく縁のない謹厳実直な性格なのだ。

「市民生活局長の言うケースの対応も、考慮の必要があると思います」

収入役が「何を馬鹿《ばか》な――」と言いかけて口を閉じた。

そのときだった。ドアが開き、議会事務局長が姿を見せた。その表情には、会議の雰囲気の異常さに反応したのか、彼自身が抱えている問題に起因しているのか、戸惑いが見える。

「大変、遅れましてすみません。まだ、会議中だということで、加わらせて頂きました。

実は、朝一から各派の議員さんたちが押しかけてこられまして――」

「それで」

市長は、北九州へ出発するにはぎりぎりの時間だ。

「臨時市議会の要請です」

「何故《なぜ》だ」

「彼等は、それぞれの支援者たちから、依頼を受けているようです。市民たちの間で、死者が蘇《よみがえ》り、一般市民の家庭へ帰ってきている。その死者たちへの市の対応を質《ただ》したい……そういう主旨です」

全員が、おたがいの顔を見合わせている。出席者の誰もが、かつて聞いたこともない状況だ。どのように対応していけばいいのか。

収入役が立ち上がった。

「どうしても、理解できない。議員たちも、何か陰謀に加担させられているんではないのか。死人であるという確認ができているのか」

議会事務局長が、それに答えた。

「議員の吉川恵善《けいぜん》先生の言葉を引用していいでしょうか。私が、そんなこと……死者が生き返ることって信じられませんと申し上げたときです。――なあん。鮒塚の爺《じい》さんは、俺が小学校の頃から、ズッと顔合わせとって知っとっとばい。本人か、そうでなかか、俺が見るとすぐわかる。何故かはわからん。理由よりも、現状に対応するのが行政じゃなかや——そう、おっしゃいました。どう、答えられます」

市長応接室では、その後一時間、会議が続き、市長は市長会理事会に遅刻することになる。

14

熊本市では、市会議員たちが、次々と陳情を受けている。復活した死者たちの社会復帰のための対応についてだ。各議員の受けた陳情は束ねられ、各派団長によって議長へと持ちあげられた。そして臨時市議会開催の要請となる。六月の補正予算審議を主題とする定例議会を待つには、日があきすぎる。よって三役の日程とすりあわせながらの調整に入っている。

しかし、それは、熊本市だけに限られた現象ではなかった。

熊本県庁には総務部に市町村課がある。自治法によると、市町村課は熊本県内の市町村を指導助言する役割を担《にな》っている。そのセクションにも、問い合わせが相次いでいた。熊本市以外では、周辺の菊陽町、大津《おおづ》町、西原村、嘉島《かしま》町、城南町、富合《とみあい》町だ。

担当者としても、非現実的な問い合わせに、にわかには実感がわかずにいた。ただ、状況だけは上司に報告しないわけにはいかない。

報告を受けた市町村課長も、

「そんな馬鹿なことがあってたまるものか。嘘だろう」

と吐き捨てるように言った。

「で、どのように指導すべきでしょうか」

答えは以下のようなものだ。

「そんな夢みたいなことに指導も何もないだろう。部長に相談する」

総務部長は、自治省から県への出向者だ。市町村課長が総務部長へ報告すると、部長は眉を八の字に曲げた。

「状況を、もっと詳細に調査してもらわないと判断のしようがありませんよ。至急、調査してください」

部長は、そう指示した。市町村課長は背筋を伸ばして答えた。

「はい、今、そう部下に言ったところです」

席へ戻った市町村課長は、部下たちに怒鳴った。

「さっきも言ったとおり、さっさと状況を詳細に調査しろ」

担当者たちは、きょとんと顔を見合わせ、「さっきって、何時《いつ》のことなんだ」とか「またかよ」と呟《つぶや》いていた。

しばらくの後、熊本都市圏を含む県内九十四市町村にファックスが流れることになる。そのファックスには〈死亡届取り消し申請についての緊急問い合わせ〉とあり、末尾には〈この照会については、一切部外秘のこと〉とあった。

つまり、この段階で、死者の復活現象の実態が把握されるには、まだまだ、道が遠いというところだ。

※

この奇妙な現象は、まだ全国的には知られていない。熊本都市圏の異常が、知れわたるのは、それから時間の経過が必要になる。

数日後のことだ。

中九州警備に勤務する三池義信《よしのぶ》は、同僚の山崎保敏《やすとし》とともに深夜勤務にあたっていた。つまり、契約企業の事務所や店舗の夜間巡回だ。職務を果たすにあたっては、必ず二人一組で行動する。

三池は、このところ、ずっと深夜のローテーションが続いている。もう馴《な》れてはいるのだが、人々が活動しているとき睡眠をとり、社会が停止しているとき働いていると、ときどき錯覚に陥ってしまうことがある。自分はこの世界では他所者《よそもの》ではないのかという思いだ。おまけに、三池は若い。深夜の巡回では同僚以外の人間と顔を合わせることもない。彼女とも、中々、時間を合わせて会うこともできない。気がつくと、よそよそしくなった彼女には、別に恋人ができてしまっていた。そうすると、自分がこの世界の人間ではない他所者だからだという思いが一層、強くなる。侵入しようとする泥棒に出くわしたこともないし、あるとすれば、警報音に驚いて逃げ去った後の事務所荒らしの割った窓ガラスを見かけたことや、泥酔《でいすい》した男の処理だったりだろう。自衛隊あがりの同僚の山崎にしても、出てくる話題は、昼間のパチンコの戦果くらいのものだ。

三池たちは、一定のルートを決めて契約企業のビルや店舗を巡回するわけだが、契約企業の事務所には警報装置が設置されている。この装置は、無人の場所に発生する異常な空気の流れを感知して中九州警備の本部に自動的に連絡し異常を知らせるのだ。すると、巡回中の三池たちに連絡が入る。その異常の原因を確認するために即刻、現場へと走らねばならない。

大半は、事務所や店舗の人間が、警報装置の解除手順を誤って操作したものだが、それでも侵入者の可能性が何パーセントかは、ある。その場合は、警察に速やかに通報し、連係をはからねばならない。

平凡な毎日の業務だ。なかなかそんな場面には出遭わない。自分は他所者だという思いを通りこして、ひょっとして自分は、この社会で忘れ去られた存在ではないのかとさえ、三池は考えてしまう。

「センターより六号車。センターより六号車」

突然、早口の呼びかけが車内に響いた。あわてて三池はマイクをとった。

「はい、六号車。巡回継続中です」

「桜町。第二桜ビル二階イタリアンレストラン・フェデリコにて警報装置の反応がありました。至急、急行して下さい」

「了解しました。第二桜ビル二階、フェデリコに急行します」

イタリアンレストラン・フェデリコは、二人の巡回コースに入っている。一時間前に点検したときは、異状はなかった。鍵《かぎ》もチェックしている。場所は市民会館の数軒先のビルだ。上林《かんばやし》町の川沿いを走行していた二人は、第二桜ビルに直行した。

助手席で、三池は何故か身震いが起こるのがわかった。直感的なものだ。これは……本物だ。

ビルの前に、車を横づけすると、二人は、二階へ駆《か》け上がった。レストランに電気はついていない。

レストランのドアが開き、黒い人影が、現れた。

「そこにいるのは誰だ!」

日頃、聞いたことのない胴間声を山崎が発した。人影が通路を走り始める。

「盗っ人《ぬすと》だな。警察へ連絡をとる。三池は追え。深追いはするな」

「わかりました」

山崎は、携帯電話で、状況を話している。それを背に、三池は走りだした。やましいことがなければ、逃げだしたりはしないはずだ。

人影は小さい。

通路の先にも、もう一つ階段があるはずだ。「待てえ」三池が叫んだ。伸縮性の警棒を右手に握っていた。相手も刃物を持っている可能性がある。

たん、たん。階段を下る音が響いた。続いて悲鳴があがり、音がしなくなる。足を滑らせたようだ。

追いつくと、黒い人影は階段の踊り場にうずくまっていた。

「何をしている」三池が叫び、携帯用のライトで人影を照らした。

女だった。まだ若い。肩の出た赤いワンピースのミニスカートだ。そして長い髪。

「何故、私を追うんですか？」

若い女は、透き通るような声で言った。

「あなたは……」

三池は問うた。

どこかで会った顔だと三池は思う。しかし、こんな美女に、どこで会ったというのだ。

「ここは、どこなんですか」

美女の顔は不安に満ちていた。ひょっとしたら……。いや、そんなはずはない。

「あなた名前は？」

「生田弥生《やよい》……」やはり、聞いたことがない。「ここは、どこなんですか？」

「第二桜ビル」

三池の答えにも、生田弥生という女は、ぴんときていないようだった。女は、花畑《はなばた》交番から駈けつけた警官に引き渡された。状況を説明している間に、何台かのパトカーも到着した。

二人が、中九州警備のセンターへ帰りついたとき、上司から、北警察署の事情聴取に協力するようにと言われた。要請があったらしい。上司は言った。

「でも、大変な女性を助けたらしいな？」

「助けた……？　どういうことですか？　何か、偉いところのお嬢さんなんですか」

上司は、頭を振った。三池には上司の言っている意味がわからない。

「たしか、生田弥生って言ってましたけど」

「そりゃ本名だ。マーチンって歌手だそうだよ。俺だって知ってる。信じられないよな」

三池は、大声で、えっと叫んだ。やはり、そうなのか。マーチンというのは三年前に彗星《すいせい》のようにデビューし、三枚のアルバムを出して、そのいずれもがミリオンセラーを記録していた。三池は、そのアルバムをすべて持っている。切れのいいメロディー運びと独特な発声、そして一度聞いたら身体《からだ》に植え込まれてしまうようなリズム感。そのどれもが好きだった。マーチンは、若くしてすでにスーパースターだった。

だが、熊本で彼女は死んだ。市民会館の公演途中で倒れ、救急車での移送途中、息を引き取ったと聞いた。疲労が続いたための急性心不全ということではなかったか。

上司が言った。

「もし、彼女が、本当にマーチンだとしたら、明日は、日本国中が大騒ぎになるはずだぞ。うまくいけば社のPRになるかもな」

15

それまで、児島雅人は、マーチンという女性歌手に、興味を向けたことはなかった。

朝、顔を洗っているときに、娘の愛が「うわぁー。すごいー」と歓声をあげた。愛は茶の間で朝食をとりながらテレビを見ていたのだ。雅人が食卓につきながら「どうしたんだ。愛」と尋ねたとき、愛は、両手を上に挙げて振りまわしていた。

「すごーい。すごーい。マーチンが生きてたんだよ」

「マーチン？　なんだ。外人か」

愛は軽蔑《けいべつ》したような目で雅人を見ると、テレビを指さした。画面では、ステージの上で若い美女が、激しく身体を動かしながら唄《うた》っている。英語まじりの歌詞で、しかも、妙な言葉の区切り方で唄うので、何と唄っているのか、ちっとも雅人にはわからない。

「なんだ、日本人じゃないか。変な名前つけるんだな。喜劇俳優でもいるだろう。スティーブ・マーチンっていうのが」

キッチンから味噌汁《みそしる》を運んできた妻の瑠美が、

「パパ。常識よ。たしか本名が弥生っていうの。学生時代のニックネームが、三月弥生のマーチからなまってマーチン。そのまま芸名にしちゃったらしいわ。何で、今頃、マーチンの曲が流れてたの？　三回忌か何かの追悼番組の宣伝なの？

あ。このマーチンって子。熊本公演のとき死んじゃったのよね。一番人気があるときだったからマスコミで騒がれたよね。パパ憶《おぼ》えてないの？」

「そうだったっけなあ。なんか、そんな事件があったような気がするな」

雅人にとって、音楽とは演歌を調子っぱずれに唄うカラオケの世界と同義語でしかないから、あまりピンと来てはいないのだ。

「市民会館で死んでから、しばらくはワイドショーはマーチンのことばかりだったんだから」

画面で唄うマーチンのVTRに、巨大な白い文字がかぶさった。

——アンビリバボー!!!

！が三つも並んでいる。それから次の文字。

——マーチンは生きていた！

その文字を見て愛が得意そうにニコッと笑った。画面はスタジオに戻る。男女のアナウンサーが、信じられないというように目を丸くしていた。

女性アナウンサーが、原稿に目を落とし、読みあげる。

「信じられないニュースです。一年半前、熊本で公演中に死亡した歌手のマーチンさんが今朝早く、熊本で発見、保護されたという情報が入りました。連絡を受けた所属プロダクション、RBクリエーションの社長、塚本さんによりますと、先程、熊本で発見されたマーチンと名乗る女性と電話で話したが、その範囲内では、本人に間違いないように思えます……とのことです。

いったい、どうなってるんでしょうね」

資料映像として、東京の青山斎場で執り行われたマーチンの葬儀の模様が流されている。参列しようとする若者たちの長蛇の列。喪服を着た茶髪の若者が泣き崩れている。斎場の門柱のまわりに山と積まれた弔いの生花。

「それでは、熊本の方につながりました。マーチンさんが、保護されている、熊本北警察署前からです。九肥放送の邑上《むらかみ》さん。いかがでしょうか」

熊本、南千反畑《みなみせんだんばた》町の北署が、下からあおって映し出された。雅人は、見馴れた建物が、画面の中で不思議な建物に見えることに驚いた。全面ミラー状の外装をもつ警察署というのは、全国の視聴者にどう見えるのか。

九肥放送QHH報道部邑上迪正《みちまさ》記者とテロップ。白の半袖《はんそで》シャツの細い眼をした記者がマイクを握る。

「はい、九肥放送の邑上です。ただいま私はマーチンさんが保護されているという熊本市の北警察署の前からお伝えしています。マーチンさんらしき女性は、今日、午前三時前に、マーチンさんが公演中に倒れた熊本市民会館近くのビルで発見されました。その後、身柄をこの北警察署に移され、事情を尋ねられた段階で、マーチンさん本人であることが確認されました」

「邑上さぁーん」

東京の女性アナウンサーが呼びかける。

「はい。はいっ」

記者が耳もとを押さえた。

「マーチンさんが亡《な》くなられたとき、遺体は東京に運ばれましたし、葬儀も行われましたよね。とすると、死亡していたのは別人だということなんですかねぇ」

「いいえ。そういうことじゃなく、死亡されたのは、マーチンさんだったのではないかと思われます」

そこまで聞いて雅人は、ぴんと来た。親父《おやじ》と同じだ。死者が帰ってきているのだ。

「ただ、半月ほど前からですが、熊本市を中心にして、死亡届の取り消し申請が大量に発生しており、マーチンさんの保護もこれらと関連があるのではないかと思われます」

「お」と雅人は口にした。普通ここ迄《まで》言うだろうか。ひょっとして、この記者も身の周りで死者の帰還という例を知っているのかもしれない。でないと確信的にこのような科白《せりふ》が吐けるはずはないのだ。

「それは、マーチンさん以外でも熊本では亡くなられた方が、帰ってきている例があるということなんでしょうか？」

記者は答えた。

「はい」

突然、カメラは東京のスタジオに戻った。

戸惑い顔の男女のアナウンサーが、

「では、次の話題に移りましょう。マーチンさんのニュースは、新しい情報が入り次第、お知らせします」

と告げた。

熊本から、全国に向けて発せられた理解不能の情報に、中央の局としては、とりあえず詳細が見えるまで時間を稼ごうとしたのだ。

「マーチンも、おじいちゃんと一緒だ。生き返ったんだよね。凄《すご》い。凄い。凄い」

愛がはしゃぐ姿を見て、複雑な思いになる。父の雅継のこともだが、会社の鮒塚万盛堂でも、先代社長のことや、まだ自分が知りえていない復活した家族を持つ社員たちについてだ。どのような関わりかたになっていくのか、予測のつかない点が多すぎる。

先代社長の死亡届の取り消し手続きが、しばらく無理だという報告を大沢水《おおそうず》常務にしてからも数日が経《た》っている。

大沢水常務は、雅人の答えを予想していたようだった。窓口の混乱ぶりや、市の対応では時間がかかるかもしれないと言うと、常務はわかったと答えた。

「実は、あれから吉川恵善先生に相談したよ。他にも、同様の例があるようだから調べてみると答えて下さった」

吉川恵善というのは、先代から後援している市会議員だ。その数日後には常務は「ちょっと様子を見ることになった」と告げた。「臨時市議会が開かれて、その件を集中審議するようだから。先生から、そう返事を貰《もら》った。その後だな。色々でてくるのは。それまでは先代にも、ゆっくり休養をとって頂こう」

そして、その臨時市議会は三日後の筈《はず》だった。

死者の復活が、地域社会の中で既成事実として認識されるようになれば、どのようなことが起こるのだろう。雅人には予測のつかない部分もあるが、社会構造そのものが大きく変わってしまうのではないかという不安もある。それがどのようなものかわからないだけに、気持ちは複雑なのだ。

「ただいま」

親子のような夫婦が、朝の散歩から帰ってきた。雅継と縁だ。この二人は、このところ毎朝、熊本城の周辺に散歩に行くのが日課となっている。二人は、にこにことして、食卓につく。

「ねえ、ねえ。凄いよ。チョー有名な人が、おじいちゃんみたいに生き返ったって」

愛が、二人に興奮して話して聞かせる。

「へえー。それは凄いなあ」

父は心底、驚いてみせる。

「自分で生き返ってなければ、とても信じられないところだな」

全員がどっと笑った。

「だって、クラスにだって、家の人が生き返ってきたという子が、五、六人いるんだよ」

愛はそう付け加えた。

愛は、この数日、たしかに明るくなっている。あれほど、ふさぎこむような様子を見せていたのが嘘《うそ》のようだ。

昨夜、その理由を、瑠美から聞かされた。愛が、あまりに明るいので、その理由《わけ》を尋ねたというのだ。

「おじいちゃんが帰ってきたからよ。私ね、この頃、死ぬことが恐《こわ》いことだって、ずっと考え続けていたの。死ぬってどうなるんだろうって。でも、おじいちゃんが帰ってきて、色んな話してたら、そんなの、何でもないんだって思えるようになったのよ」

そう愛は笑って答えたという。

そんなことが、愛の心を塞《ふさ》がせていた原因だとは雅人には、わからなかった。瑠美に対しても今だからこそ話してくれた理由なのかもしれない。死という〝絶対〟が〝相対〟に、愛の中で変化したのだ。

「じゃあ、それ、他のチャンネルでもやってるんじゃない。ニュースとかでも」と縁。

「ＮＨＫにしてみようか」

愛がリモコンを押した。しかしこの時点でマーチン発見のニュースはＮＨＫでは流れなかった。

16

雅人が出勤した後、瑠美は茶の間に腰を下ろしワイドショーに釘付《くぎづ》けになった。どのチャンネルを選んでも、マーチン復活一色の内容なのだ。

一世を風靡《ふうび》した女性ヴォーカリストのステージ映像に加えて、遺体に対面したという彼女に親しい人々の証言。そして、マーチン発見の第二桜ビルの映像。インタビューで、繰り返し、画面に登場したのが、マーチン第一発見者のガードマン、三池義信だ。

制服と制帽がバーミリオン・レッドというど派手なコスチュームの割に、何度も言葉を詰まらせる実直さを見せた。幼さの残る表情で、頰をひくつかせながら、質問に答えるのが、視聴者には好感をもたれたはずだ。

——警報装置が鳴ったということで現場に駈《か》けつけました。階段のところで、倒れたマーチンさんを発見しました。

——いや、ちょっと誰かに似てるなぁ、きれいな人だなとは思いましたが。わからなかったです。まさかと思いますよ。

——ええ。後で聞かされて知りました。驚きました。

——ファンだったんですよ。彼女のアルバムは、全部、持っています。

それから、北署前の記者と中央のスタジオのやりとりで、時間が潰《つぶ》された。中央のスタジオには、数名のコメンテーターがいて、この信じがたいできごとに説明をつけようと躍起になっていた。

「このようなできごとに、科学的説明はつけようがありません」

「死亡したのがマーチンではなく、何か理由があって本人はこれまで失踪《しっそう》していたということではないでしょうか」

ある局では、どうやって手に入れたのか、マーチンの死亡診断書と、死亡届のコピーまでが映しだされていた。

「よく似た妹とか双生児だった可能性はありませんか。売り出すための大掛かりな宣伝じゃないんですか？」

というコメントもあった。

常日頃、良識的な発言をするコメンテーターほど懐疑的な意見が多いようだ。それもその筈で、その時点では〝生き返った〟マーチンの生映像は流れていない。伝聞形式の報道でしかなかった。

また、熊本における他の死者の帰還現象についても朝一番のワイドショー以来、まったく触れられていない。ある種の自己規制が、働いているのかもしれない。

ふだん、音楽に関しては、そうくわしいほうではない瑠美も、その名前と顔を知っていたほどのスーパースターだ。しかも、画面の折々に、自分に身近な熊本の光景が流れる。画面に釘付けにならないほうが、おかしい。それから、本能的な直感が期待している。自分の家庭でも起こった死者の復活が、全国的に超有名な歌手にも起こった。全国の人々が、この熊本の現象を、どのように知るのかという興味だ。その原因もわかるかもしれない。

十一時過ぎに、朝のワイドショー番組は、すべて終了した。しかし、十二時半過ぎに、バラエティ番組は中断され、北署前からの生中継に切り替わった。もちろん全国放送だ。待機していた地方局のアナウンサーや記者たちが、あわててカメラの前でマイクを握っている。左手にボードを持ち、早口でまくしたて始めた。

「発見されたマーチンさんが保護されている熊本市にございます北警察署前です。ただ今、新しい動きがありました。お昼前に、マーチンさんの東京の御両親と、所属事務所RBクリエーションの塚本社長が、北警察署に到着しました。そして今、手続きが終わり、マーチンさんが姿を見せるようです。人垣で中々様子がわかりませんが、ほどなく御両親、塚本社長に付き添われて姿を見せると思われます」

東京のスタジオに切り替わる。本来であれば一時過ぎのワイドショーに出演するアナウンサーやコメンテーターが、やや興奮しつつすでに席に着いている。

「本日は、番組を変更して、マーチンさん発見の特別番組とさせて頂きます。

さて、早朝の便で熊本へ発《た》たれたマーチンさんの御両親と塚本社長が、すでにマーチンさんが保護されている熊本北警察署に入られたということなんですが。さて、これまでの早朝からの経過をふりかえってみましょう」

初めて、このニュースを耳にする人々への説明だ。まだ、北警察署から本人が姿を見せる気配はないようだ。それまでの時間稼ぎだろう。

「とにかく、報道が始まってから、マーチンさんの生の映像というのは、まだ一度も流れていないんですよね」

コメンテーターの一人が言う。

「本人かどうか、生映像を見るのが、一番早いんですよ。私は、確認できる自信は、ありますね」

「実は、塚本社長に、番組からお願いしてあることが、ございます。その結果で、また新たな真実を知ることができると思うんですが」

男性アナウンサーが、得意気に顎《あご》を引いた。興味を引き延ばして、高視聴率を引っぱろうという魂胆なのか、それ以上の詳細は明かさない。

再び、中継映像が北署前から始まった。

「いよいよマーチンさんが出てこられます」

遠くでヘリコプターのホバリング音が聞こえている。全国の眼が、今、熊本に向けて注がれているのだ。

　手持ちカメラがぶれた。すぐに、やや高い位置に据えられた映像と替わった。

　群衆だった。

　すべてが、今朝一番で、全国から集まったマスコミの群れである。警官たちが、群衆と一台の黒塗りの車の間をロープでさえぎっている。

「今、姿が見えました。マーチンさんらしい女性です。生きているマーチンさんです。自分の眼が信じられません。マーチンさんは、やはり生きていたのです。御両親に付き添われて、今、車に乗りこみます。少々、顔色が蒼《あお》いようですが、二年前のマーチンさんと何も変わるところはありません。これから、マーチンさんは医師の診察を受け、問題がなければ、今夜は、熊本市内のホテルでゆっくりと御両親と休養をとることになるはずです」

　テレビのマーチンは、ダンガリーシャツにコットンのスラックスというさっぱりした服装だった。両手で母親の腕を握る姿は美しいが普通の女の子にしか見えない。ゆっくりと、車に乗りこむ。黒い車は取り囲む報道陣に注意をはらいながら、ゆっくりと発進していった。

　画面は東京のスタジオに戻り、コメンテーターたちに感想を述べさせた。

「あまり化粧してませんでしたね。でも、私、マーチンさんと何度かお会いしてるから、すぐにわかりました。信じられないけれどあれはマーチンさん本人ですよ」

その間にも繰り返し、北署を出てくるマーチンのＶＴＲ映像が流れる。アナウンサーの言うことがおかしかった。

「今入った情報なんですけどね、熊本の北警察署で、お昼の出前をマーチンさん、取って頂いたそうなんです。熊本ラーメンとおにぎりだったそうなんですよ」

「へェー。そういえば、マーチンさんの大好物はラーメンなんですよね。各地を公演で巡るときは、その土地のラーメンを食べるのが趣味だって何かの記事で読んだおぼえがあります」

「じゃあ、生前と好みは変わってないですね。熊本のラーメンって、スープが白いですよね。たしか」

「豚骨スープですよ。あそこは」

瑠美は、放送を見ながら、あまりの次元の低さに呆《あき》れかえった。

ついに、その時間帯では、アナウンサーが予告した〝新たな真実〟が判明することがなかった。

その夜、家族全員が茶の間に集まり、熊本市内のホテルから生中継されるマーチンの記者会見をテレビで見た。

会見は、本人の疲労も考慮して十五分間という短いものだった。マーチンは、今までどこにいたのか、とか、再びこの社会に帰ってきた感想は、とか唐突な質問を次々と受けることになったが、あまり多弁ではなかった。これが、あの激しいステージをこなした女性と同一人物なのだろうかという印象だったし、答える内容も「よく原因はわかりません」「さぁ、どうしてでしょう」「自分でも、状況を聞かされて驚いているんです」といったものに終始した。

愛でさえ、「これ、本物のマーチンかなぁ。少し、イメージちがうなぁ」と漏らした。

中継が終わり、スタジオには、男性アナウンサーと、ゲストたちがいた。昼のコメンテーターとは微妙にメンバーが入れ替わっていた。

「さて、お待たせ致しました。死の世界から帰ってきたというマーチンさんですが、新たな真実が判明しました。調査頂いた興和発酵化学の筒見さんです。本日、マーチンさんの口内粘膜からDNA鑑定をお願いしておりました。先ほど結果がでたということで、いかがでしたでしょうか」

「はい、生前のファンの方が保存されていた髪の毛と、本日採取した口内粘膜との比較ですが、日本DNA多型学会の鑑定指針に基づいて検査を行いました。検査の結果は、DNA断片は同一であることが判明しました」

「ということは、どういうことでしょうか」

「マーチンさん本人のDNAということです」

スタジオでは、あらためてどよめきが起こる。

17

「黄泉がえり」という表現を初めて使ったのは、翌日のQHHのワイドショーでだったということになる。

タイトルが「マーチン黄泉がえりの謎《なぞ》」だった。死者の復活というゾンビやミイラ男や悪霊《あくりょう》といったホラーを連想させずに、真実を語感だけで伝えてなかなかうまい言いまわしだなと雅人は思った。黄泉の国は、あの世を指す。黄泉の国から帰還したから「黄泉がえり」ということになる。

だが、雅人は〝蘇《よみがえ》り〟が〝黄泉がえり〟から転化した言葉であって、マスコミの造語というわけではないことを知らなかっただけのことだ。

マーチン発見のニュースから、全国民は猜疑心《さいぎしん》をもって見守っていたのかもしれない。しかし、報道の基盤が根本的に変化したのは、DNA鑑定によって、死亡していたマーチンこと生田弥生の蘇生《そせい》が真実であることが証明されてからだ。それまで、貝が殻を閉じたように報道されていなかった熊本における死者の蘇生現象が、マーチン報道と並行して、少しずつ語られはじめたのだ。

肥之國日報のテレビ・ラジオ欄を見ると、ワイドショーの項目で、それを知ることができる。

——マーチンだけではなかった！　熊本の黄泉がえり!!!

——これはびっくり!!　五軒に一人！　死んだ筈《はず》のアノ人が帰っている！

——マーチン取材でわかった！　復活の街熊本に徹底潜入!!

だが、児島雅人は、それ等のワイドショーが放映される時間帯には、仕事中だったわけで、見ることはかなわなかった。

「児島課長。ありがとうございました」

雅人が振り向くとヘラヘラ笑いを浮かべて中岡秀哉が立っていた。五千円札を差し出している。よく考えると、今日は給料日だ。

「ちゃんと返済しときます。へっへっへ」

この数日、中岡とは、言葉を交わす機会がなかった。ちらと見かけても、中岡は物想《ものおも》いに耽《ふけ》っている様子で心ここにあらずという表情でいた。

「おお義理堅いな」

「それで、ちょいと相談があるんですが……」

雅人は、またか……と思う。五千円返しておいて、一万円の借金を頼みに来たんじゃないだろうな。

「何だ」

「ええと、いくつかあるんですが……。一つは簡単なんですが、一つは複雑なんで、仕事が終わってからの方がいいかなって思うんですよ。俺、苦労性っスから、いろいろ抱えこんじゃって」

「簡単な方だけ、聞いとこうか」

「あ……いいっスか？　あの、扶養家族が一人増えたんで家族手当つくのかなって」

「誰だ。結婚したのか？」

「い、いや。マーチンのニュース御存じでしょう？」

「知ってる。毎日、テレビでやってるから」

「そー。その黄泉がえり。兄貴が一人いたんですよ。小学生の頃、事故で死んじゃった兄貴が。それが、黄泉がえりでウチに来てて、一緒に住むことになったんです。兄貴なんだけど、身なりは小学生でして、だから扶養家族になるのかなって」

「そうか……」

「あれっ」中岡は何となく拍子抜けした様子だ。「もっと驚くかなあ、と思ってたんスけど。児島課長、なんともないっスね」

「熊本以外で聞くなら驚くけど、マーチンの他にも死者が帰ってきた例をいくつか放送していたしな」

「は。さすが、児島課長。情報早いっスね。で、どうなんでしょう？」

　雅人は腕組みした。社内でもこれからこのような例が続くかもしれないが……。

「一応、私が書式を作るから、それから申請してくれ。上の方とも相談しておくから」

と答えた。

「さっすが、児島課長。で、もう一つ。これはプライベートなことなんですが」

「そっちは複雑なんだろ」

「えっ。まあ」と中岡は揉《も》み手した。

「ある可哀想《かわいそう》な一家のことなんですが」

「簡単な方だけって言ったろう」

「明日、どうですか。明日の夜」

　翌日は、金曜日だ。まぁ、これも仕事のうちかなと同意した。

「割り勘でいいっス」

「あたりまえだろう。だが、兄さんは部屋で留守番か？」

「もちろんですよ」

「児島課長、電話でーす」

　経理の横山信子が受話器を肩まで持ち上げて言った。

「そこいらの店でいいな」

「もちろんス」

　電話に出ると聞き慣れない声だった。

「おー。児島ぁー。俺たい。俺。俺。俺」

「はい、児島ですが、どちら様でしょうか」

「この間、市役所で会ったろう。肥之國日報の川田たい。近かうち飲もかねえと言うたろう」

　そうだ。市役所で会った肥之報のカワヘイだ。飲もうと言ったのは、しかし、彼の方だった。

「あ、ああ。そうだったな」

「明日が、時間のとれるけん、飲まんや」

「あ、明日は、社の奴《やつ》とプライベートで約束してるけど、一緒でいいか？」

　ちらと、中岡の顔をうかがうと、俺ァかまいませんよという表情でうなずいていた。

「一緒でよか。先に飲んどってよ。八時頃になる。出校してくるけん」

　それだったら、六時過ぎに行けば、中岡の相談も受けて、一段落した時間だろう。

　場所を打ち合わせた後、カワヘイはがらりと話題を変えた。

「今まで、市の臨時議会に行っとった。今日のは面白かったぞー。今まで傍聴した議会の中では、一番面白かった。議題は死者蘇生の行政対応、一本たい」

「議論が白熱したのか?」

「いやあ、ある程度、シナリオはできとったけどな、取材が凄《すご》か。全国から集まっとったい。地方中核都市の臨時市議会ていうても、あぎゃんマスコミの群れてくるというのは例のなかっじゃなかかかな。マーチン効果ばい。今夜は全国のニュースでも流れるぞ」

その夜、NHKのローカル・ニュースも、全国ニュースも、熊本の臨時市議会の様子を伝えた。雅人も、まんじりともせず、その報道を見守った。

議会内部の映像はなかったものの、議会へ入っていく市長や議員の姿が映されていた。熊本における死亡者の復活現象の多発を熊本市がどのように認識し対応するかが討議されたことを淡々と伝えていた。臨時市議会終了後、熊本市役所四階にある市政記者会見室で行われた市長の記者会見の様子も併せて放映された。

全国で流された熊本の臨時市議会についてのニュースは約二分である。

そのときの様子をカワヘイは電話口で話してくれた。その記憶でニュースを見ると、あっという間の報道だった。

市政記者室の会見に出席できるのは肥之國日報をはじめとして加盟しているマスコミ十三社だそうな。そこにどう潜りこんだのか、五十人ほどのマスコミが溢《あふ》れ返ったという。

「(死亡者の復活については) ここに至り、事実と認めざるを得ない状況です。ついては、行政として何ができるかを前向きに取り組みたいと考えます」

短いながらも、そのようなコメントを市長は発表したという。

NHKのニュースでは省かれていたが、その後の記者の質問では、以下のようなやりとりが市長との間で行われている。

——死者の復活。いわゆる黄泉がえり現象の原因はなんでしょうか？

「まったく今の段階では不明です。我々は事実を事実としてとらえることしかできません。原因究明については、他の機関と協力しながらやっていくべきでしょうが」

——熊本都市圏で、何名ほどの黄泉がえりの方がいるのでしょうか？

「これから、実態の把握に動きますので、現時点では、わかりません。早急に実数を摑《つか》むよう努力するつもりです」

——黄泉がえりの方に対して具体的には、どのような対応ができるとお考えでしょうか。

「今から、実務レベルで各部署毎《ごと》に検討に入る予定です。ただ、特殊蘇生者の方は、熊本市だけにとどまらず、熊本市近郊でもおられるらしいと仄聞《そくぶん》しております。近隣市町村及び県とも密接に連携をはかりながら、特殊蘇生者の方々の一日も早い社会復帰をお助けしたいと考えております。ただ、国としての結論が、まだ頂けていない部分もありますので、地方自治体として早急に動かざるをえない場面では、超法規的な対応もとるべき必要があるかと考えています」

——黄泉がえりの本人認定などは、どのような形になるのでしょうか？

「それも併せて、様々な形での検討に入っております」

——この黄泉がえり現象は例のない対応が行政に迫られると思います。普賢岳災害の際、島原市長は事態が終息するまで髭《ひげ》をそらないと宣言し実行されましたが、市長は、何か、そのような決意をお持ちでしょうか？

「やはり、例のないことで危機管理的対応が必要だと胆《きも》に銘じております。そうですな。私なら……酒ば、やめまっしょか。そのくらいの気持ちで取り組みます」

18

肥之國日報の川田との約束は、編集局のある世安《よやす》近くの焼き鳥チェーン店だった。三千円もあれば、飲んで腹一杯になるぞというカワヘイのお奨《すす》めだったからだ。児島雅人は一人で「大吉」の縄暖簾《なわのれん》をかき分けた。

約束は、中岡と七時ということにしていた。中岡秀哉は、一度、帰宅して着替えてくるということだった。だが、すでに中岡は、四人掛けの席にいる。「あっ、課長ぅ。児島課長ぅ」と掌をヒラヒラさせながら雅人を招いた。その中岡の隣には、今どき珍しい頭を丸刈りにした小学生が座っていた。雅人は、これが中岡の兄なのかと瞬時に察した。たしか、留守番させておくと言っていたのではないのか。

「児島課長すみません。肥之國日報の記者さんも来るらしいと言ったら、兄がどうしてもついて行きたいっていうもんで」

仕方なく雅人は、「あ、まあいいけど」と答える。

「いやあ、兄の分も、自分で払いますから」

中岡は、頭を掻《か》いた。

中岡の〝兄〟に軽く雅人が頭を下げると、丸刈りの少年は、すっくと立ち上がり、深々と礼をして言った。

「初めまして、中岡秀哉の兄の中岡優一です。いつも弟がお世話になっております。今日は大人の席に、無理についてきて申し訳ありません。邪魔にならないようにしていますので、どうぞ、お許し下さい」

優一という少年は、よく通る声をしていた。

雅人は感心して頭を振った。

「いやあ、しっかりしておられる。外見は大人の弟さんよりも、余程、礼儀正しい」

中岡秀哉は、よして下さいよとのけぞる。

「で、どうして肥之國日報の記者が来るということに興味があるの?」

雅人が尋ねる。

「いやあ、兄は、勉強好きなんですよ。生前も……あ、変かな、この言いかた……勉強の虫だったんですが、今も、私が仕事やってる時間帯は、ずっと市立図書館に浸りっぱなしなんですよ」

そう秀哉が答えた。

「世の中が、どう変わったかということに、まだ追いつけないから、追いつこうと思って、努力しているだけです。それに、新聞社の人だったら、一般の人たちが、まだ知らない情報も持っておられるかなと思って」

優一は、照れながら、そう答えた。声変わり前の高い声だが、言っていることは大人のそれと変わりはしない。雅人は、またしても感心して腕組みした。目の前の少年の眼には輝きがある。近頃の子供たちとは、何だか雰囲気がちがう。自分も子供の頃は、この優一という少年のような純粋な外見を持っていたのだろうかと雅人はふと思った。

三人の前に焼き鳥が盛り合わせて並べられる。雅人と中岡秀哉は生ビール、そして優一少年はウーロン茶を飲む。「じゃ、とりあえず乾杯」大人二人と子供一人がグラスを合わせた。

カワヘイが来る前に、相談ごとは片付けておいたほうがいいだろうと、雅人は口の端についたビールの泡を拭《ぬぐ》いながら言った。

「さてと。相談というのは……。兄さんの前でいいのかな?」

優一がこくんと小さな顎《あご》をうなずかせた。

「かまいません。秀哉は、子供の頃から、こんなお調子者のところがあったんです。相楽さんのところの御主人のことは、ぼくも秀哉から聞きました。遠慮なくどうぞ」

それから、優一は、つくねを頬張った。

中岡秀哉が、一人取り残されたような表情になった。

「ええと、いきがかり上なんですけどね。彼女と思っていた女性に死んだ亭主がいた。ところが、うちの兄みたいに、例の黄泉がえりで亭主が帰ってきた。そこへ私も行きあわせたっス」

「ふうん。三角関係というやつか」

ぶるぶると中岡は頭を振った。

「そこ迄《まで》も何も——三角関係も成り立ってないスよー。ただ、俺ァ、兄が言うようにお調子もんだから、胸叩《たた》いちゃったんス。御主人の社会復帰は、まかせて下さいってね。で、胸は叩いたものの、この後どんな手続きをやったらいいのか、見当もつかずにいるんですよ。新聞じゃ、戸籍もまだどうなるのかわかんないって、あるでしょう」

「一つ訊《たず》ねたいことがある」

「はあ。何でしょう」

「その夫婦とは、中岡くんは、どう、これから関わりあっていくんだ？　いわば、その夫婦とは他人だよね」

　雅人は、常識的な答えを導こうとした。

「そりゃ、関係ないだろうと言われりゃ、そうですけど」

　口を尖《とが》らせる中岡に、雅人は言う。

「だったら、それ以上、深入りしないことだな。それが一番いい選択だと思うけれど。どうしても時間がとれないからとでも連絡しておけばいいだろう。冷たい言いかたかもしれないけど」

　中岡は、明らかに不満そうに肩をすくめた。雅人は思う。自分の考えが利己主義なのだろうか。だが、中岡は今は人の心配をする余裕などない筈《はず》だ。そう高い収入を得ているわけでもないし、小さな子供の扶養家族も増えたわけだ。まず、自分自身の周囲を固めることを考えるべきなのにと。

　しかし、どうも中岡はもっと別の答えを雅人に期待していたようだ。だいたい相談をしたがる人間は、相談する相手から返ってくる答えを無意識のうちに想定しているものだ。だから、自分の気持ちに同意してくれる相手こそが、最高の相談相手ということになる。

　だが雅人は安易な答えに流れることはしない。一番の安全牌《パイ》を奨めるが、相手の耳に快く響くかどうかは、わからない。

「でも、もう俺ァ決めてるんスよ」

口を尖らせた中岡はムキになって言う。

「俺ァ、玲子さんと翔くんに約束したっス。お願いしますと頭を下げられたっス。俺は男です。相楽さんとこの一家を助けるっス」

はあっと、溜《た》め息を吐きたくなる衝動を雅人は必死でこらえた。自分とこだって、黄泉がえりを一人抱えているんだ。何と能天気な男だろう。

「そう決めてるんだったら、私に相談も何もないだろう」

「いや、手続きの方法とか色々わかっても、仕事に支障をきたすことはないって思ってるんです。手順さえわかれば、兄がやるって言ってますし」

優一少年も目玉をくりくりと動かした。そんな仕草のときは、やはり兄弟似ているものだと、雅人は思う。

「秀哉から、話は聞いていますから。ぼくは今、時間は余るほどあるんです。ぼくが、自分で動いてみてもいいと思ってるんです」

優一少年は食べ終わった鶏皮串をそう言って置いた。

「だけど、優一くんは中岡くんの兄さんと言っても、まだ子供なんだし……」

中岡が両手を振った。

「兄をただの子供と思っちゃいけませんよ。昔から、すごい頭していたんですから、代陽小学校の湯川秀樹って言われてた秀才ですよ。今の大人の俺さえ、教わることばかりなんですよ」

中岡だったらそうだろうなと言いかけたが雅人はそれを口にするのは、やめにした。

「今だって、俺が会社に行ってる間に、ちゃあんと、自分の食いぶちは稼いできてくれてるんですから。もう近所で三十軒くらいのお年寄りと友だちになって、便利屋みたいなことをやって可愛《かわい》がられてるんです。今日のこの焼き鳥代だって、兄が出してくれるって……アツッ」

優一少年にどんと胸を肱《ひじ》で突かれて、中岡は顔をしかめた。

「ほんとうに秀哉は、お調子者だな。言わなくていいことまで口にするから失敗するんだぞ」

「あ、兄ちゃん。ごめん」

大人と子供の関係が逆転している様子を見るのも不思議なものだ。自分と父の雅継が話しているときも、これに似た状況があるのだろうなと雅人は思った。

「そういうことなら、私の方からどうこう言う筋合いはないいな」

「で、手続きとか、どんなものなんですか？　児島課長、少しは詳しいんでしょう」

雅人は虚を衝《つ》かれた思いだった。雅継が黄泉がえっていることは、社ではまだ誰も知らないはずなのに。

「詳しくはないよ。……何故《なぜ》だ」

「だって、もっぱらの評判ですよ。何か……先代のうちの社長、黄泉がえってるそうじゃないっスかぁ。だったら、色々、常務からお役目がまわってくるのは、児島課長のとこだ。手続きとか詳しいでしょう」

大沢水常務から雅人は、まだ極秘にと釘《くぎ》を刺されている。先代社長が黄泉がえっていることを、まだ口にするわけにはいかない。どう答えておけばよいものか……。

「黄泉がえりの手続きとか、今の時点では正直、私にはわからない。そう答えるしかないな」

雅人の答えに、中岡が追いかけるように口を開きかけたとき、「おお。待ったかあ」と声がした。

助かったと内心、雅人は思う。肥之報のカワヘイが現れたのだ。肩から吊《つる》したバッグをどさりと雅人の横に置いた。それから、突然、ぼりぼりと頭を掻きはじめた。焼き鳥の皿にフケが舞い落ちる。三人は川田平太を見上げた。

19

おたがいの紹介も終わらない前、肥之國日報の川田平太は、「じゃ。ま。何はさておき。とりあえず」と生ビールを持ちあげ乾杯した。一息でジョッキを飲み干し、顔中をしかめて「クアーッ」と言った。典型的なオヤジの飲みかたと言える。それから残り少なくなっていた、自分のフケがのっている焼き鳥を、あっという間にたいらげた。

「追加するか」とカワヘイが言う。雅人は、カワヘイのフケがのった焼き鳥が片付いて胸を撫《な》でおろす。

すぐに四十代半ばの童顔の店主が、ニコニコと串盛りのお代わりを持ってきた。

やっと落ち着いたらしいカワヘイは、優一少年を見て話しかけた。

「へぇー。君も黄泉がえりか。子供の黄泉がえりに会ったのは初めてだ」

雅人と中岡は、顔を見合わせた。まだ紹介も済んでいないというのに。あわてて、雅人は中岡兄弟と川田平太をそれぞれ紹介する。

「しかし、一目で、よくこの子が黄泉がえりだとわかったな」

感心して、雅人が尋ねると、カワヘイは胸を張った。

「おお、今、一日中、この件ばかりにかかっとる。黄泉がえりの本人にも何人て会うとるけん。すると、どこがどうとは言えんけど、何か共通したものがあるんだなぁ。だから、優一くんを見たとき、すぐわかったとよ。顔つきとかじゃなか。雰囲気かな。眼が深か……変な言いかたよね。まあ、よかたい。俺のカンで言うたことだから」

「あっ。そうっス。俺も、そう思ってたんです。兄の眼と、玲子さんの御主人の眼。いやあー。皆、思うこと同じだなあー」

秀哉が反射的に口をはさむ。

今、何人もの黄泉がえった人々の取材を続けているという。そんなカワヘイとの話題は、この現象についてのものとなっていく。それに、中岡兄弟も、記事になっていない黄泉がえりに関する情報を仕入れたがっているのだ。自然、話題は、そちらに流れていかざるをえない。

「原因は、わかったのか?」

雅人は尋ねた。

「全然わかってない。黄泉がえった本人たちも気がついたら家の前にいたっていうことでな。巷《ちまた》に出回ってる情報なら色々あっぞ。某国で復活させたクローン人間で、社会混乱を狙《ねら》っているって投書があったな。だけど、それを何故熊本でやらねばならんかと考えると無理があるな。カルト宗教集団の〝とんでも科学〟って説もあるが、根拠はない。これから、色んな説がでてくるだろうけどな。本格的な調査はこれからだろう。熊大の研究室のいくつかが、独自に調査を始めているらしいから」

「クローン人間って……ＳＦ映画とかで出てくるアレか？」

「そうたい。今の技術では、卵細胞に体細胞の遺伝子を組みこんで、親と同じ遺伝子を持った子供を作るということだな。ただ、国際協定があって人間のクローンは研究しちゃいけないということになってる。だから、国際協定無視の何でもありの国と言うたら、あそこだろうってこったい。でも、それじゃ説明がつかんのよ。黄泉がえりの人たちは子供から老人に至るまで色んな世代の人たちがいる。某国のせいだったら、六十年前からこの準備を始めていたということになるけど、そんな技術そのものが、世界のどこにも考えられていなかったんだからな」

カワヘイは多弁である。ビールをくいと飲むと、再びぺらぺらとよく喋《しゃべ》くる。しかも熊本弁である。

「ねぇ、ねぇ……課長ぉ。あれ……尋ねていいっスか？」

中岡秀哉が、雅人の袖《そで》を引っ張った。

「ああ」

兄弟は、社会復帰に関する情報を知りたいらしい。雅人も、それは同じだ。

「周囲に色んな黄泉がえりがいるんですが、皆、社会に早く戻りたがってるんですけど。新聞でまだ発表できないようなことありませんか？　国はどう考えてんですか？」

「国ぃ？」

カワヘイが眉《まゆ》をひそめた。

「国はまだ何もせんよ。この現象が全国で頻発しとるなら話は別たい。熊本県の一地域で発生しとる現象には国は、まあだ知らんふりたい。調査結果を待っとる……そのくらいの答えしかせんよ。水俣《みなまた》病もそうだったでっしょが。何も学習しとらん。なーんでん、後手たい」

カワヘイは唇をへの字に曲げ再び一気にジョッキを空けた。

「それじゃ、このままの状態で進展しないということですか」

優一少年が尋ねた。いつの間にか、ノートを取り出してメモをとっている。

「うわぁ、今日は逆のごたる。俺が取材されよる」

とカワヘイはおどけてみせた。それから真顔に戻って続けた。

「県は、今日、対策本部を作ったよ。熊本都市圏特殊復活者対策本部だったかな。知事が広域的な対応をするて意思を表示したから。本部長は、女性知事本人たい。市町村課の入り口に今日、看板ばあげた。知事はこう言ってたばい。生命に頭を垂れる気持ちは変わらんてな。女性知事のポリシーだけんな。ばってん、前の知事が黄泉がえったらどぎゃんなるかね」

現女性知事の前任は在任中に急逝しているのだ。

「市の方はどうですか?」

「今、黄泉がえり対策のプロジェクトチームを作って検討中たい。ばってん、戸籍は、国がそんな状態だけん戻らんよ。だから、戸籍に代わる登録の手段を考えよる」

「戸籍に代わる籍ねぇ」

「そう。特殊復活者別帳とかね」

「何か、時代劇っぽいな。無宿人別帳とか清張の小説であったなあ」

「じゃあ、〝鬼籍〟にするのかよ。あ、失礼」

カワヘイは優一少年に言った。無神経だと自分でも思ったらしい。あの世へ行くことを、鬼籍に入るという。カワヘイ独特の軽口だったのだ。

「とにかく、登録をすませたら、それから市では、順次、住民票が発行されることになる。まぁ、一般市民とは別途管理しますということだな。しかし、それでも、一応は熊本市民としての扱いが受けられる」

「じゃあ、すぐに、その別帳は市で受け付けてくれることになるんでしょうか?」

優一少年が尋ねた。

「そう。しかし、その前に認定を受けなければならないだろうな。全国には、自分の素姓を変えたい人間や、不法入国して日本国籍を得たいと考えている連中がゴマンといるらしい。闇雲《やみくも》に受け付けたら、大変なことになる。だから、本当に黄泉がえりの人物かどうかの判定をする黄泉がえり審査会が設置されるはずだ」

「それは、いつ頃、決まるんだ」

「もう、人選が最終段階に入ってるらしいよ。医師会の代表とか、法医学の教授、歯科医師会の代表、県と市から一名ずつ。それに学識経験者。とりあえずは、申請が殺到するだろうから事務かたが、ひどい目にあうだろうな。忙殺されて」

「じゃ、審査会に書類で申し込むということか」

「ああ、それから、本人と確認するための、鑑定があるはずたい。マーチンのとき評判になったろう。DNA鑑定が。あれと、歯型鑑定のどっちかだろ。書類で本人が審査会に申し込むときに、口の内側から粘膜を採取する。同時に、親か子からも採取して比較鑑定するちゅうわけだ。ほら、クリントン大統領が、スキャンダルを起こしたとき有名になった方法たい」

　雅人は、その話を聞いていて、何だか肩の荷がおりていくような気がしていた。父親の雅継も、今は宙ぶらりんな状態だ。その状態にやっと道筋がついたように思える。父親も再び社会人として迎えられることになるのだ。

　話題は変わり、雅人の近況の話になり、中岡に聞かせていい程度の仕事の愚痴ももらした。しかし、雅継の話題はまだ出さずにいた。

　カワヘイは優一少年に黄泉がえってからの社会の感想を尋ねたりした後、自然と話は、現在の取材の印象に戻ってくるのだ。

　中岡秀哉が、何故、そんなに黄泉がえり者の社会復帰手続きに興味があるのかと尋ねられ、相楽玲子の話をしたときだ。

「あ。そりゃ、まだマシな方ばい。うわー、こら、どぎゃんなるとだろかて思うたのは、再婚した旦那《だんな》のところへ、前の奥さんが生き返ってきたところがある」

「え！　で、その家庭はどうなってるんだ」

「いや、その旦那は、死んだ奥さんと、今の奥さんと三人で暮らしてるよ。死んだ奥さんってのが、やたら気が強い人だそうで、近所でも、こりゃあ大騒動になるばいと固唾《かたず》を呑《の》んで見守っていたら、別に揉《も》めごとは何も起こってないらしい」

　へえーと、雅人は溜め息をついた。世の中には、雅人の想像もしなかった色々な黄泉がえりのケースが発生しているらしい。

「それから、気になることがある」とカワヘイが続けた。

「なんだよ」

「いや、この数日、自殺者の数が増えはじめた」

「何故だ」雅人は首をひねった。

「黄泉がえりが、社会に認知されたのが境になってる。今日も八人の自殺者が出てる。寝たきりの老人とか、不治の病に罹《かか》って死を待つだけの患者とか。残された遺書にも、その旨《むね》が記してある。身体《からだ》を患《わずら》って死を待つより、一刻も早く健康体で黄泉がえりたいってな。

人間の死生観そのものが変わりよっとたい」

雅人たちは、どう答えていいものかわからず、押し黙った。

すでに時計は十一時をまわり、お開きということになった。

「楽しかったよ」

と手をあげたカワヘイに優一少年は、

「電話して色々尋ねていいですか」

と言った。カワヘイは笑って優一に自分の名刺を渡し、うなずいた。

知覚を〝彼〟が持った理由は、今でもまだわからずにいる。

知覚そのものの体験がないのだ。

広大な空間を放浪していたときには、〝彼〟は、〝力〟と出会い、吸収し、放出するだけの繰り返しだった。〝力〟があれば、許容内で取り込む。限界まで摂取すれば、空間で放出する。

それが〝彼〟自身、存在意義だと考えていた。これまで〝力〟を得るために立ち寄った惑星では、刺激なぞ感じたことはなかった。そもそも自己以外の意識が存在するという概念がなかった。

この惑星では、〝力〟を得ながら、無数の刺激を体表面に感じた。これまでに経験したことのない刺激は〝彼〟の体表面を粟立《あわだ》たせた。〝彼〟の一部は刺激と一体化し、独立し離れる。しかし、非物質的なつながりを残したまま。〝彼〟の一部は、刺激の波長を学習しながら安定できる物質を媒体として知覚のある存在へと変化する。

いくつもの輻輳《ふくそう》した刺激、あるいは片寄った刺激の場合には、正常な知覚のある存在に変化できない。そのような〝不良品〟が発生したときは、形成過程で自動的に消滅した。〝彼〟が、知覚を持ち、同時に自己がいるすべての地表の状況を知るにいたり、自己がたどりついた惑星の特殊性を思い知った。

この惑星の表面は、微小な無数の生命であふれている。

その生命の発する意識が〝彼〟の体表に刺激として伝わるのだと知った。つまり、刺激こそ、彼らの意識なのだ。

彼らが知らずに生みだした〝彼〟の無数の分身たちは、かつて自分を構成した骸《むくろ》から、知識をとりもどし、分身を求める意識に応じて、それぞれが独立した行動をとっている。

その分身たちの知覚が、無数の情報として〝彼〟に押し寄せてきた。それは奔流のように。

これまで〝彼〟が感じたこともない無数の視覚、無数の聴覚、無数の嗅覚《きゆうかく》、無数の触覚として。〝彼〟は戸惑った。それは衝撃以外のなにものでもないのだ。

即座に〝彼〟はその惑星から逃亡すべきではないかと感じた。しかし、完全に〝力〟が充填《じゅうてん》されたわけではない。

〝彼〟は感じた。ここにいれば、あと数度、〝力〟を摂取することができるはずだと。

それからでも遅くないではないか。

それまで待とう。

〝彼〟の一部たちが、何を学び、何を感じるか、あわてずに、この不思議な経験を〝楽しむ〟道だってあるはずじゃないか。

20

例年より、やや早めの梅雨入り宣言がなされた数日後のことだ。浅川清典《きよのり》は立田山《たつだやま》の五高の森駐車場にスズキのジムニーを駐《と》めて歩き出した。

浅川清典は六十二歳になる。四年前に熊本市内の食品会社を定年退職して、以来年金生活を続けている。趣味は山歩きだ。山歩きと言うより、山菜とりが好きだ。この四年間、存分にその趣味を堪能《たんのう》していた。仕事を続けている間はかなわなかった欲望だ。自由の身になった途端、週三日は、ひとりで山へ出掛けることにしている。だから、清典の年間スケジュールはびっしりと詰まっている。春は大金峰《おおかなぼう》の麓《ふもと》に蕗《ふき》の薹《とう》をとりに行き、その次の週には、一の峯《みね》の下でササナバ（ベニヤマタケ）を探す。桜が開花すると京丈山《きようのじようやま》あたりでタラの芽をとる。タラの芽の合間に、河内《かわち》近くのミカン畑の間にある梅林でハルシメジとなる。前後して南小国《みなみおぐに》の清流沿いで葉わさびを手にすれば、今度は阿蘇《あそ》の原野でウドを掘る。ワラビ、ゼンマイ、コゴミなどは、その往復の間にどれだけでも見つかる場所がある。

先週は自生している山桃を籠《かご》一杯とって焼酎《しようちゆう》づけにした。今週も白鳥山《しらとりやま》へ行き、ウスヒラタケの密生した倒木を見つけ狂喜した。

さて、それが最後だ。

この数日は強い雨が続いていた。いくら身体《からだ》が野外へ飛び出したいとうずうずしても、ひどい天気が続いてはどうしようもない。

その雨が、夕刻も四時前になって、あがった。郊外へ足を延ばすには中途半端《はんぱ》な季節でもあり時刻でもあった。

どこか、近場でも足を延ばしたいな。そう、清典は思った。金峰山《きんぼうざん》か、あるいは二ノ岳か三ノ岳でも。

それから、最近、立田山を歩いていないことに思いあたった。

ああ、あそこなら、この雨の後だ。キノコも出ているかもしれない。住んでいる坪井町からもジムニーで十分足らずで行ける。そんなに時間はとらないはずだ。そう結論づけた。

立田山は、このように熊本市内に近いにもかかわらずキノコの宝庫だということを知っている人は少ない。さて、雨上がりのこの山で今日はどんな食菌《しょっきん》に遭えるかと胸をときめかせながら清典は歩き始めた。腰にはナバ籠を吊《つ》るし、首には手拭《てぬぐ》いをまいて。

左に竹林を見ながら、清典は「冬の森」と呼ばれるエリアへ足を延ばす。この時点で、清典はまだ、世間で「黄泉がえり」という現象が話題になっていることは知らない。退職してから世間とのつきあいも激減している。家族や親戚《しんせき》でも「黄泉がえり現象」で生き返った人の例はないから家族の話題にものぼらない。新聞も読むが、自分に興味のない市役所の記事など目に入ってこない。唯一《ゆいいつ》、マーチンという歌手が生きていたという報道は知っていたが、芸能スキャンダル報道くらいの認識しかなかった。

世の中は流行に敏感な二割の人と平均的な四割の人。そして、流行に遅れるけど乗ってしまう二割の人と、流行そのものを知らずに過ごす最後の二割で構成されるらしいが、清典は、その最後の二割に属するらしい。清典が家族から「ナバ仙人」と呼ばれる由縁だ。そんなことより清典の日常にとって大事なことは山菜とりだ。

三百メートルも歩いたとき、左手の立ち枯れたシイの木にびっしりとキクラゲがついているのを見つけた。アラゲキクラゲではない。本物の暗褐色のキクラゲだ。濡《ぬ》れてぷよぷよと無数の耳たぶが下がっているようだ。ナイフを取り出し、幹から一つずつ丁寧に剝《は》がしていく。満足して清典は「よしっ」とひとりごちた。今日は幸先《さいさき》がいいぞ。

雨あがりのためか、遊歩道を散歩する人の影もない。一組の老夫婦と出会ったくらいのものだ。森林研究所のホダ場を過ぎたあたりから、様々な種類のキノコが歩道沿いの斜面に姿を見せはじめた。ヤブレベニタケやツチカブリ、カワリハツなどだ。どれも辛味があるので、清典は見向きもしない。コテングタケモドキは食えないとわかっていても、形の見事さに足を止めて見入った。マッシュルームの丈を高くしたようなウスキモリノカサの菌輪にも出遭ったが、ドクツルタケやシロタマゴテングタケを連想してしまい手が出なかった。南展望台を過ぎ、中央展望台と山頂をつなぐ道路を横切って、コナラとカシの雑木林へ入った。しばらく林の中を歩くと、樹々《きぎ》が途切れ、車道があった。車道の向こうには無数の墓がならんでいる。

ああ、こちらじゃもう駄目だなと引き返すと、チチタケが三本ならんでいるのを見つけた。少しクセはあるが、清典が好物のキノコだ。これだけじゃ物足りないなと思っていると、十数本のチチタケが点在していた。手がチチタケが分泌《ぶんぴつ》する白い液で濡れるのもかまわず籠を腰からはずし放りこんだ。採り終えたとき、予想以上にあたりは暗くなっていることに気がついた。

今夜はチチタケのバター炒《いた》めと、キクラゲの酢のものだ。そう思ったときだった。声がした。

あたりを見回したが、何も見えない。猫の鳴き声だったのだろうか。一度、この辺りでキツネを見たことがある。キツネは鳴くのだろうか。化けギツネはコンと鳴くと思ったが。それとも気のせいだったのだろうか。

イ……イ……。

ギ・ギョォ……。

高い声と低い声が重なるように響いた。

気のせいなどではない。獣の声か、人の声かもわからない。何故《なぜ》か、背筋を虫が這《は》い登ってくるような感覚を清典は覚えた。一人じゃ……いや一匹じゃあない。立ちすくんだまま声の発生源を探した。

一陣の風が吹き抜ける。邪《よこしま》なものの存在を林が感じたように樹々がざわめいた。

グギィギギギ。

イョォーァイ。

はっきりと方角がわかった。籠を手にしたまま、清典は、その藪《やぶ》に呼びかけた。

「どうした。誰かいるのかそこに」

声が答えた。ギァイギィィィ。「人間か」イアア……ィ。それから力なく藪だけが震動していた。

確かに何かがいる。人か獣かはわからない。あるいは事件かもしれない。誰かがこのあたりで襲われて力尽きかけているのか。そのとき清典は自分がはっきり恐怖を感じているることを知った。相手は日本人ではないのかもしれない。言葉になっていないのだから。

「けがしてるのか？　そこにいるんだろ」

藪のむこうへ行く勇気はない。しかし、確かめねばならないという使命だけで丈の高い藪を掻《か》き分けた。

そこに倒れていたのは人だった。薄暗がりでもはっきりとわかった。だが、身長は一メートルもない。全裸で、全身が皺《しわ》で覆《おお》われていた。手足があるかないかという形状なのだが、身体そのものはずんぐりしている。

首がなかった。胸の上部に皺だらけの顔があった。

清典はあんぐり口を開き立ちすくんだ。異形の人がごろりと、寝がえりを打った。

背中に、もう一つの顔があった。苦しそうに顔全体を歪《ゆが》ませたが、それは若い女の顔だった。背中の顔が救いを求めるように口を開いた。イヤアアア。女は叫んだ。

その裏でも低い声がする。グギャァア。

清典は恐怖の頂点に達していた。ナバ籠を放り出すと悲鳴をあげて走り出した。

どちらの方角を目指したのかはわからない。車道までとにかく一直線に走った。何度か斜面で足をとられながら。車道を駈《か》け降りると自分が携帯電話を持っていたことを思い出した。パトカーが到着するまで、小磧橋《おぜきばし》へ出る車道で荒い息を吐きながら清典は待った。それは十分ほどだったのだが、一時間も待ったような気がした。

背の高い二人の警官だった。案内するのはもう厭《いや》だったし、清典の要領を得ない話に、警官は半信半疑でもあった。しかし、清典はナバ籠をそこに落としてきてしまったのだ。

仕方なく先導した。

「倒れていたのは一人ですか?」

と警官に歩きながら尋ねられた。

「ええ一人です。でも二人かも……」

警官は顔を見合わせた。そうとしか答えようがなかった。二人の人間が一人になっていて……と説明しようとすれば、話はだんだん嘘《うそ》っぽくなっていく。清典自身にも自分が見たものが信じられないくらいだから。

ひょっとしたら……自分は「むじな」に化かされたのではないだろうか。そんな話があったはずだと清典は思う。そうだとすれば、二人の警官が「そりゃあ、こんなだったんですか」と言い、振り返ると……。そんな連想を浮かべて警官を窺《うかが》うと、二人は、うっとうしそうに、顔に纏《まと》わりつく藪蚊をはらっていた。

「あ、そこです。その藪の向こうです」

ナバ籠は藪の近くに確かに落ちていた。しかし、声はない。声どころか怪人の姿は跡形もなかった。

「確かにここだったんだ。嘘じゃありません」

しばらく、あたりを警官たちは捜しまわった。異形が横たわっていたあたりも、気配も残っていなかった。

「風邪気味とか、身体の調子が悪かったのではありませんか?」

警官の一人がそう言った。

「そんなことは……確かに……」

清典の語尾は小さくなった。

そして今、清典の言葉の真実を証明するものは何もなかった。

21

熊本市という地域社会の中でも、黄泉がえりという現象が、一般市民にも日常のできごとの一つとして受け入れられはじめたことは、いろいろな場面で実感することができる。児島雅人が、総務担当として、会社宛《あて》の郵便物を振りわけるときも、故人の黄泉がえりを知らせる挨拶状《あいさつじょう》が、急に増えてきた。

それだけではない。人の集まる場所へ出掛けたときなど、日常化した黄泉がえり現象の場面を目撃したりすることが多くなった。

銀行へ記帳に行ったりすると、雅人が座っている待ち合い椅子《いす》の前で、初老と中年の女が会話していたりする。

「あらー。由美子さんじゃない。ね、そうでしょ」

「あ、山部さん。山部羊子さん。変わってないわね。皆、変わってるのに」

「すぐわかったわ。由美子さん、黄泉がえったって噂《うわさ》では聞いてたのよ。由美子さんを招いて、クラス会しなきゃねって、皆で話してたの。帰ってきてびっくりしたでしょ。

色々と変わってるから」

「最初びっくりだったけど、もう慣れたみたい。わぁー。私も皆に会いたい——」

「それでね。担任だった横田先生も、黄泉がえっとられるみたい。だから、横田先生もお招きして」

二人の様子を椅子から見上げながら、何だかひとまわりもちがう女同士がはしゃぎあっていても、まるで同窓会の会場で交わされているような会話だなと、雅人は感心してしまっていたりするのだ。

床屋へ足を延ばしても、床屋の主人の口からも、こともなげに、黄泉がえり現象の話題が出てくる。景気はどうですか……というあたりさわりのない話のフリからも。

「ええ、ちょっと最近はいいですよ。ほら、常連さんだった方が、ケッコー黄泉がえってこられてて。初めは驚いてたんですが、もう慣れましたよ。北澤製菓の若旦那《わかだんな》とか、魚屋の吉田さんのおじいちゃんとか、安田衣料のテッちゃんとか……みんな黄泉がえってててね、元気に来てくれるんですよ。やっぱり、行きつけてたところで顔をあたってもらわないと駄目だって。ありがたいですよね。それで、黄泉がえった方たちの頭の伸びがね、かなりね、速いですよねぇ。うちらには、ありがたいですけどねぇ」

それは、雅人も知らなかった。やはり、ここでも、黄泉がえりは、日常化していることがわかる。

そこで、床屋の主人は、頭をひねる。

「吉田さんとか、テッちゃんとか、生前、最後に見たときは、皆やつれ果てていて、ほら、死相ってんですか、出てて。ねぇ。それがあんなに健康体でぴんぴんして黄泉がえるって不思議ですよねぇ」

そんな、床屋の主人の科白《せりふ》が思い出される場面も、雅人は体験している。

常務に誘われてビヤホールへ行った。大沢水《おおそうず》常務はビール党なのだ。早い時間に切り上げ常務とは別れたのだが、まだ少々、腹がもの足りなくて、新町にある近所のおでん屋に寄った。そのおでん屋は小さなつくりで、カウンターと、六人ほど座れる畳のスペースがある。そこに、年齢もばらばらな三人の女とすでに酔い潰《つぶ》れかけて卓に突っぷしている中年の男がいた。職場の飲み会といった印象だった。

雅人はカウンターに腰を下ろしたが、三人の女たちの会話から、彼女たちは同じ職場の看護婦たちであることがわかる。否応《いやおう》なく、話が耳に入ってくるのだ。

「珍しいよねー。渡辺先生こんなに酔っちゃってぇ」

「ああ、可哀《かわい》そうなのよ。色々、ストレス溜《た》まってて」

「でも、明日は、手術《オペ》なんでしょう。いつもは、もっと酒を控えるよねぇ」

「渡辺先生も色々迷ってることあるのよ。人間だから」

「なんで迷うのよ」

「ほら、例の黄泉がえりよ。明日のは、胃ガンで全摘らしいんだけど、私のカンじゃ、他にも飛んでる可能性が大きいのよね。だとすれば、患者さんはだんだん体力なくしてくでしょ。ところが黄泉がえった人たちは、皆、健康体じゃない。やっぱり、虚《むな》しくなっちゃうよね。医学の限界を感じるよね」

「そう言えば、渡辺先生、今日、患者の家族に、病状説明《ムンテラ》やってたら、家族からこれ以上苦しまないように安楽死させてやってくれって言われて絶句していたのよ。きっと黄泉がえってきてくれるにちがいないからって」

「あっ、そんなこと言われたら、虚しいよねえ」

「虚しい。虚しい」

コンニャクを頬張る雅人の背後で、「渡辺先生」らしい中年男が、ううむ、という呻《うめ》きに近い声を発した。

世安中学校三年B組担任の武田先生が、五時限目の授業が終わって職員室へ戻ると、机の上にメモがあった。校長室へお願いします、とある。教頭の筆蹟《ひっせき》だった。

教材を机の上に置き武田先生は校長室へむかう。いったい何の用なのだろう。

校長室へ入室すると、校長と教頭、それに保護者らしい女が、応接用の椅子に腰を下ろしていた。

その女には、見覚えがあった。

眉間《みけん》に刻まれた縦皺をのぞいて。

「お待たせしました。何か」

武田は、三人に近付いた。

「や、武田先生。御足労頂いてすみません」

校長がそう言って、席に着くことを促す。

武田先生は、その時点で女の正体を思い出していた。

記憶に間違いなければ……、彼女は、山田克則《かつのり》の母親だ。あのときは、校長も、自分も繰り返しテレビの画面に登場した。

「武田先生。山田克則くんのお母さんです。今日は、我々に御相談があって見えている」

山田克則の母親は、ややバツが悪そうにも見えたが、「どうも。よろしくお願いします」と小声で言って頭を下げた。

どう応《こた》えるべきなのか。「その折は」でとどめるべきなのか。武田先生は、結局、山田の母親に深く礼をして「失礼します」と母親の隣に腰を下ろす。

校長も武田先生も、「学校側の管理責任」として、一カ月ほど前この母親に激しくなじられた身であるのだ。

武田先生は反省している。ただ、生徒たちの口からは、何もそのような情報は発せられなかったし、山田克則本人からも、そのような兆《きざ》しを示すサインは送られてこなかったと思う。あるいは、自分が鈍感で気がつかなかっただけかもしれないのだが。

しかし、結果的に、山田克則はいじめにあっていたことになる。それは、山田克則の自殺につながることになった。

「山田克則くんが、黄泉がえったそうだ。数日前に」

校長が、言った。死者が還《かえ》ってくる現象。武田先生は、そのような非科学的な現象が、熊本市を中心に発生しているということは仄聞《そくぶん》していたが、身近で例として聞いたのは、それが初めてだ。母親の眉間の皺は、一カ月前まではなかった。ひょっとしたら、山田克則の黄泉がえりという非現実的なできごとの結果、生じたものではないだろうか。

「山田くんがですか」

「そうです。それで、お母さんが相談に見えられた。まず、お母さんは、この話を直接、市の教育委員会に持っていかれました。本人が再度の就学を希望しているということで。で、今、別クラスでの編入をと私は考えていたんです。前回、山田くんのお母さんが、学校に来られたときも、おたがい、その方向でと合意していたんです」

「はあ。わかります」

遺恨を残しているにちがいないクラスには入れない方がいいのではないかと考えるのは、母親でなくても当然だろう。

「ところが、克則くんは、生前と同じ、三年B組に戻りたいと言うんだそうです」

武田先生は、目を剝《む》いた。

「本人がですか？」

「そうです。本人は、強く希望しているそうです。お母さんも、本人から望まれ、困惑しながらも、今日、また、おいでになった。武田先生の御意見もうかがわなくてはと思いましてね。いかがですか」

山田の母親の後ろめたそうな理由も、武田先生にはわかったような気がする。

「私は、山田くんがいじめにあっていたことも察知できませんでした。色んなコミュニケーションを生徒たちととろうとしていたにもかかわらず。彼のできごとの後も、手法を色々と変えてはいますが……私自身の資質もあるのでしょうが、完全にとは、自信をもって言いきれません。

それでもかまわないと仰言《おつしや》るんですか？」

そう武田先生は答えた。逃げをうったわけではない。正直な気持ちなのだ。

山田克則の母親は、深々と武田先生に頭を下げた。彼女がテレビで担任の無責任な対応となじっていたことをより深く心に刻みこんでいるのは彼女自身のはずだ。

「よろしくお願いします」

それらをすべて呑《の》みこんだ上で、プライドも捨て母親は、頭を下げている。

22

肥之國日報記者、川田平太が焼き鳥屋で語った〝予言〟は、その後半月を待たずに現実のものとなった。

熊本市の特殊復活者の受け入れシステムが具体的に発表されたのだ。内容的に多少の変更はあったものの、大筋ではカワヘイの言った通りだった。

特殊復活者審査会が設置され、認定を受けた〝黄泉がえり〟は、市の特殊復活者名簿に登録され、住民票の発行を受けることができる。また住民票の一部に㊝の記載がなされる。また〝黄泉がえり〟者には、社会復帰のための「特殊復活者手帳」が配付されることなどが決定していた。その時点で一般市民同様の市のサービスを受けることができる。

それらは肥之報のカワヘイの署名記事で、雅人は、あらためて知った。熊本市周辺の町村でも、ほとんど同じ対応になったようだ。

だからと言って、具体的にどこに出向いてどういう書類が必要かということは、記事の中身からは見えてこない。

「一応、親父《おやじ》のことも復活者登録しておくかなぁ」

と雅人はぼんやり思ったりする。そんなとき、大沢水常務が、

「児島課長、ちょっと来てくれ」

と雅人を応接室に招いた。

ドアを閉じて、常務の前に腰を下ろすと、すぐに身を乗り出した。

「さっきも社長宅へ行ってきたんだがな。そろそろ、前社長が黄泉がえったことをオープンにする時期じゃないかということだよ」

大沢水常務は、ゆっくりと言葉を選ぶように言った。雅人は、どう相槌《あいづち》を打っていいかわからず「はぁ」と言うだけにとどめた。

「先代も、創業者だし、一刻も早く会社に顔を見せたくてたまらんらしい」

「はぁ」

「一応、市民権も取り戻せることになったし、そろそろ社内的にも発表してもいいだろうということになった」

「前社長は、どういう立場で帰ってこられるんですか?」

「それを、今、打ち合わせていた。一応、代表権のない会長職ということになる。戸籍はないわけだから、商法的に会長職が認められるかどうか、よくわからないが、社内的にはそのような呼びかただ。株は、すでに相続が終わってしまっているから動かさない。

一応、名誉職ということだなあ」

大沢水常務は、口癖である「一応」を三度も使った。

「で、社内で黄泉がえり委員会を作る」

「は」

常務の言う意味が、児島雅人にはわかりかねた。

「前社長の復活は鮒塚万盛堂の対外的な信用を増し、企業イメージを上げる好機と判断したんだ。うまく、この機会を利用したいし、先代の社会復帰もスムーズに行いたいんだ。先代の親族、そして取引先。一堂に集めて、黄泉がえり披露パーティーを開くべきだと思う。そうすれば、一度に前社長の復活は、社会的に認知されるんじゃないか。それを社員たちが委員会を作り率先して企画する。そうすれば、鮒塚万盛堂という組織が、内部でがっちりとまとまっているという印象を世間に与えることができる」

「はあ」

「児島課長は、先代の社葬のときも、あわただしかったが、よく取りまとめてくれたよな。今回も社葬の裏返しと思ってくれればいい。

児島くんが、先代の委員会の取りまとめをやって貰《もら》いたいんだが」

「黄泉がえりの披露パーティーのですか？」

「そうだ」

「しかし、葬儀とか結婚式とか、創立記念パーティーとかと違ってあまり前例がありませんが。名簿とかは、社葬のときの会葬者名簿とか取引先名簿とかで、すぐに取りかかれると思いますが、どのようなパーティーの進行をやるかとなると、すぐには思いつきません」

「だから、委員会で皆で考えてくれればいい。前例がないわけだから、他所《よそ》から知恵を借りてもかまわない」

「と申しますと」

「広告代理店あたりで、進行を打ちあわせてもかまわない。うちのコマーシャル頼んでる肥之日《ひのにち》広告社だったら相談に乗ってくれるんじゃないか」

「わかりました。じゃあ、社内発表はいつですか？　それから、その先代の黄泉がえり……披露宴はいつ頃で設定するとよろしいですか？」

「うむ」大沢水常務は腕組みして視線を宙に数秒さまよわせた。

「そうだなあ。一応……今、社長自ら、特殊復活者の認定手続きをやっとられるそうだ。かなり速いスピードで審査は進むそうだから、数日で結果だけはでるだろう。

だから社内発表は、来週の月曜の朝礼時。披露パーティーは、一カ月後くらいで……七月の中旬くらいかな」

「パリ祭の頃ですか。——そういや、こちらは七月盆の頃ということですね」

「そういうことになるか。一応、委員会の委員長は私ということになる。あまり大人数でも動きはとれない。児島課長とあと数名で動かしていってくれ。経過は、その都度、一応報告してもらいたい。よろしいか」

「わかりました」

当然、そのような仕事が生ずれば総務の役割ということになる。雅人が携わらないわけにはいかないだろう。河山悦美も手伝わせよう。他に誰がいるだろう。営業も誰か委員会に出して貰った方がいいだろうか。寺本課長にも相談してみよう。

「昨日も、先代の話し相手をしてきたよ」

大沢水常務は話題を変えた。

「色々と、会社の話を聞きたいんでしょう」

「ああ。会社にも一刻も早く顔を出したくてたまらないらしい。だが、社長がやりにくくなってはいけないから、常勤はやらないし、別に口を出すつもりはないと言っておられる」

雅人が知っている経営者としての先代は、かなりのワンマンだった。しかし、昔気質《かたぎ》の堅実さを最優先させたワンマンだったはずだ。そんな先代が、現状に口を出さないということがありえるのだろうかと、雅人はふと思う。

「立派だよなあ」と大沢水常務が続けた。「先代がお達者だった頃、今の社長が、健康食品も利益幅が大きいから扱いたいと、何度も先代にかけあったが、遂《つい》に許可は貰えなかった。理由は、そんなものは流行《はやり》すたりがあるし、効果のほどがわからない、うちの商いでそんなものを扱うのは邪道だということだった。先代が亡《な》くなった翌年から、営業のアイテムに社長は、その健康食品も加えただろう。そんなことも私の立場としては尋ねられたら報告せざるをえないよ。一応な。在庫量も製造元のキャンペーンとかでかなり引き取らされてるし。先代は烈火の如《ごと》く怒るかと思ったんだが、そうか……ってうなずいただけだった。今の社長には今の社長のやりかたがあるのだろうとおっしゃったよ。今は……そういうスタンスですよ。先代は。立派だろう」

「かなり、先代のイメージが変わりましたね」

「ああ、変わられた。姿形も、表情も、声も前と寸分変わっておられないし、おっしゃることの内容が、先代しか知りえない内容なんだが、微妙に変わられたように思う。人生というものを悟られたというのか、すべてのことに達観されたというのか……話していて、そんなことを感じることがある。前の先代は枯れていても、何となく生臭いところがあったんだが、その生臭いところがスコーンと抜け落ちられたようだなあ。何か、そういうのがあったな。解脱《げだつ》するっていうのかな」

そんな大沢水常務の雑談を聞いて連想するのは、地球外へ飛んだ宇宙飛行士たちのその後を描いたノンフィクションだ。かなり昔に雅人は読んだのだが、そのルポライターは、地球へ帰還した宇宙飛行士たちは、すべて共通した雰囲気を持っていると指摘していた。地球の表面で争うことの愚かさを悟り、宗教に走るものや、環境運動に身を置くものなど色々なのだが、共通していることは、彼らは無意識のうちに〝神〟に近い考えかたに変化していると感じられることだと言っていた。

そういえば、肥之報のカワヘイも、中岡優一少年を一目見たとき、「黄泉がえりだろう」と当てた。やはり、そのような変化があったりするのだろうかと、思う。黄泉がえりの人々に共通するものが。

カワヘイは、彼らは眼に共通性があると言っていたが……。

応接室から戻ると、背後から誰かが近付いてきた。その近付き方で、中岡だということがすぐわかる。

「児島課長ぅー。いよいよ先代社長の黄泉がえりお披露目なんでしょ。へっへっへ」

中岡は小声で囁《ささや》くように言った。

「地獄耳の横山さんから教えてもらいましたよ」

社内では、重役と総務しか知らない人事案が何故《なぜ》かひとり歩きしていることがよくある。七不思議の一つなのだが、今回もその伝で何故か、横山信子は悟っていたらしい。

雅人は不愉快になり、中岡には、「さあね」としか答えなかった。

しかし、中岡はへらへら笑いから真面目《まじめ》な表情に変わり、雅人に頼みこんだ。

「お願いします。俺にも先代社長の社会復帰の雑務、手伝わせて下さい。俺もやるし、何なら兄ちゃんも手伝わせます。ノウハウを知っときたいんです」

「そのときになったらな」とだけ、雅人は答えるにとどめた。

23

六月十七日の月曜日の朝。

九時前にしか姿を見せない鮒塚社長が、珍しく八時十五分にその姿を見せた。

児島雅人は、ああ今日が社内発表の日だったのかと納得した。

朝礼は八時半だ。

事務所のそれぞれの机の前に立つと、入り口に近い場所に輪番制の司会者が立ち、朝礼を行う。テーマは強化品目の進捗《しんちょく》状況や、商品知識、行事紹介、接遇に関する話題など、その日の司会者によって変わる。

本来は、その日の当番は経理の中原奈々だったが、大沢水常務が、「今日は私が司会する」と宣言した。

その後、すぐに、前社長がよちよちと姿を見せたが、社員全員の反応は驚くほど冷静だった。それどころか、社員のそれぞれが前社長に「おかえりなさいませ」と礼をした。

黄泉がえり現象が一般化したためもあるだろうが、すでに前社長の黄泉がえりは社内では公然の秘密になっていたのだろう。

セレモニーは、あっけないほど順調に終わった。常務の司会で社長が、先代社長の帰還を紹介した。今後は、会長職ということで、我々を見守って頂くという内容だった。加えて、七月十三日の盂蘭盆《うらぼん》の入りに、黄泉がえり披露パーティーを開く。実行委員長として、大沢水常務があたる旨《むね》が発表された。

最後に会長自身が皆の前に立った。心底、嬉《うれ》しそうな笑みを浮かべて事務所内を見回した。

「皆、変わっとらんな。不思議なことに縁あってまた、私、この世に帰ってきた。皆、よろしゅう、また頼むけん」

短い挨拶《あいさつ》だったが、社内は、拍手の嵐《あらし》になった。

その後、大沢水常務から、会長の「黄泉がえり披露宴」の準備委員会のメンバーの発表があって、朝礼は終わった。そのメンバーの中には営業の中岡秀哉の名も入っていた。彼は前もって営業の寺本課長に志願していたようだ。

午後一時過ぎに、二人の男が会社に訪ねてきた。大沢水常務の指示で朝から広告代理店に連絡をとっていた。そのとき午後一番で伺いますということだった。パーティーの打ち合わせだ。ちょうど出先から帰ってきた中岡も、雅人は同席させることにした。

二人は肥之日広告社という名刺を雅人に渡した。二人とも四十過ぎだろうか。作り笑いを浮かべようとする鼻の下に無精髭《ぶしょうひげ》を生やした方が「コピーライター　滝水勤太」とあり、五分刈りの浅黒い、痩《や》せた方が「制作担当　伊達《だて》竜夫」とあった。

「電話でお話を伺った後、二人でどのようなことができるのか色々と考えてみたんですが」

と滝水が言った。

「何しろ前例がないことなんで。御社にはいつも御世話になっておりますのでボランティア覚悟で、プレゼンを作ったんですよ」

「多分、初めてだと思いますよ。で、確認なのですが、こちらの前社長さんの披露宴の目的ですが、まず社会的に前社長……あ、会長さんですね。失礼しました……が健在であることを認知させるということが第一ですよね。第二に会長さんに親しかった方々を一堂に集めて御挨拶したいと……こういうことでよろしいですか?」

伊達が、すくいあげるような目で、雅人を見た。

「はい。そうです。加えて、披露宴で鮒塚万盛堂の社風がこのように活力があるんだ、一致団結してるんだというアピールもやりたいんですね」

代理店の二人は、はあ、そうですねとうなずき、茶を飲んだ。滝水が、その後、ネクタイで口もとを拭《ぬぐ》ったのには雅人は驚いた。その滝水が、一枚の紙をとり出した。

「企画には、全面的に無料で協力致します。営業の方からもそう言われていますし、我々にとっても今回は勉強だと考えていますので。

ところで、全面的協力と申し上げましたが、営業の方から、これだけはお願いしてきてくれと頼まれたものがございまして」

紙には、「ご不幸広告例」とあった。その下には、黒枠で囲んだ広告例が、枠のサイズ別に四つほどあった。

滝水は、あわてて、あっ、こっちじゃなかったと引っ込め、もう一枚の紙をテーブルの上に置いた。

今度は「ご復活広告」とあった。その下に文例がある。

「夫　熊本太郎儀　永眠しておりましたが、○月○日○時○分黄泉がえりました。ここに生前同様のご厚誼《こうぎ》をお願いするとともに、謹んでお知らせ申し上げます。

熊本市○○町○丁目○－○○

妻　熊本　花子

長男　熊本　一郎

二男　熊本　二郎

平成○年○月○日

弊社元取締役　熊本太郎　○月○日○時○分復活いたしました。思いがけないこの慶《よろこ》びをお知らせするとともに、とりあえず紙上でごあいさつ申し上げます。

熊本市○○町○丁目○－○
肥後販売株式会社
代表取締役　肥後　一郎
平成○年○月○日」

中岡が、その文案を見て「へェー。黄泉がえり広告か。思いもつかなかったスよ」と素頓狂《すっとんきょう》な声をあげた。伊達が、言った。

「これを肥之報本紙で掲載なさると、より社会的な認知は確実なものになります。御家族と会社とセットで掲載されるとよろしいと思いますが」

なるほどと雅人は思う。しかし……。

「じゃあ、この枠は黒で囲むんですか？　死亡広告と変わりないんじゃないですか」

伊達が両手を振った。

「いやいや、一目で黄泉がえりの広告とわかるようにします。死亡広告は黒で囲みますが、この場合、赤枠かピンク枠で囲みます」

「赤枠ですか？」

「そりゃあそうです。祝いごとと言ったら、やはり赤でしょう」

滝水も口を揃《そろ》えた。

「それで、赤枠の一隅に蓮《はす》の花か、桃の絵を添えようかと思ってるんです。黄泉がえりの幸せと華やぎが一層伝わるかと思うんです」

「蓮の花と桃ですか？」

「ええ、彼岸と此岸《しがん》を結ぶ植物といえば連想するのは蓮ですよね。桃は……桃太郎からの連想ですね。生命の誕生のイメージがありますから」

ははあ……と雅人は言った。それは絶句に近い反応だった。伊達は雅人が感心していると踏んだらしい。調子に乗って続けた。

「いいアイデアと思いませんか。この滝水が発案したんです。営業も気に入ってぜひ、これをお奨《すす》めしてくれって熱心に言うもので。この滝水って、こうしてますけど、肥之報広告賞で何度もシリーズもので大賞をとってるんですよ。昨日も県の観光課のコンペに彼の案を出したんですよ。秋の熊本観光キャンペーンの。ほら、滝水。自分で言ったら！」

伊達に肱《ひじ》でつつかれて滝水は垂らしかけていたヨダレをもう一度ネクタイで拭ってから、

「あ。ああ。メインコピーが、〝熊本――水と緑と黄泉がえり〟ってんです」

中岡がはしゃいで言った。

「みずと、みどりと、よみがえり……あ、なかなか語呂《ごろ》いいじゃないスかぁ。メインキャラでマーチンを使うんでしょう」

滝水と伊達が顔を見合わせた。

「あ、それいいかもしれんね」

どうも変な方向に話が脱線していきそうな気配だ。あわてて、雅人が話の修正を試みた。

「で、さっきの黄泉がえり広告の案ですが、いかほどなんですか？」

伊達が、

「はい、用意してます」

とサッと見積書を差し出した。

広告料　六〇〇、〇〇〇円
消費税　三〇、〇〇〇円
計　六三〇、〇〇〇円

「あ」

思わず雅人は呻《うめ》くような声をあげてしまった。あまりにも高い。前社長が亡《な》くなったとき死亡広告を同じスペースほどで出したのだが四十万円程度だったという記憶がある。そのときの金額からすれば、五割方、値段が高くなっているではないか。

「こりゃあ、ちょっと、高すぎるんじゃありませんか。死亡広告より、かなり割高な気がしますが」

伊達と滝水は、申しあわせておいたかのようにニッと同時に愛想笑いを浮かべた。その質問は想定ずみのようだった。

伊達が右手をひらひらさせた。

「児島課長ぅ。死亡広告とちがって、これ、祝いごとなんですよ。祝いごとは、プァーッといかなきゃあ。それに、これ赤が入るんで料金も二色刷りになってしまうんですよ。そこんとこ御理解ください。御祝儀《ごしゅうぎ》だから」

雅人は、営業の寺本課長が言っていたことを思いだした。あいつ等は、イメージとか言葉とかを操る虚業の輩《やから》だ。欺《だま》されるなよ。

そうなのか？

「一応、上の方とも相談して、この件については御返事申しあげます。広告については、それでよろしいですか？」

「は。どうぞ前向きに御検討ください」

「じゃあ、パーティーの件に入りましょうか」

滝水が大判の封筒から、書類の束をとりだした。それをテーブルの上にならべる。

四人は、書類の進行表をのぞきこむ。

24

中岡秀哉が、肥之日広告社との打ち合わせの際にキャンペーンのイメージキャラクターにマーチンを使えばいいと発言したのだが、それには理由がある。

その数日前に、マーチンの歌手としての活動拠点を熊本にするという所属プロダクションの発表があったことによる。

理由は、マーチンこと生田弥生《やよい》が、熊本という土地を気にいっている。本人のたっての希望だから……というものだった。

ファンたちには、その発表は驚きをもって迎えられたが、それ以上の詮索《せんさく》を受けることはなかった。今ではローカルで活動を続けたり、海外に永住しながら作品を発表するアーティストも少なくないからだ。

だが、その発表の裏には、公表されなかった真実も含まれている。

当初、マーチンの所属プロダクションの塚本社長は、記者会見の翌日、午後の便で生田弥生を東京へ連れ帰るつもりでいた。ところが、朝から弥生は熱発を起こした。四〇度を超える高熱で、原因も特定できず、大事をとって国立病院に入院した。弥生の母親だけが残り、父親と塚本社長たちは帰京することとなった。

「容体が安定してから帰ればかまわないから。まずは体力をつけることが優先だ。当面は、まだ仕事のスケジュールを入れるつもりはないから」

塚本社長は、帰りしなにマーチンにそう言い残した。羽田に到着した途端、マスコミにもみくちゃにされることを考えれば、その方がいいかもしれないと思いながら。

マーチンは、その夜には平熱まで下がったが、大事をとって、その翌々日の便を予約することにした。だが、結果は同じだった。

搭乗日になると、再び高熱を発した。全身の節々の痛みを訴え、苦しそうに荒い息を吐いた。そのような状態では、出発を見合わせるしかない。その結論が出ると、熱は嘘《うそ》のように引き始めた。仮病というわけではない。マーチンの身体《からだ》が、そのような反応を起こしてしまうということだ。

母親も、ベッドの横で途方に暮れて呟《つぶや》いた。

「何だか、弥生は、この熊本から離れたくないと思ってるところがあるんじゃないの。ほら、小学校の運動会の前になると、熱発して休むなんてことがよくあったろう」

「そんなことはないよ。私、東京へ帰りたいとは、思っているよ。でも、何で熱出るのかわかんないんだ」

マーチンは唇を少し尖《とが》らせて、そう答えた。テレビを観《み》ながら歌番組が始まると、

「チッキショー。早く唄《うた》いたいな」

とくやしそうに言う姿は、本心だろうと母親は思った。

「無理にでも、東京へ連れ帰って、精密検査を受けさせた方がいいかもしれない。一時間半で着くんだし」

電話先で、父親が、そう言いだした。熱発しても無理にでも連れ帰ればどうにかなるという結論を出したのだ。母親も、それに従うしかなかった。

やはり、マーチンは帰京の日、高熱を発していた。しかし、今回は、彼女は母親に付き添われ、ストレッチャーに乗せられて救急車で、熊本空港へ搬送された。午前九時発全日空六四二便で出発するためだ。

空港ビルでは、VIPルームで人目につかぬように横たわったまま待機し、ファーストクラスへの搭乗も優先的に行われた。マーチンは右側の三番目の窓側の席に、母親は、通路側の席に座った。

「少し熱が下がったみたい」

マーチンの言葉に母親は娘の額に手を当てた。本当だ。ほぼ平熱まで下がったようだった。やはり弥生の精神的不安の表れかもしれない。そう母親は思った。

午前九時ボーイング７７７は、定刻に動き始めた。滑走路を移動して最終離陸態勢に入った。

「一年半ぶりの東京だね」

「そうだね」

マーチンは、笑顔で母親に応《こた》えた。

突然、機体は弾《はじ》かれたように加速し始めた。いよいよ離陸だ。震動が数十秒続く。その震動が、突然消失した。離陸したのだ。母親は窓外を眺めるマーチンを見た。外は白い雲しかない。

急角度で上昇を続けていた機体が、水平状態を取り戻したときだった。マーチンの肩まで覆《おお》っていたブランケットがふわりと座席の下に落ちた。そのとき母親は座席前の機内誌を手にとろうとしていた。それから、母親はパニックに襲われた。

今まで、横に座っていたはずのマーチンがいない。

消失したのだ。

母親は大きく口を開いたが、叫び声をあげなかった。あまりに驚愕《きょうがく》の度が高くなりすぎると、声にならないこともある。ましてや、人間の常識の枠で理解できないことに出会うと。

中九州警備の三池義信は、夜勤明けだった。

先週は、嵐《あらし》のような時間だった。勤務中にマーチンを発見、保護して警察へ届け出てからというもの、連日、会社にマスコミのインタビューが押し寄せた。それだけではない。インタビューに答える義信の姿を見た親戚《しんせき》や、学校時代の友人までが会社に連絡をとってきた。メディアの波及効果とは恐ろしいものだと義信は舌を巻いたものだった。

会社の専務からは、同僚の山崎とともに、おほめの言葉を頂いた。形としては、何も頂けず、おほめの言葉だけというのが、義信にとっては少々不満なのだが、専務はミーティングのときに皆の前で「大いに社のPRになった」と喜んだのだ。

そういう非日常的なできごとが過ぎると、義信はまた平凡な日常に戻ってしまった。

夜勤明けは、五日ぶりの休みだった。義信は久しぶりに、何をするのでもなく、ぼんやりと自分のアパートで一日を過ごそうと思っていた。

ぼんやりとした時間の中で、義信は後悔した。

何故《なぜ》、あのとき、すぐに彼女がマーチンだとわからなかったのだろう。

義信は、マーチンの大ファンだったのだ。そうだった。本名は生田弥生ということも知っていたはずだ。誕生日は三月十日。魚座のAB型ということも記憶していたはずだ。挑むような猫の瞳《ひとみ》で睨《にら》んだマーチンの等身大ポスターも持っていたはずだ。なのにわからなかった。彼女はテレビに出ることは滅多になかったし、熊本のライブのときも、電話予約はあっという間に売り切れたから、義信は立ち見チケットも手に入れることはできなかった。だから、義信のイメージにあるマーチンは、激しいテンポで踊るように唄うロック歌手のそれであり、薄暗がりで発見した女性をマーチンと結びつけることに無理がある。まして、マーチンは〝死んでいた〟はずなのだ。

それから、義信は三枚のCDアルバムを棚の奥から取り出した。「ゼロ」というデビューアルバム。そして「ギミック」「ガジェット」。いずれもマーチンがモノクロの粗い粒子で写っていた。「ゼロ」では顔のアップ。長い睫《まつげ》の強烈な瞳。「ガジェット」では、白い部屋の中で白いワンピースで座っているマーチン。彼女のまわりにはいくつものブリキ人形が円状に並んでいる。

「ゼロ」からCDを出し、プレイヤーに入れた。曲が流れだした。「ビヨンド・ラブ」という曲だ。膝《ひざ》を抱えて義信は聞いた。初めて聞いたマーチンの曲だ。大好きだった曲だ。何度聞いたことか。曲を聞いているうち、義信は自分の頬が濡《ぬ》れていることに気がついていた。

もうマーチンは東京に帰ったのだろうか。そのはずだ。あの夜は、まるで奇蹟《きせき》だ。自分の人生とマーチンの人生が交差した夜なのだから。もう二度と、マーチンと会うことはかなわないのだろう。

それから、ふと思いだしたことがあった。自分のお守りを義信は財布から取り出した。

友人がマーチンのコンサートで場内整理をしていた。その友人から二千円で買ったものである。

マーチンの髪の毛が一本。

本物かどうかわからない。友人が、本物だぜと主張したから信じるしかない。それをお守りの中へ入れておいたのだ。やや赤く染められた長い髪の毛だったはずだ。

お守りの中を探ったが、それは見当たらなかった。確かにここに入れたはずなのに。

「マーチン」義信はつぶやいた。

義信のいる部屋の畳が、ぶるんと震えた。ドアの方を向いた。震動はそちらからだった。

女が立っていた。

入り口のドアに鍵《かぎ》はかけていなかったが……。

まさかと義信は思った。

女の顔を、今回はすぐに認識できた。見紛う筈《はず》はなかった。

「マーチン……」

女は、不思議そうに、あたりを見回す。

「ここは……どこ」

そして、義信の顔を凝視した。

「あなたは……私を助けてくれた警備の人ね。じゃ、ここは……まだ熊本？　私……飛行機の中にいたはずなのに」

何故、マーチンが自分のボロアパートを訪ねてきてくれたのか、義信にはわからなかった。マーチンから話を聞いてもやはり、わからなかった。ただ確実なのは邂逅《かいこう》の曲線が、またしても交差したということだ。

25

その日、雅人は帰りに国立病院に寄った。妻の瑠美から電話が会社にはいったからだ。母親の縁が、体調が芳《かんば》しくないということで、近くの医院へ行ったそうだ。すると、医者は縁に、精密検査を勧めた。医者の紹介状を持たされ、瑠美に付き添われて、いややや国立病院へ行った。すると、検査を前提として、入院ということになったというのだ。

「検査のための入院ってあるのか？」

電話口で、そう雅人は問い返したが、瑠美の答えから具体的な状況がわかるはずもない。

病室では、母親はベッドの上でニコニコと笑っていた。雅人の顔を見て瑠美も安堵《あんど》の表情を浮かべた。

「明日は、胃カメラだって。今夜から何も食べちゃいけないらしいよ」

母は、そう言った。

「でも、ずっと体調よくなかったから。この機会になおしとかなきゃね」

この数カ月、医者嫌いの縁は、ずっと隠しとおしていたらしい。

「さっきまで、父さん、ついててくれたんだけど、先に家に帰って貰《もら》った。検査前に男には何ができるってないからね」

「ああ、そうだね」

と雅人は答えるしかない。

瑠美が、

「今日は、お義父《とう》さんと外食してくれない？　愛は、さっき塾に行ったから。今日は何にも夕方の準備ができなかったの。もうしばらくお義母《かあ》さんについててあげようと思うから」

母親の様子を見て、一安心した雅人は、そのまま国立病院を去った。

病院から十分と離れていない自宅では、父の雅継が茶の間で、ひとりいた。それまで、何か書きものをやっていたらしい。卓袱台《ちゃぶだい》に三枚ほどの用紙が載っていた。

「ただいま」

と雅人が言うと、父親の雅継は、

「ああ、おかえり。母さんどうだった」

と顔をあげた。

「元気そうだったから安心した」

「母さん、昔から医者には行きたがらなかったからな。医者に行ったってのは余程のことだったんだろう。何ともないといいが」

父親は、数枚の書類を片付けながら言った。

「その書類は？」

「ああ、今朝、市役所へ行ってきた。とりあえず、黄泉がえりの届けを出しとかないと、就職活動もできないからな。けっこう書きこみが大変だ。雅人にも書いてもらわなきゃいけないところがあるし、親子関係の確認で、市の保健所にも一緒に足を運んでもらわなきゃいけないってさ」

「わかったよ。そのときは、言ってもらえば時間を作る」

「ありがとう」と父親は言った。「雅人におんぶにばかりなっているわけにもいかないからな」

「瑠美が、夕食は二人で何処《どこ》か食べに行ってすませてくれってさ。父さん、何食べたい」

雅人は着替えをすませて、そう言った。

「ああ。外で食べるのもいいけど、さっき、寿司《すし》屋に電話してにぎりをとっておいたぞ」

雅継が立ち上がって、台所からビールとコップ、それから寿司桶《おけ》を抱えながら戻ってきた。

「あ、父さん。ぼくがやるよ」と雅人は立ち上がったが、

「いいよ。手が足りないときは、皆でやるもんだ。立ってるものは親でも使えってな。インスタントの吸いものもサービスで付いてきたけど、俺はいらんから、飲みたければ、自分で作って飲め」

と父親は言った。

雅継はコップを冷凍庫に仕込んでいたようだ。表面には霜がついている。

「わぁ、父さん芸が細かいなあ」

「うまいビールを飲みたいからな。単にいやしんぼなだけだ」

と雅継は照れた。

「それからな。このお寿司は、母さんのおごりだそうだ。俺が病院を引きあげるとき、皆に迷惑かけるから、うまいものを食べてとことづかったんだ」

雅人は栓を抜きビールを雅継のコップに注《つ》いだ。そのビール瓶を雅継がとり雅人のコップに注ぐ。

「ただ、母さんが、あんな状態だから、俺ものんびりと外食する気になれなかったのさ」

雅人はうなずいた。それから親子でコップを合わせた。

「乾杯だ。何に……乾杯かな」

「何でもいいけど……母さんの早い退院を祈って……だろう。父さん」

「ああ、そうだな。そういう乾杯にしよう。乾杯」

しばらく二人は、黙々と寿司を食べた。雅人としては、どのような話題を出すべきか、迷っているところもある。雅人がコップを飲み干すと、ビール瓶が突き出された。雅継がもう一杯つごうというのだ。父親が白い歯を見せていた。

「あ、ごめん」

雅人は二杯目を父親に注いでもらう。それから久しぶりに父親の顔をまじまじと見た。

本当に自分によく似ている。

これで外食していたら双生児と思われていたかもしれない。

双生児？？

その連想で気がついた。父、雅継が黄泉がえったとき、三十五歳の年齢だった筈だ。

雅人は三十八歳。

実年齢では、雅人の方が年上だ。それに今でも思いだす。黄泉がえってすぐの雅継の肌は生まれたての赤んぼうのようにみずみずしかった。ところが、一カ月以上が経過して、あの肌の淡いピンクは消え、雅人と同じ年齢のように見える。

一般の人間に近付いていているということなのか……。老化したということなのか……。

「市役所の方は、どうだった？」

「ああ、けっこう黄泉がえりが多いようだな。窓口は、大繁盛《はんじょう》だった。手続きが始まってすぐということもあるが、今でも、黄泉がえる人たちが続いているらしくてな、時期的に集中してるらしいよ。肥之國日報でも、新しい欄が出来てるのに気がつかなかったか？」

「いや」

新聞は、雅人が出勤するときに一面から三面まで、大あわてで斜め読みするくらいだ。雅継は、朝刊の中ほどを開いて、その面を「ほら」と差しだした。

黒地に白ぬきで、「おくやみ」という欄がある。死亡届受付の広報機能を果たしている。その隣の欄が「よみがえり」となっていた。「　」内が受付日とある。その欄は「おくやみ」欄の五倍ほどもあった。

「なるほど」と雅人は、言う。「こりゃ、熊本は大変な人口増になるかも知れないな」

父親は、雅人のコメントには答えず、ビールをくいと飲み干した。まずいことを言ったのかなと思いながら、冷蔵庫から雅人はもう一本ビールを持ってきた。

話題を変えた。

「こちらに帰ってきて、もう世の中に追いつけたの？　父さん」

「ああ、何とか、追いつけたと思う。最初、日本人でも若いのが髪の色がちがうのは、驚いたけどな。茶色とか金色とか」

そこで二人は、声をあげて笑った。

「愛が、あんな髪にせんように躾《しつ》けろよ」

「しかし、時代の流れだからねえ。で、父さん、何か、前の時代とモノの考えかたとか変わったりした？」

「そうだなあ」

右手で鉄火巻を持ったまま、その動きが止まった。そして、雅継の視線が遠くをさまよった。

「帰ってきてすぐは、自分が死んでたという実感がなかったからな。でも、最近は、よく感謝するよ」

「感謝？」

「ああ。何故だかわからないが、自分が生かされているんだということにな。生きているってことが、前は、あたりまえに思ってた。でも、今はちがう。生きてること自体が、素晴らしいことなんだと実感している。そうすると、熊本城のまわりを散歩しても、生えている草一本、虫一匹を見ても感動してしまうんだな。雅人はわからんだろう」

「う……ん。何となくわかるような気がするよ」

「そうか……。そして、こうやって息子とビールを飲んでるってことにも感動してるんだ。表面上は、そう見えないだろうがな。うまいなあ。ビールを飲むってのは」

「もう一本、出そうか？」

　雅継は嬉《うれ》しそうに、あははと笑う。

「だけど」と父親は真顔になった。

「何だよ、父さん」

「俺も、ずっとこのまま、この世にとどまっていることはできないんじゃないかと思うことがある」

「そりゃあ、人間はいつかは寿命がくるんだから」

「いや」

　と雅継は大きく首を振った。

「帰ってきて、すぐにはそんなこと考えもしなかった。だが、一カ月が経過して、ふと思うようになった。何故、児島家代々の中で俺だけが帰ってきたのだろうとな。すると、俺が帰ってくる必然性とはなんだろうと思う。俺が生き返ることには意味がある筈だと考えてしまう。ときどき、その意味が、ふっとわかるような気がすることがあるが、それは刹那《せつな》的な間だけだ。言葉にするには、俺の口先ではなかなか難しい。次の瞬間には理解できなくなっているしな。ただ、その意味が自分でちゃんと摑《つか》めるときが来たら、おまえたちとお別れしなきゃならないだろうなという予感のようなものがある」

雅人には雅継の言葉は、理解できないことが多すぎる。それから、二人の会話は、世間話に戻った。雅人が生まれて以来、父親とこんなに語りあったのは初めてのことだ。愛が塾から帰ったとき、卓袱台には七本のビール瓶が並んでいた。

26

熊本市の世安中学校三年B組。始業前のその朝の時間帯は、何だかいつもと雰囲気が違っていた。

教室内を緊張感が支配している。

いつもなら、蜂《はち》の巣の近くにいるような雑談状態の教室なのだが、教師がいるわけでもないのに妙に静まりかえっていた。ときおり小声で会話がかわされるくらいのものだ。

もうすぐ、担任の武田先生がやってくる。いつものように。

でも、いつもと違うことがあるはずだ。生徒を一人連れてくる。

山田克則だ。

その情報は、クラス一の早耳男と言われる永野政一からもたらされた。前日の放課後、山田克則が母親と一緒に職員室で武田先生と話しているのを見たというのだ。

どうも、今日から登校してくるらしい。その朝、その噂《うわさ》はクラス中に瞬間的に広がっていた。

山田克則の名を口にすることは、このクラスではタブー化していた。早く風化させたいと願う記憶だった。

山田克則も、かつて三年B組のクラスメートの一人だった。

だが、五月の連休明けに、自宅で首を吊《つ》って死んでいるのが発見された。

ノートに遺書のように書かれた走り書きを残して。そのノートにはこう書かれていたそうだ。

「もう学校へ、行きたくありません。これ以上、苦しいのはイヤです。死んだ方がマシです。お父さん。お母さん。これまで、ありがとうございました」

それから、学校では、山田克則が何故、自殺したのか、原因調査が数日にわたって行われた。しかし、三年B組の生徒たちは、彼が何故、自殺に追いこまれたのかを瞬時にして全員が悟っていた。

何故、山田克則がクラスの一グループからいじめられるようになったかは定かではない。そのグループは、執拗《しつよう》に山田克則をいじめ続けていた。鞄《かばん》を隠したり、休み時間に生意気だと土下座をさせこづいたり。

「あいつを見てると、何かイラつくんだよな」

「あいつ、臭えと思わないか」

平気で、そのグループは、そう言っていた。

誰も、そのグループにいじめをやめろとは言わなかった。自分が、いじめられる立場に追い込まれるのを恐れていたし、自分には関係ないできごとだと無関心を装《よそお》っていたのだ。

連休前にも事件があった。山田克則の机の中に、いじめグループの一人のマンガ本が発見されたのだ。グループは予定の行動だったらしく、彼を責めたてた。「知らない」と彼が答えてもグループは許さなかった。

「泥棒は、それなりに慰謝料を払いなよ。三万円持ってこいよ。それで許してやる」

山田克則の自殺の知らせがクラスに届いたとき、生徒の全員が蒼《あお》ざめた。あるものは「あいつが、そんなに悩んでいたなんてわからなかった」と言った。クラスの全員が後ろめたさを感じていた。その事件は、マスコミにも取りあげられた。クラス全員の聞きとり調査が行われ、その後、いじめグループの何人かは、どこかへと転校していった。

黄泉がえったんだ……。クラスの全員が、そう直感的に知った。

だったら、このクラスにはもう来ないはずだ。学校も同じクラスには入れないだろう。皆が、そう思った。

しかし……ひょっとして。

だったら、どうする。

背の高い委員長の高砂尚香《たかさごなおか》が立ち上がって教壇に上った。

「皆さん。あと十分もしないうちに、武田先生が来てホームルームが始まります。その前に話しておきたいことがあります。皆も聞いたと思うけど、五月に亡《な》くなった山田くんが帰ってきてるみたい。

もちろん、クラスの皆で、受け入れてあげなきゃいけないけど、こんな状態で、それができる？」

高砂尚香の言葉に誰も返事ができずにいた。

「気まずいし、山田くんに悪かったって皆、思ってるはずよ。でも、もし、山田くんがこのクラスに帰ってくるのなら、山田くんだって、すごく勇気が必要な筈だと思うんです。私たちが、山田くんを失って、皆、自分はあれで良かったんだろうかっていつも思ってたと思う。皆、どう思うの」

いつもは、授業中もあまり発言しない吉村司《つかさ》が手をあげた。

「俺、あやまろうと思う。俺、山田をいじめはしなかったけど、いじめられるのを見ても知らんふりしてた。止めたりしたら俺がいじめられると思ったんだ。でも、知らんふりってのは、俺もいじめてたことなんだって、山田が死んでズッと思ってた。あいつが帰ってきたら俺、あやまる」

「山田くん。許してくれるかしら」

ぼそっと北村めぐみが言った。また教室が凍りついた。

「倉中は、どうなんだ」

と誰かが言った。いっせいにクラスの視線が後方の大柄な少年に集まった。倉中憲二は、いじめグループで残っている一人なのだ。倉中憲二は、黙ってうつむき、三白眼で前方を睨《にら》んでいた。一言もその口からはでてこない。

副委員長の矢野龍平が立った。頭はいいのだが、少々気が弱いところがある。

「あのー。ホームルームが終わったら山田くんに一人ずつ握手したらどうだろう。それで一人ずつ言葉をかける。あやまる奴《やつ》はあやまる。力づけてやりたい奴はそうする」

「どうしますか？　みなさん」

高砂尚香が問いかけたとき、教室の扉が開いた。

武田先生が立っていた。

「何だぁ。お前たち何の相談やってんだぁ。先生は、も少し遠慮してたほうがいいのか？」

高砂尚香はちらと矢野龍平と目を合わせた。一瞬置いて、皆がぱらぱらと拍手した。

高砂尚香の表情がぱっと輝いた。

「いえ。もう、終わりました」

彼女はそそくさと自分の席へ戻った。

「そうか。終わったか」

武田先生とともに、山田克則が入ってきた。クラス全員が山田克則を注視した。皆の記憶にあった彼と寸分変わるところはない。

「起立、礼」高砂尚香の掛け声が終わり、武田先生は、山田克則を皆に紹介した。

「改めて紹介する必要もないと思う。山田くんも、黄泉がえりで帰ってきた。本人のたっての希望で同じクラスで一緒に学んでいく。いいな。

山田。何か皆に、あいさつすることあるだろう」

「はい」と山田克則は答えて、一歩足を踏み出した。「ぼくは一度、死にました。でも、自殺したことで家族やまわりの人たちを苦しませてしまったことを知りました。今度、黄泉がえり、これから皆さんの迷惑にならないよう、そして一所懸命に生きるように、もう一度やりなおそうと誓いました。だから、元のこのクラスに入れるよう武田先生にお願いしたんです。また、クラスの仲間に入れて下さい。お願いします」

誰もが感じていた。姿形は同じだが、以前の山田克則の自信のなさそうな、おどおどしたところは見えない。彼が頭を下げたとき、教室の中で、二つの拍手が起こった。高砂尚香と、矢野龍平だった。その拍手は、四つ、五つと広がり、教室全体が割れんばかりにまでなった。

拍手が、消えたのは、ガタンと椅子《いす》を引く音がしたときだ。クラスの後ろの方だった。皆が沈黙し、後ろを振り返った。

倉中憲二が立ち上がっていた。

「山田！」と倉中は言った。「俺のことは許さんだろう！」声を荒げた。「あんなに皆でいじめたのだからな。マンガ本を机の中に入れたのも俺だ。どうだ。許せんだろう。俺は山田がそんなに悩んでるなんてこれっぽっちも思わなかった。だから、おまえが死んで、俺は気が狂うほど後悔したんだ。でも思った。俺が山田だったら、絶対、俺のことを許すはずはないってな。そうだろう。さっき、誰かがおまえと握手しようと言った。だが、俺はやらないぞ。……できないからな」

倉中は、そう言い放って山田克則をじっと三白眼で睨んだ。山田克則は、表情一つ変えなかった。それから、吸いこむように見える眼を細め、白い歯を見せた。

明らかに山田克則は笑顔を見せていた。

一拍置いて山田克則は、倉中憲二に言った。

「許すよ。ぼくが死んだことで倉中くんにもつらい思いをさせたってことがわかる。それにぼくは生き返って、両親や武田先生にも尋ねられてわかったんだ。ぼくは、誰も恨んだり憎んだりしていないということが。許すというより、何も問題にしていないんだ。許すという言葉がいいのなら、それは、それでかまわない」

倉中は、山田克則の言葉にまだ何か言いたげだった。しかし、それは言葉になっては出てこなかった。

代わりに、山田克則は教壇を降り、歩き始めた。倉中憲二の席にむかって。

クラスの全員が、唾《つば》を呑《の》んだ。

ゆっくりと、山田克則は倉中憲二の前に立った。それから右の掌《て》を倉中にさし出し、微笑《ほほえ》んだ。そして言った。

「許すよ。倉中くんも許してくれ」

すると、倉中の顔が大きく歪《ゆが》んだ。倉中は恐る恐る出した両手で山田克則の右手を摑《つか》むと、教室中に響きわたるような大声で号泣を始めたのだった。

27

鮒塚万盛堂会長、鮒塚重宝《しげほう》の黄泉がえり披露パーティーは七月十三日の土曜日、午後六時、万盛堂からも比較的に近い位置にあるニュースカイホテルの玉樹《ぎょくじゅ》の間《ま》で開催される。

発送した案内状の出欠の戻りを整理すると、県外からも含めて、四百名を超える出席者となる気配だ。社内の委員会では数回のミーティングを実施していた。進行、受付、席次、送り出し、県外のゲストの受け入れ、抽選会の内容という溜《た》め息の出そうなものだ。だが、あまり日数は残されていない。

その日も、委員会ではなかったが、鮒塚社長、大沢水常務とともに、テーブルの席次を決定するのに時間を喰ってしまい児島雅人が自宅に帰りついたのは午後九時近くになっていた。

着替えて茶の間に入ると、何だか重苦しい雰囲気が漂っていることに雅人は気がついた。父の雅継は、眉《まゆ》をひそめ唇を尖《とが》らせて腕組みしている。娘の愛は、コミック本から目を上げ雅人を睨んだ。

「どうしたんだ。みんな」

と雅人が思わず口にした。

「ママから聞いたの」と愛。

「え、何を」

そう雅人が問い返したとき、台所から、おかずとビールを手にして、妻の瑠美が現れた。

瑠美が、何だかのっぺりした表情に見える。嬉《うれ》しいとか悲しいとかと縁のなさそうな顔だ。雅人は、そんな瑠美を見ることは、あまりない。

瑠美はビールの栓を抜いて注《つ》いでくれた。妙な沈黙だった。茶の間の全員が気まずい雰囲気の中にいるようだ。

雅人は、皆を見回した。箸《はし》を宙に浮かせたまま。

「いったい、皆どうしたの」

瑠美の視線を追うと、父の雅継にいった。雅継は今日一日で、二つ三つ老《ふ》けこんだようだ。眼のまわりに蒼い隈《くま》が見えるし、頬が落ちたように見える。これじゃ見かけも完全に自分より年長に見えると雅人は思った。

「俺の口からは、とてもうまく言う自信がない。瑠美さんが説明を受けてるから、話してくれないか」

雅継は、投げやりな口調だった。

「母さんのことか？」

雅人が、瑠美を見ると、彼女はうなずいた。そういえば、検査結果について今日、医師の説明があると言ってたっけ。

「今日、国立病院で主治医の先生の説明があったの」

そこで瑠美は、大きく息を吸いこんだ。

「お義母《かあ》さん、癌《がん》なんだって」

予想の範囲内にはあったが、最悪の結果が妻の口から発せられるとは思わなかった。

「ということは、胃ガンか」

その連想が、素直に出た。医者嫌いの縁が覚悟をして検査に行ったというのも自覚症状が、食欲がないとか、胃が重いとか吐き気が続くといったものだったからだ。それに、最初の検査は胃カメラだったと聞かされていた。とすれば、胃を九割方切除しなければならない。もう若いといえない年齢だ。手術の負担に肉体が耐えられるだろうか。

だが、瑠美は首を横に振った。

「子宮ガンが最初だったみたい。でも、全身にすでに転移してるんだって。大腸も膵臓《すいぞう》も、それから胃」

「あ」

雅人は、言葉を失った。何とか手術によっての延命法を想像していたのだが、それじゃまるで、ガンの見本市のような状態ではないか。

「手術をすればいいのか？　手術はできるのか？　医者はどう言ったんだ」

「あまりにも切除する部分が多すぎるって。お義母さんが、手術に耐えられるかどうか何とも言えないそうなの。今でも体力的にはかなり落ちてるから」

救いのない答えに全員が押し黙る。

「じゃあ、手術をしなければ、どのくらい保《も》つということなんだ？」

　雅人は、最悪の状況も知っておくべきだと思ったのだ。

「そう。年を越えるのがやっとだろうって仰言《おつしや》ってたわ」

「半年くらいじゃないか」

　再び、皆が押し黙る。

「ねぇ」それまで発言しなかった長女の愛が皆を見回して言った。「おばあちゃん、死んでも、また元気になって還《かえ》ってくるんでしょ。だったら、おばあちゃんが苦しまないように死なせてあげることを考えたほうがいいと思う」

「愛らしい考えかただな。でも亡くなった人が、すべて帰ってきているわけじゃないんだ。中には、半年や一年前に亡くなった人でも、帰ってきてない人もいる。おばあちゃんが、確実に帰ってくるという確証は何もないんだから」

「そんなことないよ」

　と愛はむきになって言った。愛がこのように感情を剝《む》き出しにしたのを見たのは雅人も久々のことだ。

「そんなことない。お父さんが生き返ってくればいいとか、お姉さんが生き返ってくればいいと望んでた友だちの家なんて、皆、帰ってきてるよ。生き返ってきてないってとこは、皆、生き返ってきて欲しいと思ってなかったとこだと思うよ。

人間だけじゃないんだ」

「人間だけじゃないって……」

愛は大きくうなずいてみせた。

「横手のはや子ちゃんとこだってそうだよ。はや子ちゃんは、すごく猫好きだったの。だけど、半年前に飼っていた猫が二匹とも続けざまに猫エイズで死んじゃったのよ。シロリという猫とガブリエルという猫。二匹とも庭に埋めて、いつも花をお墓に飾っていたって。クラスでも、その頃は元気がなかったわ。私たちが、新しい猫を飼えばいいじゃないって慰めていたんだけど、はや子ちゃん、シロリとガブリの代わりになる猫なんて、いないいんだって泣き出していたわ。

そんなにはや子ちゃん、二匹の猫が大好きだったのよ。そしたら、この間、シロリもガブリも、二匹とも帰ってきたって。大喜びで話してた。だから、私、思ったのよ。猫だって、大好きで帰って欲しいって願ってたら、帰ってくるのよ。おばあちゃんだって、必ず帰ってきてくれると思うわ。おじいちゃんだっておばあちゃんがいつもおじいちゃんのこと想《おも》っていたから帰ってこれたんだと思うしぃ」

雅人は初耳だった。人間以外にペットまで黄泉がえった例があったということが。

「おばあちゃんは、猫とちがうのよ」

呆《あき》れ顔で瑠美が、愛をたしなめようとした。

「ま、愛の言うことも一理あるから、愛にきつく言うのは、おかしいと思うぞ」

雅人がそう言うと、愛は嬉しそうに眼を輝かせた。

「あなた。じゃ、どうしたらいいと思う」

「うーん」

雅人としても判断がつかない。苦痛ができるだけ少ない措置をして、ホスピスに頼るのか、それとも外科的処置をやるのか。だが、選択肢として、黄泉がえって健康体になる可能性を考えれば、ホスピスがいいのではないかと思えてくる。

「おばあちゃんは、もう、手術はしたくないって」

瑠美は、そう付け加えた。

「えっ。本人にも告知してあるのか?」

「いや、してないわ。でも、うすうす、そう思っているみたい。自分は、どうもガンみたいだから、そのときは、そのままで死を迎えさせてくれって。そして、おじいちゃんとの年齢が近付いた頃、また帰ってくるからって」

ということは、母親の縁はそのつもりで死を迎える覚悟はしているということだ。そう聞くと、結論は一つしかないように雅人には思えた。

雅人は父親にむかって言った。

「父さん。母さんのことは、手術をしないってことでいいね。そのほうが、母さん、苦しまないと思うし」

父親の雅継は、それから返事をせずに、頭を抱えた。かなりの葛藤《かっとう》が起こっているように見えた。とても、雅人より若い年齢で帰ってきたとは思えない。憔悴《しょうすい》のせいもあるだろうか。一度に十歳ほども老けてしまったように見える。

「俺は……俺は……」

父親は、やっと顔を上げた。

「俺は、最後まで、手を尽くしてみるべきだと思う。この黄泉がえり現象が、いつまでも起こると考えるのは確実なことではないし、それに、母さんが、縁が必ず黄泉がえってくるという保証は何もないんだから。俺は、そう思うんだ。

母さんには、俺から言ってみる。頼んでみる」

黄泉がえってきた父親の口から、そのような意見が出てきたことが、雅人には意外だった。母親は父親にとっての最愛の妻だ。そう言われてしまえば、雅人には口を挟む筋合いは何もないのだ。

「わかった。父さんの最終判断にまかせるよ」

雅人としては、そう答えるしかない。

翌日、父親と瑠美は、揃《そろ》って国立病院へ出かけていった。

縁の手術を依頼するために。

その夕刻、雅人は、またしても暗い夕食を迎えることになった。

外科的処置を二人は断られて帰宅していたからだ。できる処置は、抗癌剤の投与と放射線による治療。それから家族が希望する民間の薬品も投与してかまわないという返事だった。

28

紺屋今町《こうやいままち》の鮒塚家では、明日の鮒塚重宝の黄泉がえり披露パーティーを控えて、親族が集まり内輪の宴を開いていた。長男の重義《しげよし》夫婦、重義の二つ上の姉で、駈《か》け落ち同様に鮒塚家を出て、今では福岡で不動産屋の妻になっている袋田華江とその夫の袋田段十郎。重義の弟で大手商社に勤務している鮒塚尚三《しょうぞう》夫婦。重宝の弟で、東京の大学で名誉教授をやっている鮒塚茂吾郎《しげごろう》たちというメンバーだった。重宝の妻、シメは鯛《たい》の刺身や馬刺などを準備し、なごやかに宴はすすんだのだが、重宝の遺産相続の話題が出た頃から、雲行きがおかしくなっていった。

相続は、鮒塚万盛堂の株を中心に長男の重義とシメに分けられ、華江と尚三には、重宝が個人所有していた土地や証券、現金等で公平に分けられ、相続を済ませていた。そこまでは、何も問題はないはずだった。その結果についても重宝は「皆で話し合っての結果なのだから」と異論も唱えなかった。

「ところで……」

と話題が変わった。

「数日前に、狩野《かのう》幽明の掛け軸を探したのだが、七本とも見当たらなかった。誰か、行方を知らないか？」

シメも、あの掛け軸の行方は知らないということだった。重義が、その掛け軸とは一体何だと尋ねた。そう言えば、四十九日の法要が終わって長女の華江が形見分けだといって、ごそごそと掛け軸みたいなものを持ち出していたじゃないかと尚三が証言した。

「それが本当なら、母さんに返しておきなさい」

と重宝が華江に言った。華江は黙っていた。

「あ、あの掛け軸は義父《とう》さんのだったのか」

と華江の夫の袋田段十郎も言った。

華江は、夫を、きっと睨《にら》みつけた。その眼は「あなたは何も関係ないのよ」と言いたそうだ。

「あれは、収集するとき、母さんにも無理言って家計をやりくりした挙げ句の品だ。母さんにも思い入れがある」

「どんな品ですか」

と重義が尋ねた。

「購入した当時は、皆がまだその値打ちがわからなかった。狩野幽明の現存する原画十二枚のうちの七枚だ。国宝級だと言った方がわかり易《やす》いか。事実、五枚の掛け軸は、国宝に指定されている。我が家にあった七枚は世の中に所在を知られていないものだ」

「いくらくらいの品ですか？」

「今じゃ、値段はつけようがないだろう。桃山後期のもので、一枚が、何千万円か何億円かついてもおかしくはない」

尚三が、華江に言った。

「姉さん。それはやはり、母さんに返すべきだよ。黙って持ち出すなんていけないと思うよ」

華江は立ち上がり、仁王立ちして叫んだ。顔面を真っ赤にして。

「返すわよ。返せばいいんでしょ。あなたホテルに帰るわよ」

夫の袋田を引きずるようにして、華江は、鮒塚家を飛びだした。完全に逆上した状態だ。

「そんなに興奮したら皆さんに悪いじゃないか。せっかくまた親戚《しんせき》づきあいできるようになったというのに」

袋田段十郎がたしなめようとすると、華江は「ばかやろう」と叫んだ。段十郎は首をひっこめる。逆上している理由は二つある。一つは掛け軸のことでとがめられたこと。もう一つの理由。すでに、華江は古美術商に掛け軸を売りはらって家計の一部にしてしまった。七本で、三十五万円。国宝級で数千万円、数億円の品を。金目になりそうだからと持ち出したのだが――。

「またお返しすれば、いいじゃないか」

今度は華江は「うるさい」と叫んだ。それから舗道の上に立ちつくし、しばらく考えこんだ。形相凄《すさ》まじい中年女とは、鬼を連想させるなと段十郎は夫のくせにそう思う。逆上した女性は、ときおりとんでもない発想を持つことがある。

そのとき華江が言いだしたことは、まさしくそれだった。

「これから、河原《かわら》町に行くわよ」

「えっ。ホテルに帰るんじゃないのか」

「うちの墓は河原町の泰龍寺にあるのよ」

「何で、こんな夜更《よふ》けに墓参りするんだ」

「ばかっ」とまたしても、華江は段十郎を罵倒《ばとう》した。この夫婦の半生は、華江の罵倒の連続だ。華江はエゴのかたまりのような人間である。段十郎は駈け落ちなんかちっともやりたくなかった人間だ。華江に引きずられて人生をここまで生きてしまった。

「お父さんは、ありゃ、偽者《にせもの》よ。お父さんそっくりの姿してお父さんの声をしてるけど、あれはお父さんなんかじゃない。娘の本能でわかるわよ。だから、証明してやればいいの。あれはお父さんじゃないってことを」

「どうやって証明するんだ。重義兄さんのDNAで親子関係も確認されたはずじゃないのか」

「だから、考えたのよ。お父さんのお墓は、河原町の泰龍寺にある。そして、お墓の中にはお父さんの骨が納まってる。お父さんの骨があるんだったら、今生きているお父さんは、偽者だ。化け物だってことよ。私たち偽者の言うことを聞く必要なんかないわよ」

荒い鼻息を吐きながら、華江は銀縁の眼鏡をなおす。

「泰龍寺へ行くのか？」

「そうよ」

「墓をあばくのか？」

「あばくんじゃない。調べるのよ。そこのローソンで懐中電灯を買いなさい」

「そんなバチあたりな」

「あんたは何も考えなくていいのよ。私が言うとおりやればいいのよ」

凄まじい勢いでまくしたてられ、段十郎は返す言葉もない。袖《そで》を引かれて段十郎は、とぼとぼ歩く。引っ張っていく華江は胸をそらして、まだ興奮さめやらない。華江は自分を正当化するための奇妙な論理の袋小路《ふくろこうじ》に陥っているのだ。

コンビニで携帯用のライトを買い、そのまま二人は、泰龍寺へやってきた。門は開いたままになっていた。その先は真《ま》っ暗闇《くらやみ》だ。

風がでていた。砂利道沿いに植えられた銀杏《いちょう》の樹々《きぎ》が、ぞわぞわという音を闇の中でたてている。ぱちんぱちんと段十郎が、自分の首を叩《たた》く。

「何よ。うるさいわよ。庫裏《くり》に聞こえるじゃない」

「藪蚊《やぶか》が多いんだよ。首のまわりをブンブンまわってる。華江には来ないのか？」

「あんたが調子こいて、大酒喰らうから喜んで蚊が寄ってくるのよ。ほどほどにしない、あんたが悪いのよ。自業自得《じごうじとく》よ」

こいつにだけは、言われる筋合いはないと段十郎は思ったが、あえて反論はしなかった。

「墓の場所はわかるのか？　法事もあまり顔を出してなかったろう」

「納骨のとき来てるから、わかるわよ。うるさい」

「お墓の中を見て、どれが義父さんの骨壺《こつつぼ》かわかるのか」

「お父さんから、墓が分かれたんだから、鮒塚家の墓の中にはお父さんの分、一つしかないのよ。まちがうわけないわ」

「そうかぁ。あ、痛っ。つまずいた。何故《なぜ》、ライト点《つ》けないんだ」

「点けるのは最後の最後。庫裏に見つかって咎《とが》められたら元も子もないわ」

「そうかなあ。転んで怪我《けが》した方が元も子もないと思うけど。墓場で怪我したら、三年治らないって言うぞ」

「うるさいっ」

鮒塚家之墓は、裏手にあった。細い小径《こみち》を伝い、二人はやっとその場所を探しあてた。新しい御影石《みかげいし》の墓柱が、ライトの光を反射させた。

「けっこう、でかいお墓作ったんだなあ」

と段十郎は感心して見上げた。

「さ、中を探して、壺を持ってきて」

「えっ、俺がやるのか」

傲然《ごうぜん》と立ちはだかる華江に、弱々しく抗議しようという気配を見せたが、それが無駄だということは、段十郎自身が一番知っている。

「他に誰がやるというのよ」

「わかりました」

覚悟を決めて石段を昇る。鮒塚シメが飾ったのだろう。両脇《りょうわき》の花瓶には生花が盛られている。その間に敷かれた石蓋《いしぶた》がある。それを開けと華江が顎《あご》をしゃくる。

彼女に聞こえないよう溜《た》め息を一つつき、段十郎は、重い石蓋をようやくはずした。

「あたっ。腰をたがえた」

しかし、段十郎を気づかう言葉はなく、代わりに、

「早く中に入って」

中は真っ暗闇だ。

「ライトを――」

「手探りすれば、すぐ見つかるわよ」

気密性がよくないのか底には、少し水が溜まりぬるぬるしているのがわかる。何かが服の上を這《は》っていくのがわかる。かさかさと虫のようなものが。ゲジゲジだ。

「ひゃあー」

「何、騒いでるのよ。バカっ」

室の中央あたりでやっと壺を探りあてた。段十郎は両手で抱え、墓の外へ差しだした。

「どじっ」と罵《ののし》りながら華江がそれを受け取る。

腰をかばいながら、段十郎が外へ出ようとしたときだった。華江が悲鳴をあげた。ライトが転がる音がした。

「どうした。華江」

段十郎が這い登ると、華江の姿がない。遠くで、悲鳴をあげながら走り去る華江の気配があった。

段十郎は、残されたた骨壺を、落ちていたライトで照らした。中は……からっぽ……だった。段十郎は思った。

やはり義父さんは、本物なのだ、と。

29

七月十三日土曜日。

鮒塚重宝の黄泉がえり披露パーティー当日。

午後四時に、鮒塚万盛堂の全社員が、ニュースカイホテル玉樹の間の前に集合した。

この数年、というより社葬以来の対外的な一大イベントなのだ。会場への誘導担当、受付担当、進行担当、来賓担当、と最終の確認を大沢水常務とともに児島雅人は続けている。具体的進行は、肥之日広告社の案でまとまっていた。今も、広告社の滝水と伊達が地元のイベントプロダクションと照明について打ち合わせていた。

雅人は、おや……と思った。

エスカレーター脇のソファに、何処《どこ》かで会った記憶のある少年が座っている。その少年が立ち上がり、近付いてきた。Tシャツにジーンズという姿だ。背丈は一七〇センチくらいだが、額と頬はニキビの花盛りだ。

少年は、雅人の前に立って礼をした。

「あ」と思わず雅人は漏らす。背丈が伸び、頬骨が張りはじめていたからわからなかった。

焼き鳥屋で会って以来だ。営業の中岡秀哉の兄の中岡優一だ。

わからなかった筈《はず》だ。この一カ月で外見は中学生ほどに成長していたのだから。おまけにイガ栗坊主《ぐりぼうず》だった頭も、ちゃんと髪が伸びている。中岡秀哉とちがいスラリと足が長い。

「児島課長。ぼくが、わからなかったんでしょう。秀哉の兄の中岡優一です」

雅人は、優一の頭から足もと迄《まで》、しげしげと眺めまわす。

「いやぁ。ちょっとの間に、大きくなったなあ」

優一は照れた様子で、頭を掻《か》いた。その仕草を見ながら、雅人が連想したのは、自宅にいる父親の雅継のことだ。母の縁が入院してからというもの、父はめっきり老《ふ》けこんでしまった気配がある。今では雅人の外見年齢を超えてしまったように思える。母の入院という事件で、父の心労が高まり、そのような老化につながったのかと考えていたが、優一少年の成長ぶりを目《ま》のあたりにすると、それだけの理由ではないかもしれないと思ってしまった。

黄泉がえり者に特有の現象なのだろうか？

だが、鮒塚会長は、外見上もほとんど変化がないようなのだが。

「で、ここで、何してるの？」

「あのう。秀哉に無理言ってしまって申し訳なかったのですが。今日の披露パーティーを会場の隅からでも見学させて貰《もら》いたくって。お願いします。邪魔になるようなことは一切しませんし、裏方で、手伝えるようなことがあれば、何でもやります」

大沢水常務をちらと雅人が見ると、常務はＭＣ（司会者）の男と、祝辞の順番や名前の読みかたについての確認をやっている。

「あまり目立たないようにね」

と言って、肥之日広告社の滝水に事情を伝えた。滝水は、

「あ、じゃあ、音響の奴《やつ》の隣あたりに席を作らせましょう」

と優一少年を引き受けてくれた。優一は、眼を輝かせて、何度も、雅人と滝水に礼を述べた。

入れ替わりに、営業の中岡秀哉が、受付に、出席者にお土産としてわたす記念品を搬入してきた。中味は、ギフト用品専門、鮒塚万盛堂の取り扱い商品だ。これから、このようなイベントで熊本で売れるはずだと鮒塚社長が確信した商品が入っている。「黄泉ガエル」という商品だ。コミカルな蛙《かえる》の中に、香をたける仕掛けになっている。その香は癒《いや》しの効果があるということだが……。果たして出席者は喜ぶだろうか。

その品に、水引がかけられているが、その水引も奇妙だ。滝水と伊達の発案らしいが、黒の〝水引〟と赤の〝水引〟が中央で交差して結ばれて「黄泉がえり祝」と印刷されている。右上には熨斗《のし》、左下には蓮《はす》の絵。

俗悪だな。そう雅人は思うのだが……。

総務の河山悦美も喪服を着ている。中原奈々とパーティーの進行上、重要な役どころを演じなければならないのだ。その河山悦美が、「児島課長ぉー」と困った声を出してやってきた。その背後に見なれない三人の男がいた。

「この人たちが、ぜひ取材させて欲しいってことなんですけど」

三枚の名刺を渡された。肩書きは「金鳥社／週刊金鳥編集部」「週刊ホスト編集部」「週刊女性ヘブン編集部」とそれぞれの名刺にあった。今週の週刊ホストは、雅人も読んでいた。ランチを食べる喫茶店に置いてある。このところ毎号「黄泉がえり総力特集」をやっていたっけ。そういえば「熊本発／㊗黄泉がえり美女ヌード」というのが載っていたことを思いだした。ここ迄きたかという想《おも》いがしたものだ。美女は昭和二年生まれで、熊本大空襲のとき、一度亡《な》くなったが、黄泉がえり、現在は七十一歳の妹と二人暮らししている旨《むね》紹介されていたっけ。

「よろしくお願いします」

と三人。その背後に脚立《きやたつ》を持ったカメラマンやらパパラッチらしき姿の連中も見えた。

こりゃあ、一人で判断しちゃあいけない。社長決裁だな。戻ってきた大沢水常務に相談すると、常務は、あわてて社長のいる控え室へと走っていった。

大沢水常務は戻ってくると、

「一応、許可します。但《ただ》し、弊社を好意的に扱って頂くことが、一応条件ですが」

三人は礼を言うと、それぞれ会場へと散っていく。常務が小声で、雅人に、

「どうせ、取材拒否しても、取材されちまうんだろうし」

と同意を求めた。

「そうでしょうね」

「そうだろう。一応のとこ」

鮒塚社長は、取材は会社のPRで有効だという結論を出したようだ。それも、鮒塚万盛堂という中小企業が全国規模で話題になるというのであれば、鮒塚社長の売名欲は十二分に満たされる筈だ。

「よおっ」

背後で、聞きなれた声がした。肥之國日報社会部の川田平太の声だ。雅人が振り向くとやはりカワヘイが、バッグを持って立っていた。

「あれっ。カワヘイ何してるんだ。こんなとこで」

カワヘイは、ボリボリと頭を掻く。

「なあーん。取材たい。じゅん（おまえ）がとこ」

「え、これを取材に来たのか？　どうして知ってるんだ」

「うちの役員にも案内状、出しとろうが」

「あっ、そうか」

「すぐには、記事にせんけど、いずれ、シリーズを書こうと思うけん。〈黄泉がえりの検証〉とかな。中に入るけんね」

「ああ、わかった」

「あ、それと」カワヘイが立ち止まった。「熊大で黄泉がえり研究班ができたつは知っとうや」

「いいや」雅人は正直に答えた。

「出来たったい。今まで、いくつかの研究室がばらばらにやってたのが、統合されて、申請の出た。文部省からも金のおりたったい」

「それで、どうしたというんだ」

「研究班の知りあいから、協力頼まれたったいなあ。二人くらい、黄泉がえりの人ば紹介してくれて。研究に協力して貰えんどかてね」

「ふうん」

「優一くんは協力してもらえるかなあ。焼き鳥屋で会うた……」

「ああ、今日も来てるよ。ちょっとびっくりするかもしれない。一カ月でかなり成長してるから」

「そうか、じゃあ頼んでみよう。あと一人、誰か頼めそうな人は知らん……？　俺が、独身だし、知り合いで気易《きやす》く頼める黄泉がえりの人っておらんとよ。ここの会長に頼めんかなぁ」

「そりゃ、ちょっと俺の立場じゃ言いづらいよ。俺の親父《おやじ》くらいかな」

そう口を滑らせた。しまったと思ったが、すでに遅い。

「あっ、初耳。そうだったんか。児島の親父さんて黄泉がえってたの。ね、頼んでみてくれん？」

「ああ……言うだけは言ってみるけど」

横山信子が雅人の袖《そで》をつまんだ。

「児島課長。もう、お客さん、次々ですよ」

振り返ると、彼女の言うとおり、受付は、黒山の状態になっていた。まだ、二十分前だというのに。

「あ、すぐいく。じゃ、カワヘイ。また」

「おお、今日のニュース、全国で話題になるぞ。鮒塚会長は明日の朝はかなりの有名人になっとるかもな」

受付をすませた出席者は、金屏風《きんびょうぶ》の前の鮒塚社長、夫人、会長夫人、大沢水常務と挨《あい》拶《さつ》をかわして玉樹の間へと吸いこまれていく。しかし、その場で、鮒塚会長本人の姿を見ることはない。

会場内では、時間まで壁面の大スクリーンに、鮒塚万盛堂の企業沿革と、鮒塚重宝会長の生いたちから、経歴、エピソードなどが、スライドで映しだされ逝去の際の葬儀の様子がビデオで流された。大正、昭和、平成と動乱の時代、復興の時代を生き抜いた男のロマンがにおう語りが添えられて。

受付の来客も、そろそろ一段落だ。

「じゃ、受付たのむ。中に入るから」

横山信子に後をまかせて、会場へと入った。

室内は、照明が落とされ、演出として焚《た》かれた香のにおいが鼻をついた。低い読経《どきょう》が流れている。そこへ司会者の低いとおる声が響いた。

「本日は、鮒塚重宝、戒名、宝徳院浄誉萬念居士《こじ》の黄泉がえり披露パーティー、お暑い時期にもかかわらず御出席頂きありがとうございます……」

30

「永遠の別離を運命《さだめ》と思いつつも哀《かな》しみが去ることはありません。しかし、この地熊本で奇蹟《きせき》は起こりました。鮒塚万盛堂前社長、故鮒塚重宝はこの世で黄泉がえりました。奇《く》しくも本日は、七月十三日。熊本では七月盆の最初の日でもございます。この日の夕、故人の魂は、家族のもとへ還《かえ》ってくる……そのための習わしがございます。現在、鮒塚万盛堂に勤務し鮒塚重宝を敬愛してやまない女子社員の代表が務めます。迎え火の献灯でございます」

薄明かりの黄泉がえり披露パーティーの会場の読経がやみ、瞬間、暗黒の闇《やみ》へと変わる。そして、かすかにやがてはっきりとラヴェルの「ボレロ」が流れはじめた。その曲にあわせ、喪服の若い二人の女性が、入り口付近からゆっくりとした歩みで壇上へ向かっていく。中原奈々と河山悦美だ。二人は、それぞれ一本のトーチを両手で握っている。トーチからは生命力あふれるイメージの橙色《だいだいいろ》の炎が揺らめいていた。

誰からともなく拍手がおこる。その拍手が広がり、二人が壇上へたどり着くころは満場の拍手となった。

二人は舞台の両脇《りょうわき》の燭台《しょくだい》の横に立つ。司会者のナレーションが加わる。

「二人の若き女性が点火しようとしているのは、迎え火でございます。いにしえより、盂蘭盆《うらぼん》の初日に祖先の精霊《しょうりょう》を迎えるため、門前で麻幹《おがら》を焚くのでございます。祖先は、その明かりを頼りに、彼岸の世界から束《つか》の間《ま》のひとときを過ごしにお帰りになるのでございます。

今、点火でございます。今一度、大きな拍手でもってお迎え下さい」

河山悦美と中原奈々はトーチを一度高く掲げ、そして点火した。

会場は、またしても拍手の嵐《あらし》だ。

壇上には、迎え火だけが残された。

「皆さま、お待たせ致しました。本日の黄泉がえりびと。鮒塚重宝でございます」

舞台でドライアイスのスモークが、もくもくと立ちこめていく。

曲が変わっている。低く響く音。

「二〇〇一年宇宙の旅」で宇宙知性を象徴する石柱すなわちモノリスが登場するシーンで使われたあの名曲、「ツァラトゥストラかく語りき」だった。曲が高まり始めると、会場内をレーザー光が縦横に赤く鋭く走りまわる。

そして舞台中央、スモークの中で赤い後光を放つ痩《や》せた老人のシルエットが浮かびあがった。

曲のクライマックスが過ぎると、会場内は徐々に明るくなっていき、舞台の上には、白いタキシード姿の鮒塚重宝翁《おう》が、困ったような照れたような表情を浮かべて立っていた。

会場の隅から、雅人は小さな安堵《あんど》の溜《た》め息をついた。ここまでは、会場の反応もなかなかのようだ。厳粛な雰囲気と生還の喜びがほどよくミックスされている。

祝辞は市長が上京中のため、収入役が代読した。続いて、肥之国銀行の頭取が、取引先の代表として挨拶した。

内容そのものは、金婚式や長寿の祝いの挨拶とそう大差はない。しかし、取材のフラッシュが、一般の祝宴とは大きく異なる。

雅人は、肥之日広告社の伊達と滝水に聞いた、この会のコンセプトのことを思いだしていた。伊達は、こう言った。

「最近ですね、中央の方で、生前葬といった催しが、ときおり開かれたりするんですよ。これは、御本人が自分の一生で御世話になった方たちと一堂に会してですね、おたがい、ねぎらいあいたい。そんな気持ちで開くイベントなんですけどね。ある種の洒落《しゃれ》で、生前葬という呼称をとるんですね。黄泉がえり披露パーティーってのコンセプト、これじゃないかと思うんですね――」

祝辞が終わり、鮒塚会長へ花束が手渡される。手渡すのは、鮒塚会長の少年航空隊時代の同期生たちだ。少年航空隊の同期生といっても四人ほどだが、いずれも、鮒塚会長より老《ふ》けて見える。初め、この四人は、会長を舞台の上で胴上げすると息巻いていたが、黄泉がえりを迎える四人の方が黄泉の国へ旅立ってしまうことになってはと、大沢水常務と共にていねいに御辞退した。しかし、花束を手渡した四人は涙もろくなっていたらしく、舞台の上で号泣していた。

「いい演出だなぁ」

「ああ、少しクサくないか?」

「いや、このくらい、いいよな」

伊達と滝水がうなずきあっている。

「では、鮒塚重宝様、御本人から皆さまへの御挨拶です。お待たせ致しました。氏の肉声をじっくりとお聞きください」

司会者がそう紹介すると、会場は割れるような拍手だ。

その拍手がやっと鎮《しず》まる。数秒の間《ま》の後、鮒塚会長は「あー」と言った。そしてしばらくの間。

それから。

「今生でも、よろしく頼みますばい。……そっだけ」

ぺこりとお辞儀した。

またしても割れんばかりの拍手。

それからニュースカイホテルと美少年酒蔵から寄贈されたという樽酒《たるざけ》を使っての鏡開き。使用された酒には「神力／黄泉の光」と名付けられたことが、司会者から紹介され、地元有力経済人、県出身の国会議員、そして鮒塚会長、鮒塚社長が木槌《きづち》をふるった。市会議員の吉川恵善《けいぜん》が、乾杯の音頭《おんど》をとって開宴となった。

「なかなかいい雰囲気ですね」

雅人が滝水に声をかけた。滝水は、

「まあここまではですね」

「でも、ここまでくれば八割方は成功でしょうが」

滝水は肩をすくめてみせる。「この後、鮒塚社長が、どうしても入れて欲しいって言ってたのがあるんですよね」

ああ、そうか……と雅人は思いだしていた。宴はブラウン運動化していた。参加者は、それぞれのテーブルから席を立ち、それぞれの知己を求めて会場内の回遊を始める。会場は蜂《はち》の巣の中にいるような騒音状態だ。

そこへ二十人ほどの若者たちが、突然に舞台へと駈《か》け登っていった。皆が紺色のハッピをつけている。男女の比は同じほどだろうか。女性は熱帯にいる極彩色の鳥類を思わせる髪型だ。背に「紫紺」という文字が読めた。

「これでしょ」と雅人。

「そうです」と滝水。

「社長は、数年前に卒業高校の祭り実行委員長をやってるんですよ。後輩たちが、祝いたいからという申し出を断りきれなかったんでしょうね」

「いや、案外、本人が好きなんじゃないですか?」

熊本市内の高校OBたちは、秋の藤崎宮大祭の馬追いグループを結成している。鮒塚社長の卒業高校もその例に漏れない。祭りでは飾り馬の後を勢子《せこ》が踊りながら追い街を練り歩く。その精鋭メンバーらしい。

舞台の上で太鼓が連打されると、会場が鎮まりかえった。

一列にならんだ若者たち。太鼓を持つもの。鉦《かね》を持つもの。ラッパを握ったもの。

中央の一人が、前へ進みでて、扇子を広げた。そしてマイクを持つと、七五調の口上を述べ始めた。

「――世の中、不思議は、数あれど
花の熊本、まん中で
しるし見えたる、新世紀
黄泉がえったる、ことほぎを
ともにやります、紫紺会

いやさか、ドーカイ」

それが合図にラッパが吹かれ、鉦、太鼓が叩《たた》き鳴らされた。リズムに合わせて勢子の男女が、痙攣《けいれん》したような踊りを舞い始めた。

ドーカイ、ドーカイ。

ドーカイ、ドーカイ。

この踊りは、日本の祭りの中では珍しく、ラテン系のリズムに近い。だから、踊りも、かなり激しいものだ。特異といえば特異。

「児島課長はどう思います？」と滝水。

「どうって……」

「荘厳《そうごん》な祝いの中で、このような下品な踊りが入るのは如何《いかが》なものかと思うのですが」

「下品ですかねぇ。私は、子供の頃から親しんでいるから、あまり違和感を持つことはないので、よくわかりません」

「ぼくは、嫌いですね。この祝宴の企画中、最悪と思います。この場面だけは、ぼくは関わっていない……そう宣言したいですね」

踊りと、リズムは一層、盛り上がっていく。滝水は熊本出身ではないのかもしれない。あるいは独自の美学の持ち主なのだろう。どうも、この企画は彼の価値観の埒外《らちがい》なのだろう。

舞台の上で、三人ほどの出席者が飛びこみで踊り始めた。口上を述べた若者が、鮒塚社長をも壇上へ上げ、踊らせている。

舞台下でも、数人が跳びはねながら、ドーカイのリズムに乗っていた。会長が気になり雅人は、その姿を探した。

鮒塚会長は、会場中央あたりのテーブルをまわっていた。満面に笑みを浮かべ、右手を真《ま》っ直《す》ぐに上げて、踊っていないものの右手の先だけでリズムをとっていた。

雅人は思った。いくら、黄泉がえり披露パーティーという名目でも、これが、やはり熊本という地域の特性なのだと。象徴的な流れではないか。

このような形のパーティーで収拾がつかない状態でも、これはこれで「アリ」なのではないか。

パーティーは八時半に、無事終了した。

31

陽射《ひざ》しは、夏の最盛期よりは随分、やさしくなっている。ましてや夕刻となると風は秋の気配を含んでいた。

その風が、エアコンを切った市営住宅の部屋へ入っていく。

相楽《さがら》玲子の部屋だ。

部屋には、玲子、黄泉がえった夫の周平、そして中岡秀哉とその兄、優一の姿が見えた。四人が囲むテーブルの上には、茶封筒が置かれていた。

「私たちのために、こんなに手を尽くして頂いてありがとうございます」

周平と玲子が、深々と頭を下げた。

「いや、いや、いや」と秀哉が大仰に両手を振った。

「何も気にすることなんかありません。私が勝手にお約束して、それを果たしただけなんスから。いいっスよ」

もう一度、玲子と周平が深々と頭を下げた。茶封筒に「失礼します」と周平が言って手を伸ばすと、中から手帳と数枚の紙が出てくる。

「あっ、その手帳が、特殊復活者手帳です。それから、用紙は『黄泉がえり人材センター』の登録用紙です。ほら――生前の経験を仕事に活《い》かしませんか？　と添え書きのあるやつ」

「はい」

周平は、手帳を手にとり、ぱらぱらとめくる。末尾のページに、ラミネート加工された周平の顔写真の入ったカードが組み込まれていた。「これでやっと社会が受け入れてくれるんですね」と感無量の様子だった。

「何と御礼申していいものやら、わかりません」

玲子も、嬉《うれ》しさを隠しきれない様子だ。

「この人、世間にうといとこがあって、どうすればいいんだろうって、二人で途方に暮れていたんですよ」

秀哉は、「いや、いや、いや」と言う。「事務の申請手続きでいちばん動きまわったのは、兄の優一です。俺ァ、昼間は万盛堂の仕事で走りまわってますから、兄が動いてくれたんスよ」

優一を兄と紹介されて玲子と周平は目を丸くした。背丈こそ、秀哉より高くなっているが、明らかに秀哉より表情は幼い。

「あっ。優一兄ちゃんも黄泉がえりなんス。故郷《さと》は八代《やつしろ》なんですが、先祖の墓は先々代の頃から熊本市内にあるんスよぉ。その関係で俺のトコへ帰ってきたのかなぁって。あっ、子供の頃、溺《おぼ》れ死んだんで、外見は俺より、年下なんス」

優一は肩をすくめるように礼をした。

「ぼくも、自分の黄泉がえり手続きは、自分ですませました。ずいぶんと楽だったんで、気にしないで下さい。相楽さんのと二件申請手続きをやると要領がわかりました。勉強になりました。自分のと、御親戚《ごしんせき》の方々に通知されるようでしたら黄泉がえり通知の発送代行もできますし、あと、親類の方々を集めてパーティーとかやられるようでしたら、私と秀哉とで企画も致します」

玲子と周平が笑うと、

「あっ、あまり気にしないで下さい」

と優一は手を振る。

「若いけど、立派なお兄さんですね」

と玲子。

周平が、優一の眼を見て、

「そうだ。優一くんも黄泉がえりなんだということがわかる。ぼくにはわかる」

と言った。

「ぼくもわかります」優一が言う。

「へェ。どうして」玲子が不思議そうに周平に尋ねた。

「顔とかじゃない。何となく、優一くんが、そばにいるとわかるんだ。心が……うまく言えないな……心の或《あ》るところが共鳴したような感じがあるんだ」

「ぼくも、そうです。でも、鮒塚のおじいさんを見たとき、すぐにわかったから、相楽さんのときは、そう驚きませんでした」

「共鳴したとき、瞬間、何かがわかるような気がするんだな」

「そうですね」

玲子と秀哉は、二人の会話についていけずぽかんとしている。

「ねぇ、いったい何がわかるというの？」

玲子が、じれったそうに聞くと周平が、大きくうなずいてみせた。

「どう言ったらいいのかな。我が家にあるような時計じゃない。時計のイメージを遥《はる》かに超えたようなものが、フッと見えるような気がする。それで……まだ……時間があるってわかるんだ。うまく言えないんだが」

玲子の表情が、一瞬キッと硬くなった。眼が吊《つ》り上がった。中岡秀哉が、玲子のそんな表情を見るのは初めてのことだ。

「それって、どういうこと。パパちんが時間が来たらどうなるってこと。まさか、また、いなくなったりするってことじゃないでしょうね」

その、あまりの剣幕に秀哉は気圧《けお》されてしまって、周平と兄の優一の表情を見較《みくら》べることくらいしかできない。

「約束して。もう二度と私の前からいなくなったりしないと約束して」

困ったような表情で周平は、

「いなくなるとか、そんな問題じゃないだろう。これは、イメージの話をしているんだから。お客様の前でおかしいじゃないか」

とたしなめた。玲子は、それでも何か言いたそうだったが、やっとのことで自分を抑え、口を閉じた。

そのとき、相楽翔が帰ってきたことも幸いした。

「ただいま。あっ、中岡さん来てる。こんにちは」

学校が終わって友だちと遊びに出ていたらしい。秀哉と優一もともに頭を下げた。

秀哉が優一を翔に紹介すると、翔は眼を丸くした。

「へェ。ぼくと同じ小学生なの。大学生のお兄ちゃんに見えるよ」

そう言えば……と中岡秀哉は思った。優一兄ちゃんは、子供の肉体を持って黄泉がえったのに、数カ月でみるみる成長していく。それに較べて、玲子の夫の周平や、鮒塚会長は、あまり変化がないように見える。何故《なぜ》だろう。

「よし、皆、揃《そろ》った」

と相楽周平が膝《ひざ》を叩いた。

「皆で、食事に行きましょう。近くの熊本テルサのレストランですが、今日はうちで御《ご》馳《ち》走《そう》させて下さい。せめてもの御礼です」

中岡兄弟は、その言葉に甘えることにした。

八時すぎまで、彼等はレストランで食事を楽しんだ。

六本松三男が眼を疑ったのは、当然のことだ。「まさか」と思った。

自分の人生を四年前に、根本的に狂わせてしまった男が眼の前にいたからだ。

そんなはずはない。

そして眼をこらした。間違いない。

あの中の一人は、相楽周平だ。

生きている本人は見たことがない。

だが、眼に焼きつくほど、彼の遺影は見た。黒いリボンのかかった写真で。

四年前の浜線バイパスの事故で、六本松三男は結果的に男を一人殺してしまった。それが、相楽周平だ。

その日、明け方近くまで深酒し、一睡もしないまま、砂利運搬用トラックを運転した。

結果的に居眠り運転となり、中央分離帯を越え、相楽周平の乗った車輛《しゃりょう》と正面衝突した。

居眠り運転の上に酒気帯びと判定された。あろうことか、免許証まで不携帯だった。

勤務していた運送会社からは懲戒免職の処分を受けた。それだけではない。六本松は、重過失ということで刑事罰を受けることになった。交通刑務所で一年を過ごすことになったのだ。

それだけでは、ない。

六本松三男には、妻と二人の子がいた。面会に来た妻から、離婚の要請を受けた。離婚には同意しなかったし、判も離婚届に押さなかったが、出所したときは、離婚されたも同様だった。妻は子供を連れて親元へ帰ってしまっていた。

家も家賃が滞納されていて、出るしかない。妻の実家へ電話をかけてもナシのつぶて状態だった。

求人情報誌を買い求め、職を探した。職安にも足を延ばした。男一人、身を置く場所がありさえすればいいと、住み込みの仕事を探した。だが、六本松三男は余程運が悪いのか、世の中に不景気の嵐《あらし》が吹き荒れているのか、なかなか仕事は決まらなかった。決まりかけると、いつも寸前になって「申し訳ないが、やはり、うちの職場には……」と断りの連絡が入ってくるのだった。加えて運転免許が取り消されてしまったことも致命的だった。この時代、運転免許がないことは、就職活動においては、刀を持たずに戦場へ赴くようなものだ。

その日も、面接を受けに行ったが、運転免許がないことを理由に体《てい》よく断られた。それから六本松三男は、なけなしの金をはたいてゆきずりの居酒屋で焼酎《しょうちゅう》を三杯飲んだ。

三杯目を飲んでいるとき、何故、自分がこのような不幸の連続に見舞われなければならないかということを考え始めた。

結論はすぐに出た。

元凶は、あの相楽周平という奴《やつ》だ。あいつが、あのとき、あの場所にいなければ、自分は物損事故だけで終わったはずだ。あいつは死んでまで自分を呪《のろ》っているのか？

居酒屋を出て、熊本テルサ前バス停でふらつきながら立っていたときも、その考えが頭を去らなかった。

そのとき、熊本テルサのレストランから出てきた子供連れの男女の姿が見えた。

六本松三男は思った。こいつ等なんて幸福そうな様子なんだ。その一人が相楽周平だった。

32

「おまえ、相楽周平だなっ」

突然の大声に、全員が立ち止まった。声の主は熊本テルサ前バス停のライトを背にしてシルエットで立っていた。

中年の男であることがわかる。肩をいからせ震わせている。ショルダーバッグが揺れる。

周平が答えた。

「はい、相楽周平ですが」

男は近付いてきた。酒の臭《にお》いを漂わせながら。

男の顔が、やっと判別できるようになった。げっそりとこけ落ちた頬には、白いものが混じった不精髭《ぶしょうひげ》が生えている。縁なしの眼鏡をかけているが右のレンズにはひびが入っている。右のつるには、青いテープが巻かれていた。

「おまえ。おまえ。おまえ……」

男は今にも摑《つか》みかからんばかりの形相でいた。

「おまえ……何で生きている。そうか……新聞で読んだアレだな。死人が生き返るという……黄泉がえりか。

おまえ、生き返ったんだな」

相楽周平は、眉《まゆ》をひそめた。

「あなたは……どちらさん？　お会いした記憶はありませんが」

中岡秀哉と優一も、その男の異様な気配に身構えていた。翔少年も、玲子の手をじっと握っていた。

玲子が、はっとした表情で、口を押さえた。

「この人よ。まちがいないわ。あなたと浜線バイパスで正面衝突した、トラックを運転していた人。事故の後、何度かうちに来られたわ。でも……」

でも、こんなにうらぶれて、という言葉までは、出てこなかった。

「たしか、六本松さん……ですよね」

「ぼくを……殺した人か」

六本松は大きく首を振る。

「殺したって？　こちらは、生きながらおまえに殺されたようなものだ。おまえのおかげで、俺の一生は滅茶苦茶《めちゃくちゃ》になってしまったんだぞ。おまえが、あの事故の現場に居合わせたばかりに、俺は一人で不幸を背負いこんでしまう破目になったんだ。俺は職を失った。家族にも見放された。仕事を探しても、どこも受け入れてくれる所はない。なのに、相楽周平、おまえという奴は、生き返って、家族揃って幸福そうにのうのうと道を歩いていやがる。俺に生き返ったという何の挨拶《あいさつ》もなしにだ。

許せんぞ。俺ァ、許さんぞ」

中岡秀哉が、周平に、

「レストランで、警察を呼んで貰《もら》いましょうか？」

と心配そうに言った。秀哉は不安だった。この見知らぬ男はとても尋常ではなかったからだ。

だが、周平は、

「いや、警察は呼ばない方がいいと思います」

と答えた。

「何をぶつぶつ言ってるんだ。おまえ等。俺を馬鹿《ばか》にしてるんだろう」

尚更《なおさら》、六本松を激高させる結果になったようだ。しかし、論理的に考えても六本松の言うことはおかしい。そのような立場に追いやられる因《もと》を作ったのは、六本松自身なのだ。深酒をせず、居眠り運転をしなければ問題なかったはずだ。それを相楽周平が黄泉がえって幸福そうにしているから腹が立つというのは逆恨みもいいところである。いや、それ以前に絶望の溜《た》め池に沈みこんでいる六本松には正常な思考力が残っていないのかもしれない。

「人を見下したような顔をしやがって。許せねぇ」

六本松は、肩に下げたバッグを地面に置き、中をまさぐった。一人身の六本松は、そのバッグの中に生活に必要な全般を揃えていた。歯ブラシから、タオルを始めとして。すでに彼はホームレス一歩手前の状況まで来ているのだった。

六本松は、バッグから何やらを探しあてて、得意そうに取り出した。それはアウトドアで重宝する十徳ナイフだった。それを右手に握りしめ歯茎を剝《む》き出して笑った。

「どうだい。怖いか？　怖かったら、もっと恐ろしそうな様子を見せたらどうなんだよ。俺が、こんなことをする理由は、わかるだろう。四年前までは、俺はゴキブリも殺せない善良な人間だったんだよ。だけど、今はちがう。おまえのおかげで、すべて失《な》くしてしまった。俺は捨て鉢になってるんだ。何がどうでもいいって気持ちだ。人だって、このナイフで何人だろうが刺し殺してやれるぜ。どうだ。怖いはずだ。怖いだろう。ええっ？

今、気がついたんだがな、俺は、四年前に一度、お前を殺して、罪を償っているんだ。ところが、こうやって生き返ってやがる。生き返って幸福そうにのうのうとしてやがる。そんなおまえを俺が殺したところで捕まっても罪に問われるはずがないじゃないか。一度殺しました。罪は償いました。生き返ったから、また殺しただけですってな。

そうだろう。そう思わないか」

中岡秀哉は、うわぁ、こいつ狂ってやがると考えた。こりゃ、下手すれば、巻きぞえを喰って自分まで刺されかねないぞ。

「どうする優一兄ちゃん」

優一は、振り返って秀哉に、騒がないようにとでも言いたげに、うなずいて見せた。それほど落ち着いている。相楽周平にしてもそうだ。ナイフを振りかざす相手を前にして、じりじりとにじり寄られてはいても、一切うろたえたような様子は見えなかった。

ただ、玲子と翔に危険が及ばないようにと二人を自分の背後に引き離している。玲子は、激しく身体《からだ》を震わせ、翔の身体を抱きしめていた。

その落ち着きはらった周平の態度が、六本松にとっては逆にカンに障《さわ》ったようだった。

「おおっ。俺が本気じゃないと思ってるな。俺が人を殺したりできないはずだと思ってるな。舐《な》めてるんだろう。ところが、俺は本気なんだ。人を刺すなんて思わないさ。カボチャを刺すと思ってるさ。憎いカボチャを刺すんだってな」

六本松がもう一歩を踏み出す。全員が後ろへ退く。だが、周平の背後は街路樹のクスノキだった。退路を断たれた形になった。六本松の眼は吊《つ》りあがっていた。自分で自分の感情と行動が制御できない状態になっている。

「必ず後悔する。ナイフを捨てなさい」

周平の声はあくまで冷静だ。しかし、六本松は説得に耳を貸す状態ではなかった。

「馬鹿野郎、おまえのおかげで俺は――」

六本松がナイフをさらに大きく振りかざした。

周平が口をすぼめた。

周平がムーンという低い声を発し始めた。聞こえるか聞こえないかくらいの声というより楽器の音だ。

「何だこりゃ」

中岡秀哉がつぶやく。優一を見ると優一も口をO形《オー》に開き、周平よりやや高い音程の声を発している。

その二人の音声に混じって、それぞれが高音の声で言う。

——やめた方が、いい。

——あなたは、そんな人じゃない。

——ナイフは、捨てなさい。

秀哉は、驚いた。六本松がナイフを頭上に振り上げたまま凍結した状態で静止しているのだ。

周平と優一は、口を大きく開き低音を発したまま言葉で説得を続けていた。

腹話術師だってこんな芸当はできないと秀哉は思う。一人の人間が二つの音声を発するなんて……。そういえば何処《どこ》かの民族の発声法で、こんな旋律を口で奏《かな》でていたのを聞いたことがある。

たしか、ホーミーとか言ったよな。それ以上、くわしいことは知らないけど。

秀哉は知らなかったが、ホーミーはモンゴルの伝統的発声法だ。一人で低音と高音を同時に発声する。喉《のど》から絞り出して低音部を保ち口腔《こうこう》内で共鳴させた高音部でメロディーを奏でる。岩山を吹き抜ける風の音を真似《まね》ることから始まったというのだが。

しかし、今、現実に秀哉の眼の前で発されているのが似てはいるがホーミーと同じものかどうかはわからない。少なくとも、秀哉の知っているホーミーには、人間の暴力を抑制するまでの力があるとは聞いていない。

「な、何しやがった」

ナイフを握りしめたままの六本松が、顔を歪《ゆが》めた。自分で自分の身体がどうなってしまったのか、全然、理解できないのだ。それどころか、自分でも久しく感じたことのなかった胸を打つ想《おも》いに満たされ始めるのがわかる。

ナイフが手を離れ、歩道の上に転がった。すると、六本松の右手に自由が戻った。

中岡秀哉には、この中年男から完全に殺意が去ったことがわかった。

六本松は、自分の体内に温かいものが溢《あふ》れていくのを感じていた。それどころか、涙が止まらない。この音を聞いていると……。厭《いや》な涙じゃない。いつだったろう。山の稜《りょう》線《せん》からのぞいた日の出を見たとき、遠くまで続く波光のきらめきを見たとき。そんなとき流した涙と同じ種類のものだ。

俺は何をやってるんだ。何かちっぽけなことで苦しんでいて……。

周平と優一が、顎《あご》を落としたまま泣きじゃくる六本松をベンチに座らせた。

「俺は、俺はどうしていたんだ」

泣きはらした眼のまま六本松は周平の手を握った。

「迷っていたんだと思いますよ。でも、もう大丈夫」

そう周平は肩を叩《たた》いた。六本松は何度もうなずいた。

「そろそろ、お開きですね」

と優一が、呆然《ぼうぜん》としている秀哉や玲子たちに言った。

33

三池義信は、中九州警備を退職した。現在は芸能プロダクション、RBクリエーションの社員だ。名刺の肩書きには、「熊本支社　マーチン担当渉外」とある。つまり、熊本という地から出ることができないスーパースター、マーチンのマネージャーという立場だ。

再び、三池義信の前にマーチンが出現して以来、彼の人生は一八〇度変わってしまったと言っていい。

自分でもわからないままに、戸惑った様子のマーチン、つまり生田弥生は、義信に家族と所属プロダクションの塚本社長に連絡をとりたいと言った。

塚本社長は、その日の最終便で熊本へ飛んできた。既に、マーチンの母親から、彼女が飛行機の中で消失したいきさつは聞いていた。マーチンから受話器を渡された義信は、この件については絶対に他言しないようにと塚本社長から釘《くぎ》を刺された。

塚本社長は外見に似合わずカンのいい人物だったようだ。持病の腰痛でいつも腰をさすりつつ愚痴をもらしているが、義信は初めて会った塚本社長に眼鏡をかけたテディ・ベアという印象を受けた。しかし、海千山千の業界を渡っていくための素質は備えていたらしい。しかも、マーチンは塚本社長に全幅の信頼を寄せていた。

しばらく義信と塚本社長が話した後、義信は予想外の提案を受けることになった。

塚本社長は、こう言った。小柄な丸っこい身体で人なつこそうに。

「三池さんは、信頼できる人物だと思います。これ迄《まで》の状況を考えてみると、理由はわからないが、蘇生《そせい》したマーチンが生活できるのは、どうも、熊本市を中心とした一定のエリア内だけのようですね。とすると、私はマーチンが歌手として活動できるのも、熊本都市圏に限られるのではないかと思います。私は、まだまだマーチンが歌手としての才能を発揮できると思うし、彼女には失礼な言いかたになるかもしれないが、彼女はタレントとしての商品価値も無限に秘めている。

そこで考えました。私は、熊本に常駐するわけにはいかないが、マーチンにも頑張って貰いたい。だから、マーチンが熊本を離れられなければ、RBクリエーションの熊本支社を作ろうと思います。そうすると、彼女のことを仕事面で世話をやいてくれる人間が必要になる。三池さんにお願いしたいんだが、うちに来て、その仕事やってくれませんか？

企画やプロモーションは、東京《あちら》でやりますから。それに彼女が黄泉がえったのも三池さんに何故《なぜ》か因縁があるように思えてならないのですよ」

「じゃ、ぼくがマーチンさんのマネージャーですか」

「そのような仕事が主になると思います」

義信は舞い上がった。一も二もなく引き受けた。塚本社長が呈示した給与の額は、現在の収入のほぼ倍だった。だが、収入面についてはどうでも良かった。いつも、憧《あこが》れのマーチンと一緒にいられるという一点だけでかまわない。マーチンを守る騎士になれるのだから。

義信のマーチンに対する想いは、すでに恋愛感情といったものを飛び越えてしまっている。女神を崇拝し、守護するといった気持ちだ。それを、塚本社長も敏感に見抜いたらしい。三池義信だったら、まかせられると。

塚本社長の行動は速かった。その場で、東京の事務所へ連絡を取った。すぐに、事務所から連絡があり、その場に男が現れることになった。

男は、熊本の不動産屋で、その足で三人は物件を見に行き、県庁の近くのマンションの三室が、ＲＢクリエーションと契約されることになった。一室は、ＲＢクリエーション熊本支社。あとの二室はマーチンと三池義信の社宅だ。不動産屋の世話で事務机やら二人の家財道具となるべき品やらが搬入された。仕事に使用するための、乗用車がリースで借りられた。マーチンの仕事の送り迎えは、義信がやることになる。

「あとで、事務所に常駐するのに一人必要になるだろうけど、さしあたりこんなものかな」と塚本社長は言った。

「とりあえず、マーチンは、何も考えずに好きな曲を作りなさい。アルバムを作る段になったら、こちらからバックの連中を派遣する。熊本でちゃんと録音の可能なスタジオとかあるのかなぁ」

「あると思いますよ。早急に調べます」

義信は答えた。塚本社長は、録音は熊本でないと不可能だと判断しているようだ。

「あ、それから、熊本には腰に効くハリ灸《きゅう》とか温泉とか、ありますかねぇ」

「さあ、調べておきましょうか？」

「お願いします。私、腰が悪くって」

塚本社長は、すぐ、前かがみの姿勢になる。

「とりあえず、私が考えているスケジュールを話しておきましょう」

塚本社長の頭の中は、すでに今後のマーチンの活動で溢れかえっているらしい。

「は、はい」思わず義信は生唾《なまつば》を呑《の》みこんでいた。

「今年の年末までに、マーチンの新作アルバムを発売する。それから、来年の三月」

「来年の三月？」

「熊本だけの、復活ライブをやります。それも中途半端《はんぱ》な規模じゃない。全国からマーチンの復活を見に来るんです。何千人、いや何万人だ。それで、マーチンがミュージシャンとして真の復活を果たすことになります。

そんな場所が、熊本市あるいは近郊にあるでしょうか？」

何万人の観客を前にしてのライブ。義信はその話に、全身が総毛立っていくのがわかる。

「屋内でないといけませんか？」

「こだわりません」

「南阿蘇《みなみあそ》にアスペクタという屋外施設があるんですが」

「マーチンは、そこへ行くことが可能ですか？　消えませんか？」

「あ」

義信は、言葉を失った。それは、わからない。

「それも、調べます」義信はそう答えたが自信はあまりない。

そして、今はRBクリエーション熊本支社には、三池義信とマーチンの二人っきりだ。気が向けば、マーチンは支社の一部屋に置かれたピアノで、作曲をしている。その横でぼんやりと義信はマーチンに見とれて過ごした。

「ちょっと、モヤモヤっとしてまとまらないの」

とマーチンが言いだせば、義信はBMWに彼女を乗せてドライブした。

義信にとって、まるで夢のような日々だ。

一度、マーチンに阿蘇の草原を見せようと南阿蘇のアスペクタを目的地にして車を走らせた。

そのとき、限界がわかった。西原村から南阿蘇へ向かうのだが、俵山峠《たわらやま》の手前でマーチンの姿が薄くなるのがわかった。何だか彼女の輪郭がピントがずれたようにぼんやりとしてしまう。そのとき義信はそのことを口には出さず「今日はここいらで引き返そう」ということになった。

アスペクタで彼女のライブを開くことはできない。それだけは、わかった。

そんな不思議なできごとを除けば、義信にとっては現在は願望が充足されつくした世界だ。ときおり、義信はマーチンの隣でステアリングを握りながら、ふっと呟《つぶや》く。こんな幸せいつまで続くのだろう。そんな筈《はず》はない。こんな夢の生活がいつまでも続く筈が……。

マーチンには、東京の事務所からいくつかの仕事が舞いこんできた。テレビコマーシャルの仕事やら、雑誌の撮影やら。仕事は、すべて熊本市内ですますことができるという条件を満たしたものだけだが。

その夜、遅くまで、マーチンと義信は熊本県の観光課のポスター撮影で引きずられた。

肥之日広告社の依頼だった。終了後、県庁近くの熊本支社のマンションへ帰る途中。

「携帯で本社へ連絡とるけど、どうしても、事務所にあと一人、要りますよね」

義信が溜《た》め息をもらす。

「そうかなあ。よくわかんないけど、社長もそう言ってたから」

マーチンもうなずく。

「でも、ぼくは、人を雇う立場になったことないから、どんな人がいいか、わかんないですよ」

「大丈夫」マーチンが助手席で胸を叩いた。

「わたし、わかると思う」

義信は、心の中で肩をすくめた。自分が採用されたのも不思議な縁だが、どうしても支社には、様々な手配をしてくれる人間が必要だ。出来れば事務能力の優れた責任感ある信頼できる人間が。マーチンが天才的シンガーと言っても、そこまで人を見る目を備えているものだろうか。

「たとえば、あの人」

マーチンは県庁西門通りで、ベンチに腰を下ろしている中年男を指で差した。

「魂が洗われているもの。車を停めて、訊《たず》ねてみて。私たちと仕事をしませんかって」

義信は、そんなアホな、そう、思った。薄汚れて、一見してまともな人間には見えない。ホームレス一歩手前だ。

「やめておきましょう」と義信が答えた。

「車を停めて!!!」

マーチンが叫ぶ。義信はそんなマーチンの命令口調を初めて聞いた。

義信は反射的にブレーキを踏みこみ急停止させた。

「わかるの。あの人、私たちと一緒に仕事をする人よ。訊ねてみて」

義信は車から降りて、その男に近付いた。

「あの……変なことを言うんですが……私たちと仕事をしませんか」

薄汚れた男は、一瞬キョトンとした。汚《けが》れのない眼だ。男は笑顔で鞄《かばん》から履歴書を出す。

「お願いします。六本松といいます。よろしく」

34

悩みがない人間というのは、この世には存在しないのだろうと児島雅人は思う。ただ、その悩みのレベルがちがうだけのことだ。他人からは、その程度の悩みと思われても、本人にとっては重大な悩みだったりと相対的なものでもある。

雅人が現在、抱えている悩みは家族のことから仕事のことまで色々だ。優先順位をつけると、母親の縁の病気、黄泉がえった父の雅継の行く末、等が筆頭にあがる。あと、仕事面でもこまごました悩みを抱えているのだが、それは仕事なのだからと、とりあえず割り切ってしまえる。

今回も割り切らざるをえない。

営業の中岡秀哉が、辞表を持ってきた。

「正社員になって間がないだろう。何、考えてるんだ。やっと仕事に慣れ始めたところだってのに。兄さんの面倒も見なきゃいかんだろう。それに、ぼくに出すんじゃなくて、営業の寺本課長に出すのが筋じゃないか」

中岡は、退社しかけた雅人を呼びとめ、それを見せたのだ。両掌《りょうて》を合わせて、雅人を拝む気配だった。

「これから、寺本課長に出すんです。でも、こんなのって出すタイミングが難しいっスよ。それに、児島課長には色々とお世話になってたから、まず言っとかなきゃって」

永年のカンで雅人には慰留が可能かどうかの見極めをつけることができた。中岡の場合は止めても無駄の部類に入るようだ。

「で、これから、どうするつもりでいるんだ。兄弟二人で」

そう尋ねた。

「へ」と中岡秀哉は眼を細め、よくぞ訊《き》いてくれましたという表情を浮かべた。

「世の中のお役に立つ仕事をやろうと思ってるんス」

「世の中の役に立つ？」

「はぁ。兄と、自分と、それから一度、話しましたよね。古本屋に勤めてる相楽玲子さんの黄泉がえった旦那《だんな》の周平さんと三人で事務所開くんです。ほら、今も黄泉がえりって続いてるでしょ。家族が黄泉がえったとき、皆どうすればいいのか戸惑っちゃうみたいなんスよ。それで優一兄ちゃんが、これって商売になるんじゃないかって。で、三人で開くことにしたんです。〝黄泉がえり代行サービス〟お電話一本で参上します。役所の手続きからお仕事のお世話まで。世の中の役に立ちますよ。兄ちゃん、かなりノウハウ蓄積したから大丈夫って」

「あっ」そのとき、雅人が想起したのは中岡秀哉の兄の優一のことだ。焼き鳥屋で肥之國日報の川田平太から情報をとり、鮒塚会長の黄泉がえりパーティーのときも進行の様子をホテルの会場の隅で観察していた。

あれは、すべて〝黄泉がえり代行サービス〟のノウハウを勉強していたのだということに気がついた。

「自分一人じゃ、駄目ですよ。優一兄ちゃんが大丈夫っていうんで……」

雅人は、その場では、二の句がつげなかった。

結局、もやもやとした気持ちを引きずったまま、待ち合わせの場所へ行くことになった。

その夜の七時半に、肥之國日報社会部の川田平太と約束していたのだ。川田平太は、電話で返事を聞いてきた。父の雅継が、熊大の黄泉がえり研究チームに協力できるかどうかということについて。父は、基本的には協力してかまわないが、いったいどんな内容だろうと疑問を持った。そのとおりカワヘイに伝えると、「じゃ、今夜、飲むか」ということになった。

待ち合わせは、長六橋近くの居酒屋「酒楽」だった。早目に着いた雅人は、カウンターの隅に座り、日本酒を頼んだ。例によってカワヘイは十分遅れでやってきた。「おっ、もう飲みよったいネ」と大きな眼玉をぐりぐりと回した。「なんか、元気なかねぇ」と鋭く指摘するのも忘れなかった。

別に、隠す必要もなく、自分の母親の病気の件や、中岡の退職の話をすると、カワヘイは、「何ともコメントしようがなか」と冷酒をあおった。

「で、親父《おやじ》は、どんな研究に協力すればいいんだって言ってたけど。切り刻まれるようなのは厭《いや》だぞって心配してた」

「あはは」とカワヘイは笑い、手を振った。

「研究班では、色んな分野の先生たちが、それぞれの得意のジャンルからアプローチしてるんだ。だから医学部だけじゃない。工学部も、理学部も加わっている。今度親父さんに頼もうと思ったのは、文学部のグループだ」

「文学部?」

雅人は、ちょっと意外だった。

「文学部の心理学教室で、尾形研究室ってのがあって、尾形教授ってのが精神カウンセリングが専門なんだが、深層意識からのアプローチを考えてる。黄泉がえった人たちは、前世の記憶と今回黄泉がえった記憶はあるが、死んだあの世にいる記憶が欠落しているのが普通たい。その欠落した部分の記憶を蘇《よみがえ》らせることができないかという研究よね」

変わったことを調べる先生もいるんだなというのが、雅人の正直な感想だ。

カワヘイは、新聞記者の表情に戻り、雅人の父親が黄泉がえったいきさつを尋ねた。メモはとらないものの、雅人が話す経過を黙って聞いていた。それから評した。

「非常に、標準的な黄泉がえりケースばいね」

「ああ、そうなのか?」

「その後、変わったことは何もなかと?」

「うーん」雅人は考えこんだ。

「そういえば黄泉がえってきたときは、ぼくより年下で帰ってきたんだけど、最近は少し老《ふ》けたなあ」

「児島んとこもそうか」

「他もあるのか？　そんな例が」

「ああ、全部が全部じゃない。黄泉がえった人が、短期間に老けこんでるケースは確かにある。これは、最近亡《な》くなってた人よりは、昔に亡くなってた人の方が多いようだなあ。あの週刊ホストの、黄泉がえりヌードで出てた女の子覚えとうや」

「ああ」

「あの女の子も取材したたいね。でも、今は全然ちがう。もう三十過ぎにしか見えんよ」

「そうか」

「そういえば、じゅんの会社の中岡くんの兄さんも大きゅうなっとったね。たまがった」

「ああ、もう高校生くらいの体格になっている。今度、彼が言いだして〝黄泉がえり代行サービス〟を始めるそうなんだ」

「うん、あの子は、頭もいいが、天性のカンもあったごたるけんね」

二人が、丸干しイカを齧《かじ》り始めたとき、カウンターの奥で声がした。やや、興奮した声だ。浅川さん、落ち着いて下さいと聞こえた。

「黄泉がえりもんなんて、絶対まともじゃないぞ。俺は知ってるんだ」

店のマスターがやってきて、雅人と川田に詫《わ》びた。

「すみませんね。今日、あの人、パートの応募に行って黄泉がえりの人に先を越されたみたいで荒れてんですよ」

二人は、いや、かまわないと答えたもののその男は相当、興奮している。酒が入っているせいもあるんだろう。隣席に座っている人物に話しかけているようだが、その人物は受け応《こた》えながら明らかに迷惑がっているようだ。その男の声だけが響いてくる。

「俺が見たことを誰に話しても信じてくれないが、俺は確かに見たんだ。あいつ等が本当は化け物だって証拠をな。黄泉がえりもんのできそこないがな、立田山の中にいたんだ。できそこないだから、顔が裏と表についてやがった。その後、できそこないだから消えちまった。誰も、黄泉がえりもんがどうやって生き返ってるか見た者いないだろう。本当だぞ。自分の眼で見たんだからな。まだあるぞ。変なことってのは。黄泉がえりもんは何故《なぜ》、あんなに早く老けていく奴《やつ》がいるんだ。皆、うすうす変だと思っているのに何故口に出さねえんだ。そのうち、みんな奴等、化け物に仕事とられちまうんだぞ。俺がそうだ。パートで勤務する先が、黄泉がえりもんのおかげで断られちまった。まだあるぞ。あいつ等化け物にどれだけ税金使ってるんだ。税金納めてもない奴等のためによ。

うるせえ。本当のこと言ってんだ。このなかに黄泉がえりもんが混じってたってかまやしねえや。本当のこと言って何が悪いんだよ。

みんな見てろよ。俺ァ、耳が遅いから、最初、黄泉がえりのことなんか、ちっとも知らなかった。ところが、立田山で奇っ怪なもん見てこの話聞いて、全部つながったんだ。やつら、宇宙人か、地獄の底から来たか知らんけど、人間なんかじゃない。いつの間にか、熊本は侵略されて、皆、追い出されちまうことになるぞ。俺だけは真実を知ってるんだ。ホラーSMとやらであるだろう。これは、アレなんだぞ」

SMというのは、SFのことを言ったのだろうと、雅人は思う。しかし、黄泉がえりの人々をそのような眼で見ている人物がいるとは、雅人は気がつかなかった。

「どぎゃん思う?」カワヘイが言う。

「どうって」と雅人。

「記者やってて気がついたことがある。苦情電話が一本あれば、その背後に同じ考えの人が百人いるってことたい。あの老人が、そう思ってれば、百人は同じ考えの人がいるだろうな。そしてここで、老人の話を聞いた人が十人ずつにこの話を伝える。いや、すでにこの話は増殖しよっどね」

それから、カワヘイは立ち上がって、雅人に言った。

「ちょっとごめん。俺、あの老人にも少し、詳しいことを聞いてみるけん」

35

斎紀遙子《ようこ》は、外見上は、三十代の後半にしか見えないが、実年齢は四十代の後半なのだ。三人姉妹の末っ子だが、際立《きわだ》った容貌《ようぼう》に恵まれていたから、嫁ぐのも姉妹の中では一番早いだろうと親戚《しんせき》では噂《うわさ》されていたが、現実にはそういうことにはならなかった。いまだに、独身でいる。

二人の姉が嫁いだ直後に、父親が脳梗塞《のうこうそく》で急逝した。そのとき遙子は短大に入ったばかりだった。母親は、酒を一滴も飲まないのにひどい糖尿病を患《わずら》っていて寝たり起きたりの繰り返しだった。だから、遙子は短大を中退し、医療事務の資格をとって自宅近くの病院に勤め、帰宅しては母親の看護をする生活を続けた。病弱の母親を一人残すわけにはいかない。そう心に決めて日々を送るうちに、若いうちは少なくなかった縁談もいつしか途絶えるようになった。

そして、遙子の母親が他界するのは、遙子が四十歳のときのことだ。そのときは、看病に疲れた遙子は、不思議と涙を流す気力さえなかった。

一人ぼっちになった遙子は、自宅で犬を飼った。柴犬《しばいぬ》の雑種のオスで、たまたま子犬あげますの貼《は》り紙を見てその家に飛びこんだのだ。犬にユタカと名付け、溺愛《できあい》した。

世話好きな親戚が、身軽になった遙子に、「後入りを探してる人がいるんだけど」と話を持ってきてくれたりもしたが、即座に断るのが常だった。一人の方が、気楽でいいから。それが、彼女の答えだった。

母の世話を続けている頃も、彼女を誘ってくる男もいたが、いずれも自分の考えている理想の男性像とは、微妙にずれていた。だから、断ってもこれまでも何の未練も感じないできた。

自分の理想の男性像は、別にある。一度だけ会ったことのある人。でも、もういない人。

遙子は、自分の人生とは、そのようにできているんだと考えていた。だから、そのように生きていくんだ。一人で気楽に。

ユタカと一緒に。

七年間、生活を共にしてきたその愛犬ユタカがフィラリアにかかって二カ月前に死んだ。そのときは、遙子も声をあげて泣いた。

気が抜けたような生活をそれから続けている。

職場で、無表情に事務をとっているとき、遙子は、待合室の人々の噂話を耳にする。何処《どこ》かの誰かが生き返って帰ってきたって。そう。私の知ってる誰某《だれそれ》さんもよ。黄泉がえったんだって。五月くらいから、そんな話をよく聞くよね。

遥子は、そんな話は信じられないと思う。だったら、何故ユタカは帰ってこないの？　あんなに看病したお母さんは？　急逝したお父さんも帰ってこないじゃない。もう、今は九月。黄泉がえりの人が帰るべきところには、もう帰ってきてしまっている。私には、関係ないことなんだ。

いや、皆、陰気な私のところへなんか黄泉がえりたくないなんて思ってるのかもしれないな。

実は、そう思っていた斎紀遥子のところにも、帰ってくる人がいる。

遥子は、夕食をひとりですませ、厚物の半纏《はんてん》を羽織り、発泡酒を飲みながら婦人雑誌を読んでいた。

玄関で物音がした。

遥子は、顔をあげた。人の気配がする。

玄関が開く音はしなかったにもかかわらず家の内部に誰かがいるのだ。

「どなた？　誰かいるの」

遥子は思わず声を出した。返事の代りに若い男の咳《せき》ばらいがあった。

彼女は出刃包丁を台所から一本摑《つか》んで玄関へ足を忍ばせた。

玄関の明りをつけた。左手に携帯電話を持って。変な奴だったらすぐに警察へ連絡するつもりでいた。

男が一人立っていた。二十代だ。長いウェーブのかかった髪の若者だ。眩《まぶ》しそうに不思議そうにあたりを見回し、三和土《たたき》に立っている。

「ここはどこ？」と若者は訊いた。

「私の家よ。あなたはどこから来たの？　あなたの名は？」

「何故、ここにいるんだろう」

「あなたは誰？」

「ぼくはアオバ・ユタカ。あなたは誰？」

それには遙子は答えなかった。出刃包丁はまだ、背中に隠している。

「アオバ……ユタカ……」その名には聞き覚えがある。遠い遠い昔に。

「ひょっとして、青葉由高さん？」

若い男は、何度もうなずく。「どうして、ぼくはここにいるんだ」

右手に隠した包丁を、遙子は落した。と同時に噴き出すように青春時代のできごとが、蘇った。

遙子が、まだ第一高校に通っていた頃のこと。たしか、二年生だった。

同級生の矢田浩子《ひろこ》と一度だけ〝不良した〟ことがある。浩子が、済々黌《せいせいこう》高校のボーイフレンドに、その頃トレンドスポットだったライブハウス「五条」に誘われたというのだ。自分一人で行くのは心細いから一緒についてきて欲しい。浩子の両親には、遙子の家へ泊りに行くということにして。それで二人で抜け出して「五条」へ行こう……という誘いだ。

一回だけだから。一生のお願い。

ロック好きの浩子のボーイフレンドにとっても、清水の舞台から飛び降りるような大冒険であるらしかった。

その、遙子の一回だけの〝不良〟で、彼女は青葉由高を知ったのだ。

生バンドの演奏を遙子は「五条」で生まれて初めて聞いた。身体《からだ》が震えた。飲物はコークだけだったにもかかわらず。

そこで、青葉由高を見た。「熊本清流復古」という奇妙な名前のバンドでヴォーカルとリードギターを担当していた。彼が登場するだけでライブハウスが熱狂に包まれるのも、彼の実力の故《ゆえ》らしかった。彼がリーダーとして、バンドメンバーを紹介するとき、初めて青葉の名前を知った。演奏は、遙子の想像をはるかに超えた興奮を与えてくれた。理屈ではなかった。遙子は〝大好き〟になった。彼の声も、仕草も、唄《うた》い方も、表情も、身体つきも、なにもかも。一生、この人を忘れない。青葉由高のバンドを聞きながら、無意識のうちに、そう呟《つぶや》いた。

三人が「五条」を出たのは、午後十時。ボーイフレンドと別れて新屋敷から、坪井にある遙子の自宅へ向かった。

それがなかったら、青葉由高のことは青春の刹那《せつな》の思い出にしかならない。

仁王さん通りの入り口付近、寿司《すし》屋の横に男が倒れていた。額から血を流していたが、顔は遙子にはすぐわかった。青葉由高だ。

やめようよ。怖いよ。そう泣きそうになる浩子を無視して、青葉を起こした。

青葉に意識はあった。

「ファンの彼氏から殴られた。いい迷惑だな。俺」と青葉は言った。「気絶したふりしたら行っちまった」

遙子は、持っていたハンカチで青葉の額の血を拭《ふ》いた。「ありがとう。親切にしてくれて」と青葉は言った。

「青葉由高さんでしょ。さっき『五条』で聞いてました。すごく感激しました」

青葉由高は、少し気まずそうに唇を尖《とが》らせた。

「君たち高校生？　あまり、あんなとこに出入りするのは感心しないな。卒業したら、またおいで。どこの高校？」

「第一高校です。斎紀遙子といいます」

「ヨーコか。ありがと。ヨーコ。もういい。大丈夫だから」

立ち上がり、青葉由高は去っていった。一度も遙子を振り返ることはなく。

その青葉由高の影が、それからの遙子の理想の男性像の原型となっている。愛犬にユタカと無意識に名付けたのも、誘われた男性を断り続けたことも。

それ以来、遙子は青葉の言葉に従い、「五条」に足を向けていない。

数カ月後の新聞で遙子は青葉の死亡を新聞で知る。死因は書かれていなかったが、巷《ちまた》の噂では、麻薬のせいとも、自殺だともあった。

青葉が「熊本清流復古」として出した三枚のシングルレコードも、遙子は密《ひそ》かに買っている。青葉由高の額の血がついたハンカチと共に保存されて。

「あなた。青葉さん。黄泉がえったのよ」

「黄泉がえった……。きみは誰」

「私、倒れていた青葉さんを介抱したことある。あのとき、第一高校だった。もう三十年経《た》ってるのよ」

「……ひょっとして、ヨーコ。ヨーコとか言ったね？」

「そう」

「どうして、ここに現れたんだ。ぼくは……」

戸惑いながら、青葉は呟いた。

何故、青葉由高が自分のところへ現れたのか。理由は遙子にはわからなかった。

ただ、はっきりしていることが一つだけあった。今、眼の前にいる青葉由高は、自分にとって途方もなく必要な人だということだ。

「ここで暮らすためだと思うわ。だから、青葉さんは、ここに黄泉がえったのよ」

青葉由高は、納得したように大きくうなずき、靴を脱いだ。

36

雨だらけの冷夏が過ぎ、藤崎宮秋の例大祭が終わっても、肥之國日報の川田平太が言っていた児島雅人の父、雅継への熊大研究チームからの要請は来なかった。正式な協力依頼が来たのは、金木犀《きんもくせい》の花の香りが街に漂うようになってからのことだ。

父の雅継は、元気がない。暇があれば、国立病院に入院したきりの母の縁のところへ通っている。

雅継の外観が、それに輪をかけている。五月に帰ってからというもの、まだ五カ月しか経っていないというのに、めっきりやつれてしまった。黒々としていた髪は三分の一ほどが白く変わってしまった。それだけではない。前頭部分の生え際が、随分と後退してしまったようだ。頬の肌もかなり張りを失っている。外観年齢は四十代後半というところか。雅人とは、父親には見えないが年の離れた兄くらいには見えている。

結果的に、母親の縁は、手術不可能ということになった。その事実が、雅継が老《ふ》けこんだ大きな理由だろうと妻の瑠美は単純に考えているようだ。

食事の時間に雅継は苦笑いしながら、自嘲《じちょう》的にそのことに触れた。

「病院で今日、ばあさんがね」雅継は最近、縁のことを話題にするとき「ばあさん」と表現する。「俺に、こう言ったんだよ。だんだん、私の年齢に追いついてますねってさ。うれしくてたまらないって。早く追いついて追い越してもらわないと……だとさ。おまえが、俺に心配かけるからだよって言ってやったさ」

そして、そのとき初めて熊大の〝黄泉がえり研究班〟からの協力依頼状が来たことが雅継の口から語られた。

「今日、届いたよ。もっと早くかなと思っていたら、今になったな。来週、本荘《ほんじょう》の医学部の方に来てくれってさ。どうしようか雅人」

「どうしようかって、引き受けてもいいって言ってたからそう返事しておいたんだけど」

「そのう。最初は雅人は文学部の心理学とかの研究とか言ってたろう。本荘だったら血抜いたり、切ったりされるんじゃないか？」

カワヘイに雅人が電話を入れると折り返しに返事が来た。雅人はカワヘイに言われたとおりに父親に返事を返した。

「やはり担当の先生は文学部の教授らしいよ。でも、心理学が専門で深層心理が研究テーマらしくて、切ったり貼《は》ったりはしないってさ。ちょっと眠っては貰《もら》うらしいけど」

「そうかぁ。じゃあ、協力したほうがいいか」

「お義父《とう》さん。毎日、看病で根詰めてるから気晴らしになるかもしれませんよ」と、瑠美も口を挟んだ。

「それって催眠術かもしれないよ。おじいちゃん」と愛。

「ん？」

「眠らせるってのは、それだよ。サイコな人が登場する映画でよく出てくるもの」

「サイコって何だ。博徒《ばくと》のことか。サイコロ振るのか」

雅継が答えると、食卓は久しぶりに笑いに包まれた。

だが、一つだけ雅継から条件がつけられた。最初に熊大に行くときに心細いから誰か一緒に行ってほしいというのだ。

「ぼくは、昼間は仕事だから、瑠美、頼む」

瑠美は手紙を出して雅人に見せた。施験日は、水曜日と金曜日の午後一時から五時までになっている。

「パパの昼休みは十二時半から一時半でしょ。最初と最後だったら、なんとか都合つくでしょう。昼休み会社を抜け出せば。おじいちゃんが一番安心できるのは、やはりあなたよ。パパが頼まれてきたことでしょう」

「そりゃ、そうなんだけど」

雅人は口を尖らせそうになるのをやっとのおもいで抑えた。

結局、その週の水曜日、熊大医学部の教務課へ雅人は父親を連れていった。不安そうに周囲を見回す雅継の代わりに、担当の教授の呼び出しを頼んだ。

「心理学の尾形です。ど・ども」

と現れたのは、まだ四十代の下がり眉《まゆ》の公家《くげ》顔をした中肉中背の男だった。

「どちらが、黄泉がえられた方？　あー、息子さんが付き添ってこられたんですか。お手数おかけしまして」

と、やや口を尖らせて話す。白衣を見なければ、とてもそういう心の研究をするタイプの人間には見えなかった。

「本当は、私は黒髪《くろかみ》の文学部の方なんですが、研究チームの本部がこちらにあるんで。それと設備的にやりやすいんですよ」

手持ちぶさたそうに白衣を両手でいじりながら尾形教授は申し訳ないと言った。

「どのような実験をやるんでしょうか。父は何だか不安を感じているようで。それで、ついて来てくれと……。薬物を使うんですか？」

雅継にも聞こえるように尋ねた。

「いえ、薬物は一切使いません。私は催眠療法が専門なのですが、それは被験者の方が、協力的であることが、大変、重要な要素です。今回の実験では、黄泉がえりの方々の未解明の部分を少しでも解き明かしていきたいという趣旨なので、催眠面接という言いかたの方が正しいと思います。今日は、私と被験者のお父さんが実験のための信頼関係を結べるかどうかというところまでやってみたいと思います。もし、無理だと私が判断した場合は、今回だけの御協力で終わるケースもあるかもしれません」

「どうする父さん。ぼくは、もう会社に帰らなきゃならないけど」

父の雅継は、やってみるよ！　というようにうなずいてみせた。

「あのう、何かありましたら」

雅人は、尾形教授にメモを渡した。それには勤務先である鮒塚万盛堂の電話番号が書かれていた。

「こちらに連絡を頂けますか？　すぐ駈《か》けつけますから」

「わかりました」

「あのう、それから中岡優一くんという少年も調査するんでしょう」

「ええ、やはり川田平太くんの紹介の人ですね。明後日、会うことになっていますが」

まだ、優一少年の方は終わっていないらしい。父の方が先になるのか。雅人はそう思った。

「帰りは、迎えに来た方がいいかい。父さん」

雅継はちょっと考えこむような仕草を見せた。

それから、

「いや、いい。ちょっと一カ所寄ってくるとこがあるから」

「国立病院かい」

「いや。ちょっと寄るだけだから心配しなくていい」

「どこだよ」

「水道町。橋を渡ったとこだ」

本荘にある熊大の医学部からなら、水道町まで、父の足でも十分ほどしかかからないだろう。それ以上、雅人は詮索《せんさく》することをやめた。

夕刻、定時に帰宅した雅人は、妻に父親の様子を尋ねた。

「父さん、疲れてなかったか。どんな様子だった」

瑠美は、お義父さんは、奥の部屋にいると答えた。別に、疲れた様子はなかったわ。会社にも、大学からは緊急の呼び出しはなかった。それで少しは雅人も安心していた。

「やはり、愛が言ってたように催眠術を使うみたいだな。父さん、寄り道してくるって言ってたけど、早かったんだね」

「ああそうなの」

「どこへ寄ったんだろう。何か言わなかったか？」

「別に、何も。ああ、そう言えば、帰ってから変なこと言ったわ」

「何て？」

「瑠美さん、明日、赤ん坊用の首からかける涎《よだれ》かけを一つ買っといてくれないかね……って。自分で買いに行くのは恥しいからな……ですって」

「ふうん。寄り道と関係あるのかなあ。まさか、隠し子ができたわけじゃなかろうし。水道町まで歩いて、すぐ帰るって言ってたけれど。涎かけが何の関係があるんだ」

「水道町？　じゃあ、お義父さんはあすこ行っててんじゃない。日限《ひぎ》っの地蔵さん」

「ひぎっのじぞうさん？　何だ、それ」

　雅人は初めて聞く名前だ。

「昔から水道町にあるのよ。涎かけでは、ぴんと来なかったけれど、水道町に寄ると聞いてわかったわ。願かけ地蔵さんがいっぱいいるとこがあるの。親和銀行の熊本支店の裏よ。保育園があって、その近く」

「何で、そんなこと知ってるんだ」

「あら、私も、昔、高校を受験するとき、近所のおばさんに聞いてお参りに行ったことがあるもの。自分で日数を決めて、毎日お参りすると、願いがかなうのよ」

「涎かけは、何にするんだ」

「行ってみたらわかるわ。お地蔵さんに、自分の願いを書いた涎かけをつけてもらうのよ」

「ふうん。願いごとをかなえるお地蔵さんか。父さんは、あまり信心には縁がないように見えるんだけどな。そうだったら、そうだと言えばいいのに。母さんの病気のことを願かけに行ったんだろうな」

「そうだと思うわ。でも、お参りしてたことは黙ってた方がいいのかもしれない。私のときも人には言わなかったから」

「それで瑠美は願いかなったのか」

「あたりまえよ。だからちゃんとお礼にも行ったわ」

瑠美は得意気に言った。

37

第二回目の父、雅継の〝研究協力〟のときは、もう雅人は付き添わなかった。父も勝手がわかり不安もない筈《はず》だと考えたからだ。

「いろいろ話をして、緊張しないように気を遣ってくれたよ。ゆったりした椅子《いす》に座らせてくれて、楽しいことを連想しましょうよとか言ってたな」

父は、そんなことを話してくれた。

「今日は、うちの兄も、熊大に呼び出されてますよ」

会社に健康保険証を返しに来た中岡秀哉が能天気に雅人にそう告げた。中岡は五日ほど前に、すでに鮒塚万盛堂を退職している。そこいらの気兼ねは、まったくこの青年には存在しないようだった。雑務に追われていた雅人は、中岡への応対もうわの空で気にかけることもなかった。

身が凍結する思いを味わうのは、午後四時過ぎてからのことだ。

「児島課長、お電話でーす」

河山悦美が、そう告げた。

「誰から?」

「知りませーん。おっしゃいませんでした。女の人です。若い声」

ちゃんと相手様を確認しないと駄目だぞと注意して受話器を取った。

「はい、児島ですが」

「熊大の心理学の尾形研究室のものですが」

なるほど若い女性だ。だが、かなりあわてていた。父に関することだと直感でわかった。厭《いや》な予感がよぎる。

「父が、どうかしたんですか?　尾形先生は?」

「それが……」と言ったきり相手の女性は口籠《くちごも》った。とりあえず知らせなければならないと前回渡されていたメモに従い電話をしたものの、どのように状況を話すべきかはかりかねているようだ。

「尾形先生は電話に出られないんです。児島雅継さんが……」

「倒れたのですか？」

「いえ……どう説明すればいいのか」

「とにかく、すぐ、そちらに私が行った方がいいんですか？」

「は、はい。そうして頂いた方が。あの。私、尾形研究室の中田といいます」

「わかりました。すぐ、こちらを出ます」

要領を得ない会話のまま電話が切れた。雅人は、大沢水常務に早退する旨《むね》を伝えて、おっとり刀で会社を飛び出した。紺屋今町からタクシーで七、八分で熊大医学部に乗りつけた。白衣を着た眼鏡の小柄な若い女性が、入り口にいて、駆け寄ってきた。

「児島さんですか」

「そうです」

「電話をさしあげた中田です」

「どうも。父は？　どうしたんですか？」

「あの……わけのわからないことが起こって」

中田という女性は、そう言って、雅人を誘導するように早足で歩き始めた。薄暗く冷たい印象のする廊下を奥へ奥へとくねくねと歩いていった。雅人の靴音だけが乾いた響

き を立てた。

目的の部屋は、ドアが薄く開かれていた。そう広い部屋ではなかった。いくつかの雅人の知らない医療用の装置があり、部屋の隅には、背もたれのついた長く延びるタイプの安楽椅子があるのが場ちがいな感じだ。部屋は薄暗い。窓側はブラインドが下ろされているからだ。二人の男がいた。

立って、こちらを見ているのは、雅人にもすぐわかった。中岡秀哉の兄の優一だ。ただ、身長が一八〇センチくらいの若者になっていたが。

「児島課長……」と優一は言った。もう一人は、白衣を着て折り畳み式の簡易椅子に座っている。顔を両掌《りょうて》で覆《おお》っているが、先日会った尾形教授だということがわかる。丸めた背中を小刻みに震わせていた。ショック症状に陥ったかのように。

だが、父の姿は見えない。

「父さんは……」

雅人が質《ただ》したが、中田という女は首を振る。

「さっきまでは、ここに」

優一が代わりに答えた。

「年輩の方は……さっき出ていかれましたよ。児島課長のお父さんでしょう。一目見てわかりました」

優一は、困ったようなバツの悪そうな表情を浮かべていた。

「いったい、何が、ここで起こったんですか。父に何があったというんですか」

尾形教授は、とても雅人の問いに答える状況ではなかった。中田はやはり首を振る。

「それは、尾形先生からでないと……」と言うばかりだった。

「退行催眠をやっていたんだと思います」と優一が言った。「ぼくは指定の時間より、随分と早く着いたんで、潜りこんで、中田さんと隣の部屋から見ていたんです。話していいでしょ。中田さん」

仕方なさそうに中田がうなずく。よく見ると、隣室はつながって、こちらの部屋の様子がわかるようになっている。優一と中田は、そこにいたらしい。

「尾形先生は、お父さんの記憶を過去へ誘導していました」

「過去って、いつなんだ」

「こちらへ黄泉がえる寸前の過去です。ちょうどそのとき、ぼくが、この部屋へ入ってきたんです」

優一は答えた。

「黄泉がえる寸前って……あの世の記憶ってことか?」

中田が仕方なさそうにコクンとうなずく。

「お父さん、苦しそうでした。呻《うめ》くような声をあげておられました。そのとき……ぼくが共鳴したんです」

「共鳴？」

どういう意味だ。雅人が尋ねた。

「そうとしか言いようがないんです。或《あ》る種の状況で黄泉がえった者同士が、そうなるんです。前にも一度、そういうことがありましたから。ぼくの心とお父さんの心が底の方でつながるんですよ」

「それで……」中田はやっと口を開いた。「児島さんは、人間ではない声で、人間ではない言葉で話されたんです。何と言っているのか全然わからない。尾形先生は、急にあんなになってしまわれて」

中田の表情は引きつっている。唇をわななかせて。優一によると、父の雅継は退行催眠を施されていたらしい。その主旨は雅人にもわかる。尾形教授は退行催眠によって父の死後、そして黄泉がえる迄《まで》の記憶を掘り起こそうとしたのだ。そこに黄泉がえった本人もおぼえていない真実がある筈だと信じて。

しかし、予想外の結果を招いてしまったようだ。居酒屋で出会った初老の男のことを思いだす。

「黄泉がえりもんなんて、本当は化け物なんだ。俺は知ってるぞ」

人間ではない声。人間ではない言葉。父がそんな化け物だなんて……信じられない。

しかし、その本人は、行方をくらませてしまっている。

ここにこれ以上いても仕方がない。父の状態が心配だった。研究室を抜け出してどこへ消えたというのか。

「じゃ、ぼくは父を探しますので」中田にそう言い残して、雅人は部屋を飛び出した。

何処《どこ》へ行ったのだろう。父は……。電話を受けて熊大医学部へ駈けつけて小一時間だ。正門横の電話ボックスに入った。

妻の瑠美が、電話に出た。

「お義父《とう》さん？　何も連絡ないわ。まだ帰って見えません。何かあったの？」

「いや、いい。帰ってから話す」

父の行方は、わからない。ひょっとして……。通りを見回したが、父の姿はなかった。どのくらいの確率で父がいるかはわからないが、その場所しか、雅人には思いあたらなかった。藁《わら》にもすがる思いで、その可能性に賭《か》けてみることにした。

確か、水道町にあるということだった。安己橋を渡り、瑠美が言っていた〝親和銀行熊本支店の裏〟を目指した。

果たして、父はそこにいるだろうか。〝人間ではない声〟を発するという父が。

人気《ひとけ》のない保育園が右手に見えたが、日限っの地蔵の所在はわからない。代わりに香を焚《た》く匂《にお》いが鼻をついた。その匂いの行方を追ったとき、考えていたよりずっと狭い入り口が目についた。香は、そこからただよっていた。

古いお堂がある。路地裏に隠れるように、ひっそりと。

雅人は、お堂の前に足を踏み入れた。いくつものロウソクが灯《とも》されている。だが、父、雅継の姿はない。右手には無数の小さな地蔵が鎮座していた。その地蔵は一体ごとに涎かけをつけている。その一体に雅人は目を奪われた。涎かけに墨で文字が書かれている。


――児島縁の病の全快を、お願い致します。　児島雅継

「父だ」と雅人は思った。やはり……、他の地蔵の涎かけにも、合格祈願や家庭円満の願いが記されている。

その奥に、初老の男の姿を、雅人は見た。目を閉じ何かを呟《つぶや》きながら必死に地蔵の頭を撫《な》でている。お堂の陰になって見えなかった。

「父さん」

思わず、雅人は叫んだ。父は、ハッと目を開き、悪戯《いたずら》を見つけられた子供のような照れ笑いを浮かべた。

「どうしたんだ、雅人。こんなところまで。会社は？」

父さんこそどうしたんだ。会社から呼び出されたんだよ。熊大で何があったんだ。

しかし、父の照れ笑いを見て雅人は何も言えなかった。代わりに「父さんこそ」。

「いや、母さんのこと心配でね。俺には、こうして願かけるくらいしかできないから」

雅人は思った。やはり……父さんは、化け物なんかじゃない。母さん思いの父さんなんだ。

「迎えに来たんんだ。帰ろう」

雅人は、父にそれだけしか言えなかった。

38

青葉由高と同じ一つの部屋で暮らすというのは、遙子にとっては、夢のような体験だ。青葉は、遙子が仕事から帰ってくるまで、一日中、部屋でごろごろして待っているようだ。テレビを見たり、遙子の本を読んだりして時間を潰《つぶ》しているらしい。

その部屋にいることが青葉にとってあたりまえのように、ふるまう。遙子が帰ってくるなり、「ヨーコ。腹がへったよ」だ。

一日中ごろごろしている青葉のため、朝とくらべて部屋も散らかり放題だ。自分で掃除の一つもやってみようという気は、まったく起きないらしい。

「夕食の支度すぐやるから、待っててね」

遙子は、いそいそと、流し場に立って準備を始める。この数カ月で、すっかり青葉由高の好きな料理も覚えてしまった。一人のときは、菓子パンと牛乳だけですませてしまうこともあった夕食だが、今では手を抜くこともない。

キッチンに立つとき、料理をこさえているとき、自分が青葉由高のために生きているのだと思うだけで、これまでの人生で感じたこともない充実感を持つ。

二人で、あまり会話のない食卓を囲んでいても、それでいいのだと遙子は思っていた。会話が弾まないのは、何故《なぜ》だろう。遙子の無意識の怖れがあるのかもしれない。彼女は生前の青葉由高は、ほとんどステージ上の姿しか知らない。その人となりについては未知数なのだ。どう接していいか、不安がある。しかも、自分は実年齢では青葉よりも、ずっと年上になってしまっている。嫌われるのではないかと、いつも脅えている。

「ヨーコごめんな」と時々、青葉は言う。

「何言ってるの。気にしなくていいんだから」

「俺は、ヨーコの寄生虫だよな。まるで。えーと、ヒモって言ったりするよね。フランス映画だったら、ジゴロか」

青葉の口調は、やや自虐《じぎゃく》的だ。

「気にしないでって、言ってるでしょ。私は満足しているんだから」

「そうか」

そこで、青葉は口をつぐむ。まだ、何か言いたそうに遙子には見えるときがあるが、彼女はやはり脅えを感じる。その言いたいことが、青葉由高を失うことにつながるのではないかという脅え。

不思議なことに、青葉と遙子は、これだけの期間、寝食を共にしてきて、まだ、男と女の関係ではない。

年齢が外見上、これだけ離れているから、青葉は、自分に魅力を感じないのではないか。そうも遙子は思う。

青葉が自分に顔を向けているときも、視線は自分を通り抜け、遥《はる》か遠いところを見ているのではないか。

そう思えることもある。

それでもいい。遙子は、自分にそう言い聞かせる。

青葉由高が、自分のそばに居てくれるだけでいい。それだけでいい。

会話はある。時折。

「事務所。今日、忙しかったの?」と青葉。

「ええ。まぁ、何とかこなしてきたわ」

しばらくの沈黙。事情を知らない人が、この様子を見れば、永年連れそったおたがい空気のようになった夫婦の会話と思えるだろう。

でも、実はちがう。そんな心の葛藤《かっとう》の結果の会話。

音楽の話題も、あまり出ない。何故かは、わからない。

だが、一度だけ青葉が興味を示したことがある。食事の準備が終わったときのことだ。青葉は、珍しくラジオを聴いていた。食事のときは、遙子は原則的にテレビもラジオも消してしまう。遙子が、ラジオに手を伸ばしたときだ。

「消すのを、待ってくれ」

珍しく、青葉は主張した。曲が流れていた。遙子は、手を止めた。若い女の唄《うた》だ。

「これ、唄ってる歌手は、誰？」

遙子は、耳をすませた。聞いたことはある。多分、あの歌手だと思う。テンポの速いメロディー。

「マーチンだと思う。この曲、好きなの？」

「マーチン……。日本人か？」

「そうよ。ユタカと同じ、黄泉がえった人よ」

青葉は、しばらく耳を傾け、聞き終わった後、やっと口を開いた。

「うまいな。歌唱力があるし、曲もいい。魅《ひ》きつける力もあるし、ユニークだ。何て曲だろう」

「知らない」

「そうか」

そこで、青葉はラジオを自分で消し、口笛を吹いた。曲名はわからないが、今、初めて青葉が耳にしたマーチンの曲。それを一回聞いただけなのに、青葉は口笛で正確に再現したのだ。吹き終わって言った。

「こうだったかな」

「そう、そのまんま」

遙子は、驚きに眼を輝かせていた。そんな遙子の様子は、青葉にとっても意外だったらしい。

それまで寝転がっていた青葉が起き上がって長い手足を縮めて座った。

「ヨーコ」

「なんですか、あらたまって」

「ヨーコは、俺のステージは好きだったんだよな」

「大好きだったわ」

青葉は、大きくうなずいた。

「いつか……いつか、ヨーコだけのためのステージをやるよ。約束する」

音楽の話題が出たのは、そのときだけだ。

それからも、二人の生活は同じように流れていった。

青葉は、黄泉がえったときほどの肌艶《はだつや》も、若さも失われつつあったが、それでも遙子はかまわなかった。それどころか、より自分の外観年齢に近づいたことに歓《よろこ》びを感じていたほどだ。

「今夜、外出しないか」

青葉が、帰宅した遙子に言った。珍しいことだ。自分から外出しようと言いだしたことはない。

「どうしたの。どこへ」

「ああ、昼、タバコを買いに外へ出たとき、偶然、昔の音楽仲間と会ったんだ。新市街の方で『ぺいあのPLUS』って店をやってるってさ。行ってみようと思って」

「わかった。嬉《うれ》しい」

そこで、青葉由高は、昔の片鱗《へんりん》を見せた。どこから聞き及んだか、青葉の席のまわりには、昔のバンド仲間たちが集まり酒を酌《く》みかわし始めたのだ。昔の仲間は五十歳前後。遙子は、その誰にも見覚えがなかった。青葉でさえ、最初は戸惑っていたほどだ。頭のうすい男はドラムを叩《たた》いていたという。今は、父のやっていた老舗《しにせ》の菓子屋を継いで川《かわ》尻《しり》にいると語った。ごま塩頭で髭《ひげ》を生やしているが耳にピアスをつけた男は、眼鏡をなおしながら、「ヴォーカルやってたさ。タンバリン持って」と叫んだ。今はフリーの司会業ということだ。公務員になったという男は、わざわざ菊陽町の役場から駈《か》けつけてきたという。その男が、青葉には思い出せなかったようだ。それだけ変貌《へんぼう》したということなのか。

「かつらを皆、持参すべきだったかな。ロングの」一同が、どっと沸いた。

遙子は、青葉の隣にいて、彼が心からなごんでいるのがわかった。

「また、皆で、バンドやるか？『熊本清流復古』」

「だめだ。俺んとこは、家業継いでから、音楽禁止だ」

「若い頃、心配かけたからな。自分も腕が鈍ったと思うよ」

「青葉はどうだ。黄泉がえってすぐだから、ほとんど現役だろう」

青葉由高は、頭を掻《か》き立ち上がった。「ギターある？」店の女に、そう尋ねた。

すぐにギターが席に持ちこまれた。

「昔の曲はやらないよ。自殺する前の曲は」

青葉が、そう言った。全員が無言でうなずく。何故、昔の曲は駄目なのか。遙子には、わからない。

「よし。いくぞ」

青葉由高は、激しくギターを弾き始めた。遙子が昔見た「五条」での奏法だ。不思議なコードと、カットする奇妙なテンポ。

それが、何のメロディーか、すぐにわかった。前に一緒に二人で部屋で聞いた曲。マーチンが唄っていた……。

拍手が鳴りやんで、一人が言った。

「マーチンの『ビヨンド・ラブ』だ。よく、そんな新しいのやれるな。練習してたのか?」

満足そうに青葉は微笑《ほほえ》み、首を横に振った。

その翌々日のことだ。

「三千円、欲しい」

青葉が遙子に朝から頼んだ。

「いいけど、どうして?」

「パチンコ。パチンコするんだ」

遙子は黙って三千円を彼に渡した。

その夜、帰ってきたとき遙子は呆《あき》れかえった。

青葉がギターを弾いている。それも、メーカーは彼女にはわからないが高価そうな品だ。

「どうしたの。そのギター」

「買った」

った。

「高かったでしょう」

「二十七万円だった。パチンコで儲《もう》けて買った。六万円ほど残ってるから返しとく」

それから再び、魅入られたように青葉はギターを弾き始めた。やはり、青葉は、ギターを忘れきれないのだ。その背中を見て、遙子の眼から何故か涙が溢《あふ》れて止まらなくなった。

39

ピアノを前にして作曲に専念しているとき、彼女の表情は生田弥生からマーチンへと変貌している。

事務所の壁には、先日できあがった熊本県の観光ポスターが貼《は》られていた。水前寺公園の東海道五十三次を模した庭園を背景に、笑顔のマーチンが両手を広げていた。「みずとみどりと　よみがえり　くまもと」とある。

その部屋へ、そっと若い男が入ってくる。三池義信だ。マーチンの作曲の邪魔にならないようにと、気をつかったのだ。マーチンは、今、年末発売のアルバムに入れる曲を凄《すさ》まじいほどの集中力で産みだしている。自分が、それまで存在しなかった時間の欠落を飢えたように取り戻そうとしているかにも見える。

ピアノの音が止まった。

「ヨッちゃん？　おかえり」

マーチンが透きとおるような発声で言った。

「あ、ごめん。一所懸命、作曲していたみたいだから」

義信は申し訳なさそうに頭を掻いた。義信はマーチンからはヨッちゃんと呼ばれている。マーチンは頭を振った。

「んーん。いいのよ。これ、今日の二曲目」

義信は驚いた。何という凄まじいペースなのだろう。昨日、彼女は、十三曲ほど作曲したと言っていたことを思いだす。一つのCDアルバムなら、七、八曲入っているのが普通だろう。まるで憑《つ》かれたようにマーチンは曲を作り続けている。その楽譜《スコア》を出来上がるごとにRBクリエーションの本社へとファックスしている。

そのスコアを見て、いつも義信は驚く。ちゃんと作詞まで自作のものが添えられているからだ。義信は楽譜までは読みとることはできないが、詞の躍動感は肉体に響いてくるようにわかる。

「自分で作っちゃうと、どれも捨てがたくって、いいか悪いかわかんなくってねー」

マーチンは、そう言う。

「だから、量を作って、どれを入れるか決めてもらうんだ」

義信はそんなマーチンを真の天才だと思う。

「あ、三池さん、帰られたんですか」

奥の事務所になっている部屋から、六本松三男が顔を覗《のぞ》かせた。もちろん髭は剃《そ》られている。それにもう一つ。ヒビ割れ眼鏡もつけていない。ナイフを振りかざしていたことをマーチンと三池義信は知らないが、とても、今はそんな行為に及んでいた人物には見えない。人の好《よ》さそうな中年男だ。

「今、本社から、連絡ありました。スケジュールからいくと、広報含めて、年内発売にこぎつけるには、音録《おとど》り、来週がぎりぎりだそうです。スタジオは見つかりましたかって」

三池義信は申し訳なさそうに眉《まゆ》をひそめた。

「今、民放のスタジオを三局あたったんですけどね。断られたところなんです」

「あー、そうですか。バックのバンドの方たちは、来週すべてスケジュール空けて待たせるらしいんですが」

三池は申し訳ない気持ちになる。スーパースターのマーチンの録音に民放のスタジオを貸して貰《もら》えるのは当然だろうと思って交渉にあたった。あちらでも、局の宣伝になるはずだという安易な考えで。だが三池義信の交渉がまずかったのか、スタジオの稼働《かどう》予定に問題があったのか、そんな急々な話ではということになったのだ。

「また、他をあたりますよ」

あてもなく義信は答える。

「あのー。一つ心あたりあるんで聞いてみましょうか。私の古い知りあいで一般には貸さないんですが」

六本松が言った。

「え」意外だった。義信は反射的に答える。

「お願いします。あたるだけあたって下さい」

六本松三男は、嬉しそうに顔を引っこめた。トラックの運転手をやっていたという六本松は、自分でも意外だと言ったが、この仕事に向いていた。「自分も何か変わったみたいで」と本人は言っていたが。実にマメに事務処理をすませている。

「最近、こんなに幸福で充実してることはありませんでしたよ。三池さんとマーチンさんには本当に感謝してます」

仕事の合間に六本松は心底、幸福そうな表情で義信にそう告げたものだった。ほんの偶然で出会った男だ。だが、今、RBクリエーション熊本支社でなくてはならぬ存在になっている。

三池義信の背後から、彼の肩に手が伸びた。

「マーチン」

義信は、振り返った。

「疲れてるわね。凄《すご》く肩が凝ってるじゃない。まだ若いのに」

「いや、この数日、飛びまわってるからかなあ」

さりげなく肩を揉《も》もうとするマーチンから身体《からだ》を離そうとする。マーチンから肩を揉んでもらうなぞ、義信にしてみれば畏《おそ》れ多いらしい。

「あのね」とマーチンが甘えるような声で言った。「でもね、今日、作った曲の一つは、絶対にアルバムに入れて貰おうと思ってる」

「へえー。そんなに気に入った曲ができたのかあ？」

「そう。会心の出来よ」

「そりゃ、よかったなあ」

「タイトル教えようか。『YOSHINOBU』っていうの」

「えっ」

「ヨッちゃんのこと、うたったの」

義信は予想もしなかった返事を聞いて、耳朶《みみたぶ》が瞬時に真っ赤になった。マーチンは、譜面を義信に差しだした。

「嘘《うそ》だろう。何故《なぜ》、ぼくの歌なんだ。冗談だろう」

「だって、どうしてもヨッちゃんのこと、歌にしたかったのよ。これは衝動よ。理屈じやないのよ」

「………」二の句が出てこない。

「聞いてくれる？　今から唄《うた》うわ」

マーチンは義信をピアノの側《そば》まで連れていく。義信の手を引いて。義信の頭の中では考えがまとまらないというより、雲の中にいる状態だ。フワフワと連れられていく。

マーチンが鍵盤《けんばん》の前に腰を下ろした。ゆっくりと白く細い指が滑り始めた。

マーチン特有の激しいロック系のメロディーではない。まるで……スローバラードだ。いくつかの初めて聞く和音が聞こえた。不思議なメロディーだ。アジアンミュージックに近い。民族音楽のようでもある。

マーチンは楽譜など必要としないのだ。大きな猫のような瞳《ひとみ》は、しっかりと義信を凝視《みつ》めていた。

マーチンは口を開いた。義信は背筋を何かぞくぞくさせるものが往きつ戻りつするのがわかった。これは、とんでもない旋律だとわかる。

——FADE－IN。どちらが上か、わからなかった。でも、今はわかる気がする。私が誰か、わからなかった。今は、きちんとわかる。HEAL　ME。あなたがいてくれてよかった。迷っていたの。ぬばたまの中で。今は輝く光の中。BRIGHT－ON。期間限定ってことは、わかる。でも、今は光の中。だから、あなた……——

義信の名前は曲の中で、一度も現れない。だが、義信には確実にこの曲が自分自身のために作られたことがわかった。三分ほどの曲だろうか。しかし、その曲は義信にとって時間を超越した時間意識をもたらした。瞬間といえば瞬間。久遠《くおん》といえば久遠。歌詞はどうでもよかった。メロディーそのものが義信のことを唄っているのだから。

自分が融《と》け去ってしまうような気がした。体内の汚物がすべて浄化されていく。

ピアノがやんだ。眼の前で両手を広げたマーチンがいる。その姿が歪《ゆが》んでいる。義信の眼から涙が止まらないからだ。

マーチンの生の歌声を初めて聞いたから。それもある。それ以上の感動をこの曲は持っている。

義信は、拍手をすることさえ忘れて呆然《ぼうぜん》と立ち尽くしていた。

マーチンが立ち上がり、訊《たず》ねた。

「どうだった？　気に入ってもらえた？　ヨッちゃんに捧《ささ》げるバラード」

言葉にならず、何度もコクンコクンと頷《うなず》きを返すだけの義信だ。

「最高だ。こんなマーチンの曲は初めてだと思う。何と言ったらいいかわからないよ。凄い！　としか言えない。皆が、感動すると思う。いや、絶対！」

「ありがとう。最高の賛辞だよね」

「でも……」迷った揚げ句、義信は言う。「やはり、『ＹＯＳＨＩＮＯＢＵ』ってタイトルじゃまずいんじゃないかなあ。商品としちゃ、もっとお洒落《しゃれ》なタイトルがありそうだけど。ぼくとしては大感激だけれど、心配になるよ。『YOSHINOBU』ってのは仮題ということにしておこうよ」

マーチンは悲しそうな表情を浮かべた。

「私……これでいいと思うわ」

「でも……ねえ」

少し気まずい雰囲気が生まれたときだった。奥の部屋から、六本松三男が、ニコニコ顔で飛び出してきた。

「ありましたよ。ありました。スタジオ貸してくれるとこ見つかりました。スタジオ・エディットっていって、貸しスタジオじゃないんだけど、前によく行っていた『ぺいあのPLUS』のオーナーが手掛けてるってんで頼んだんです。OKでしたよ」

義信とマーチンは眼を輝かせて顔を見合わせた。これで、熊本で音録りができるんだ。

六本松はすぐに東京へ連絡をとった。

40

六本松三男の手配によって、マーチンのニューアルバムのための音録りが始まった。マーチンのバックを務めるバンドの人々も次々と来熊《らいゆう》してくる。三池義信と六本松三男は、スタジオとの打ち合わせに加え、バンドの人々の世話までやらねばならず、繁忙を極めた。もちろん、レコーディングのため、来熊し、つきっきりでいる塚本社長の指揮のもとで。RBクリエーションという会社も元々、大所帯というわけではないから、塚本社長自らディレクションをやるのだ。ただし、塚本社長は、この数日、またしても腰痛が悪化しているらしく、安楽椅子《いす》に横たわったままなのだが。

すでにアルバムに入れる曲は、リストアップされている。全十五曲だから、大作アルバムと言える。その中には、例の三池義信のために作られた「YOSHINOBU」も入っていたことが、義信自身、嬉《うれ》しくてたまらない。塚本社長も気に入っているらしい。

義信が驚いたのは、バンドのメンバーが全員揃《そろ》ってからレコーディングが始まると思っていたら、そうではないということが判明したことだ。それぞれのパートを受け持つ人々がやって来て、録音をすませ帰っていく。だから、そのパート毎《ごと》のスケジュールに無理のない進行にはなっている。

スタジオ・エディットに足を運んで驚いた。本荘の通りに面した目立たない場所にそれはあった。義信が考えていたスタジオのイメージとはかなり違う。広めのカラオケボックスかなと思ったほどだ。しかし、隣接した小部屋の機器類を見せて貰ったときは、圧倒された。加えて、通りの騒音が、ドアを閉じて、無音の状態になったときやはりこはスタジオなのだと義信は実感した。

オーナーの中山は、六本松と同い齢《どし》くらいの気さくな人物だった。本人も作曲から、あらゆる楽器までこなせるらしい。熊本国体のときに使われた音楽の録音もこのスタジオで行われたという。その中山が馴《な》れた手付きで、デジタル・レコーディング・ミキサーを操作する。VHSビデオテープが録音素材として使用されると知ったのも義信には驚きだった。CDレコーダーを見て、「ええっ。ここでマスターCDができるんですか」と驚くと中山は、「ええ、でもインターネットで波形だけ送ってもいいんだけど」とこともなげに答えた。

最初に来熊したのは、ドラムとベースギターの二人だった。五日かけて、すべての曲にマーチンの仮唄《ガイドヴォーカル》に合わせて録音していった。そして問題が起こった。

リードギターが、東京で事故に遭ったという。環八《かんぱち》で路壁部に激突して入院したらしい。

塚本社長が絶句して、顔面を蒼白《そうはく》に変えた。

「リードギターは山西英志といって、これまでのマーチンの編曲も録音のときも、ずっと通しでやって貰ってるんだ。マーチンの曲イメージの大きな部分、彼のリードギターが支えていたんだ」

　全治二カ月を要するという。編曲は終了していたが、塚本社長にとって二カ月は猶余《ゆうよ》の限界を超えていた。それどころか、発売予定からすれば、数秒の時間さえ惜しい。

「リードギターは山ほどいるが、誰でもいいってわけじゃない。マーチンの特殊なメロディー運びには相性ってものがあるからな。これから探すとなると……」語尾は呻《うめ》きに近い声だ。

　中山が言った。

「一人、プロがいますよ。いや……元プロと言った方がいいのか」

「マーチンの曲にあうんですか？」

「ええ、私と同い齢ですが、先日、花畑《はなばた》の店に飲みに来たんですが、冗談でマーチンさんの『ビヨンド・ラブ』を弾いたんです。かなりの線をいってたと思う。青葉由高と言います」

「じゃ、年齢は五十過ぎですか？」

「ええ、実年齢は……。しかし、一度、若死にして今度、黄泉がえってるから見かけは三十過ぎくらいかな」

「ええっ」

「一九六〇年代に、『熊本清流復古』ってバンドでデビューしたんです。ライブハウスで『五条』ってあったんですが、天才的なリードギターで、自分でもヴォーカルやってた。人気があって三枚シングル出して、それがヒットチャートに入った頃、自殺しちまった。クスリのせいって話もあるけど、よくわからない」

「『熊本清流復古』……変な名のバンドですね」

「ええ、青葉が、その頃好きだったのが、CCR。クリーデンス・クリアウォーター・リバイバル。それにちなんだ名らしいんだけど」

試せる可能性は、すべて試すべきだというのが塚本社長の判断だった。

黄泉がえった伝説のバンドリーダー、青葉由高は、その夜、遅く現れた。中山から譜面を受けとり、すべての曲に目を通した。頭の中のメロディーに、足先で軽くリズムをとり、ショートピースをくわえたまま。「急速に老《ふ》けてるのがわかるんだ。体力がなくなってね」そう独り言のように呟《つぶや》く青葉は、六〇年代の雰囲気を濃厚に残したスタイルだ。髪は肩よりも長く、シャツは原色の色彩が入り混じったシルクのものを着けていた。サイケデリックというやつだろう。だが、高い鼻と顎《あご》の肌は既に三十代をまわっている。

中山が、すでに録音されているドラムとベースを青葉に聞かせると、彼は両手を二、三度開いたり閉じたりさせて、「よし、じゃあ本番ってことでいってみようか」とすぐに、自分のギターを取り出した。

「体力がない」と言っていた青葉だが、マーチンが「よろしくお願いします」と頭を下げたときに、背筋を伸びきらせた。

「ただ、一つ条件があるんだな」

青葉がぼそりと言う。

「何ですかね」

と塚本社長。

青葉は、最後の曲を示した。

「この曲だ。凄すぎる曲だ。バックは不要なんじゃないか。これだけアカペラで入れたらどうだろう。マーチンの歌唱力だったら、その方が効果的と思うんだが」

アカペラというのは、人間の声だけで一切の楽器を排した曲だ。そして、青葉がそう指摘した曲は、三池義信に捧げられた、あの曲なのだ。その答えは、青葉がリードギターを弾き始めるまで保留された。

スタジオに入った青葉は、すぐに録音に入った。

「素晴らしい。完璧《かんぺき》だ」

モニター用のヘッドフォンをつけた塚本社長が伝説のリードギターに目を丸くした。

完璧な技術に加えて編曲を乱さない程度の超絶技巧まで加えられたのだから。

すべての曲が、練習なしのぶっつけで、完璧だったのだ。

「こんな収録って初めてだ。まるで奇蹟《きせき》だ」

終わったとき、青葉は、小さな溜《た》め息を一つ漏らし、ニッと笑い、中山に言った。

「俺……生きてるな」

中山がうなずくと、もう一度、青葉は笑った。

「黄泉がえって初めて、そう実感したんだ。今さ」

三池義信は思わず立ち上がって拍手していた。塚本社長も、六本松も、マーチンも。照れ笑いを浮かべる青葉由高の眼は長い髪に覆《おお》われて見えなかったが頬を幾筋かの水滴が流れるのがわかった。今、青葉がどのように日々を過ごしているかは、義信は知らない。だが、今、青葉が生きているとは何かを実感できたのは事実だと思った。

「帰る前に、マーチンの収録に立ちあってくよ。例のアカペラの曲だけね。『YOSHINOBU』って曲か」

こうなっては、塚本社長も断る理由は何もなかった。マーチンは満足気に胸を張った。バックミュージックすべての収録が終了した高揚感も手伝ったのだろう。

「いいわ。青葉さんも聞いてて下さい」

前回は、マーチンが弾くピアノに合わせてのものだった。素晴らしい曲だった。しかしレコーディングをマーチンの声だけで勝負させるとは。

マーチンは、スタジオに入り、中山のＯＫサインを合図にゆっくりと唄い始めた。

「緊張してるのかな。伸びるべきとこに伸びがない」

塚本社長が眉《まゆ》をひそめた。義信には素晴らしく聞こえるのだが。

「ひょっとして」六本松が珍しく口を挟んだ。

「あの……青葉さんも、このメロディーにこちらから手伝えませんか。ちょっと思いついたことがあったんで」

青葉が少し驚いたように顎を突き出した。

「何かわかったの。俺、今、凄く我慢してたんだ。俺、調整室の方でやってればいいかな」

六本松がエエと答える。義信に六本松が囁《ささや》くように言った。

「きっとマーチンさんイイと思いますよ。そんなこと一度、他であったんで」

義信にその意味はわからない。

青葉が低い音でリズム音を放ち始めた。

「いつ、そんな唱法を覚えたんだ」

中山が驚く。

マーチンの唱法が劇的に変化した。青葉のリズム音に反応したかのように。

全員が中山を振り返った。

「重ねてませんよ。総《すべ》てマーチンさんの声ですよ」

と中山が答えた。信じられなかった。声を義信は数えた。どれもマーチンの声だ。一つ、二つ、三つ、四つ。青葉由高のリズムを触媒に、マーチンはアドリブで、四重唱を始めたのだ。こんなことって。

奇蹟の唄声だった。ジーンズ姿のマーチンが義信には天使に見える。至上の唄声だ。

塚本社長は両掌《りょうて》で顔を覆い、肩を震わせる。

マーチンが唄い終わったとき、しばらく誰も言葉を発しなかった。

「どうでした？　よかった？」

無邪気な声で、マーチンが、調整室に手を振った。

掠《かす》れ声を漏らしたのは、塚本社長が、最初だった。塚本社長は椅子から、すっくと立ち上がっていた。

「腰が……痛くない。腰痛がなおっている」

41

川田平太が独自に調査を続けていくうちに、この「黄泉がえり現象」に、いくつかの都市伝説のようなものが生まれていることが、わかった。

あるものは、真実だと確認できた（理由はわからないが）ものもあり、どうも眉唾《まゆつば》くさいデマのようなものもある。

たとえば、どうも本当らしいものには、次のようなものがある。
一、黄泉がえった人は、熊本の地を離れることができない。離れようとすると消えてしまう。
二、黄泉がえりの人が打っていたパチンコの台で打つと、よく入るらしい。
三、すべての黄泉がえりではないが、黄泉がえった人の一部には、病気を癒《いや》す力を持った人がいるらしい。
また、これと反対に、不安をかきたてるような話もある。

行きつけの居酒屋「酒楽」で聞いた話だ。初老の酔客が言っていた「できそこないの黄泉がえり」。興奮した酔客を落ち着かせて、いきさつを聞いた。立田山の斜面で出会ったという化け物。そして彼の推理。

「化け物を人間に似せて送りこんでくる。そして、皆が安心したところで本当の人間たちも、取っ替えてしまうつもりなんだ。宇宙人か化け物か知らないが、少しずつ俺たちは侵略されているんだよ。誰に話しても信じてはくれない」

耳を傾けながら、どこかで聞いたような話だと川田平太は思った。そう、昔、読んだSFにあったような気がする。フィニイの「盗まれた街」だったろうか、ハインラインの「人形つかい」だったろうか。そんな作品の主人公たちの立場が、この酔客ではないか。あるいは、陰謀史観の信者たちも、こんなもの言いしたっけかと比較している。

その手の話は、女子高生がよく流してますよと文化部のヤング欄を担当している土田が話してくれた。都市伝説の類《たぐい》だったら、口裂け女も、人面犬も女子中高生が、発信源ですからねえ、と。それによると、「くだん」がまた出たとか……知らんのですか「くだん」、ヒトウシて書いて……。それとか、裏表に顔がある黄泉がえりとか。

カワヘイは、やはり、眉唾かと思ってしまう。その電話を受けるまでは。

肥之國日報の夕刊には、「記者さん　聞いてよ」という欄がある。これは、一般の読者からの電話を受けて、意見を紹介するというコーナーだ。政治や自分の身近に起こったできごと、世の中で感じた矛盾、何でもかまわない。当番の記者が電話を受けて、紙面用に原稿をおこす。

その日、川田平太は、「記者さん　聞いてよ」の電話当番だった。曜日によって、電話のかかる頻度は異なるが、その日は割と暇だった。常連の〝電話魔〟以外には二人だけだ。そしてその電話が、かかってきた。

迷った揚げ句かけてきたようで、その中年女は、すぐには、本題には入ろうとしなかった。わかったのは、自分の家庭にも黄泉がえりの家族がいるということだ。

「正式に、市に申請されたら、ヨカじゃなかですか」とカワヘイは助言した。だが、女は口ごもった。それから、やっと言った。

「でも、申請には、本人面接の審査がいるんでしょ。わかるけど、うちは、できないんですよ。そんな立場の人もいるんだということを、わかってもらいたくて」

発信者の電話番号がディスプレイに表示されている。それをカワヘイはあわててメモしていた。

「そら、何故《なぜ》ですかね」

突然、電話が切れた。一方的に相手の中年女は、切ったらしい。

十分ほど、間を置いて、メモした電話に彼はかけなおした。

「はい、北沢ですが」と、さっきの中年女が出た。

「肥之國日報の川田といいますが」カワヘイは、取材の申し入れをした。自分は黄泉がえりを調べているが、ぜひ、話を伺いたいと。

中年女は、かたくなに取材を拒んだ。押し問答が続いて、相手が替わった。今度は男の声だ。カワヘイは押しが強い。決して迷惑かけないし、匿名《とくめい》でもかまわない。記事にはしないが、この現象の真実を知るために、事実関係は摑《つか》んでおきたい。必死で頼んだ。

あきらめたように男は、取材を受け入れた。

市の西部にある城山上代町《じようざんかみだい》の北沢家をカワヘイが訪れたのは、午後の七時をまわっていた。電話で夕食が六時半過ぎには終わっていることを確認したうえだ。

以前は、農家だったというその家は、古いが大きな家だった。三和土《たたき》でしばらく待たされたが、その後、改築して間もないらしい応接室に通された。

出てきたのは初老の男と、三十代前半の男だ。カワヘイが名刺を出して挨拶《あいさつ》すると、初老の男が主人で電話でも話した北沢伴哉《ともや》とわかった。三十代の男は息子の弦三《げんぞう》ということだった。

中年女が、お茶を持ってきた。電話を最初にかけてきたのは彼女らしい。後悔しているらしく、まともにカワヘイの顔を見ない。

「兼子《かねこ》、おまえも座っていなさい」と伴哉は言った。女は、観念したように、伴哉の横に座った。

「私が、きょうの『記者さん　聞いてよ』の担当だったんですよ」カワヘイは、そう切り出して、失礼な取材になってしまったが、と謝った。だが、失礼でもやらざるを得ない立場もわかって下さいと。理解してくれるはずはないだろうがと思いつつ。

「黄泉がえられたのは、どなたです。申請ができないと仰言《おつしや》ってましたが」

絶対に記事にしないで欲しいと伴哉は、もう一度念を押した。同意すると、やっと、その口を開いた。

「弦三の兄ですよ」

弦三もうなずいた。

「会ってもらった方が早いが」そう言った。

ウン、と伴哉はうなずき立ち上がった。兼子が「あんた」と言ったが、「会うてもらわんと、口で説明したっちゃ、よう伝わらん」と伴哉に睨《にら》まれて押し黙った。

川田平太は、伴哉と弦三の後をついていく。古い黒びかりのする廊下を鳥の鳴き声のような音を立てて歩く。渡り廊下の向こうが、離れになっていた。

襖《ふすま》を開くと、臭気がカワヘイの鼻をついた。糞便《ふんべん》の臭《にお》いだ。それから、赤ん坊のような、獣の鳴き声のようなものを聞いた。

ア……ァ……イ。

イア……ア……イィ。

一メートルほどの身の丈の人が横になっていた。ア……ァ。イ……ィ。

ふくよかな童子の顔が、笑っている。その真下、胸の位置から鼻から上の顔が浮き上がっている。眼を細め、その顔も笑っている。

ゆったりとした浴衣《ゆかた》状のものを着せられているが、両手の他にもう一本腕が見える。下半身にはたがいちがいに長さの異なる足が四本ねじれあっているのが見えた。

「弦三の双生児の兄たちです。奏一と管二ですよ。二十年前に、その頃流行《はや》った赤痢で続けさまに亡《な》くしてしまいましてね。それが、今回、黄泉がえってくれた。ただ、黄泉がえるときに、何か不都合があったらしく、こんな形になってしまったんですがね。上の頭が奏一で、胸から出ているのが管二です」

アァ……アァ……。そう呻《うめ》きをあげる奏一に、弦三が馴《な》れた様子で、水差しをくわえさせた。

川田平太は、言葉を失った。眼の前の事実の前では、どのような質問も軽々しく思えてしまう。ここへ来なければよかった。見なければよかったという思いさえ、ふとかすめたほどだ。これは、黄泉がえりの申請手続き以前の問題だ。

「お世話に……苦労されるでしょ」

絞るように、カワヘイは、そう漏らした。

伴哉は、一つ大きくうなずいた。そして言った。

「しかし……。これは、何か意味があるような気がしてならんのですよ。こういう形で、神さまが奏一と管二を帰してくれたっていうことは」

「というと?」

「二人が亡くなって、私たち夫婦は、何だかギクシャクした間柄になっていたような気がするとです。それに弦三まで影響を受けて育ってきたんだと思います。

最初は驚きました。兼子も途方にくれました。でも、皆で協力しあって世話をしていくうちに、少しずつ、少しずつですが、兼子も私も、弦三も、奏一管二を中心にして変わっていったんです」

「変わった?」

「おたがいが思いやれるようになった。家族が……それまでばらばらなことをやっていたのが……家族らしく接しあえるようになった」

な、兼子。伴哉が、同意を求めると、兼子は大きくうなずいた。

「神さまは、二人を天使にして戻してくれたんだと思います。二人の笑顔を毎日、見ていられるだけでいいんですよ」

「だから申請手続きとか、私たちには関係ないんです。世の中が私たちを、そっとしておいてくれるだけで」

川田平太は、報道を控えることを約束して、北沢家を後にした。

あの重合状態の兄弟によって北沢家が、どう変化していったかが、カワヘイにはわかる。都市伝説化した化け物話が流れる中、あえて報道する必要はないことだ。話し終えた後の北沢家の人々のやすらいだ表情が、その夜いつまでもカワヘイの脳裏から離れずにいた。

42

川田平太は「どうも、すんまっせん。忙しか時間を割いてもろうて」と頭を下げた。

それから、取材用ノートとボールペンを取り出す。

「ああ、カワヘイさんでしょう。肥之報でしょっぱなに煽《あお》りなさったのは」

「いやあ、あおったわけじゃなかですけどねぇ。色々、情報が飛びこんできたけん」

カワヘイは、ヘラヘラ笑いを消そうとしない。こんなふうに蛙《かえる》の面《つら》にションベンといった顔でいられるのは、カワヘイが記者としての天性を備えているのかもしれない。

取材を受けているのは、市民課課長補佐の滝口だ。市民課の窓口から入った奥まった場所の応接椅子《いす》だ。応接椅子といっても折り畳みに二人とも座っている。

「で、今日、取材お願いしたのは、その続きですたい」とカワヘイ。

滝口は苦笑した。

「そうだと思いました。特殊復活者の件ですね。でも、面白いですね。記事で拝見する限りにおいては、立派な新聞文章ですよね、カワヘイさんの記事は。ところが、こうやってお会いすると、かなりの凄《すさ》まじい熊本弁ですよね。その落差がいつも記事読んでおかしいですよね」

「へへへ。そぎゃんですか。それが取材のコツですたい。と言いたいけど、だいたいこうあるとですよ。よろしゅ、お願いします」

あ、どうもと二人は頭を下げあう。

「経過については、すべて肥之國日報で掲載されている通りで、お役には立てないと思いますが」

「あ、それで、いっちょんかまわんです。滝口さんは、当然と思うとることでも、我々の耳には新鮮なことがあるかもしれんけん。どぎゃんですか。あれから、半年も経過しましたが、黄泉がえりの申請の方は、少しおだえて（落ち着いて）来たですか」

滝口は市が編成した特殊復活者対応のためのプロジェクトの一員を兼務しているのだ。

「最初のときのようには、集中していませんね。申請は。でも、継続的に日に数件は、今でも新たに発生しているようですよ」

「というと、まだ、黄泉がえりは、続きよると考えた方がよかですね」

「そうですね。ただ、最近の申請されるかたは、情報として周囲から予備知識を得ている人が多いので、要領をこころえている方が多いみたいですね」

「ははあ。皆、びっくりしたりせんと、いうわけですか」

「ま、そういうことです」

「今、合計で何人くらい、黄泉がえった人がいるんですかね？」

「えーと。九月末日で締めたときがですね、合計が二万四千六百人を超えていました。申請者の数です。えーと。熊本市内だけですよ。隣接の郡部の数は入っていません」

「わぁー。すごかですねぇ。他に何か気になったこととか、なかですか？」

「いや、あのう。これは、特殊復活者じゃないんですが、最近、転入届が異常に増えていますよ。

　特に七月以降ですね。全国から平均して転入者が増えています」

「どのくらいですかねぇ」

「そう」滝口は、少し天井を向いて考える。

「正確な数字では、今は言えませんが、転入届は例年、三月四月は増えるんですけどね。それに並ぶ水準ですよ。ところが転出届は例年並みです」

「そりゃ、どういうことですかね」

「意味づけをするのは、私の仕事ではありませんから」

　うまく逃げるなぁとカワヘイは思う。

「でも、市としては税収が増えるけん、大歓迎でしょうもん。ひょっとして、転入届というのは、家族揃《そろ》って移ってくるというのが多かとですかね」

「少ないとは言えませんね」

「じゃ。熊本の黄泉がえり現象報道の影響ですかね。熊本に来れば……移ってくれば亡くなった家族に会えるとか。関係なかですか？」

　それには、滝口は明解に答えることはなかった。

　たぶん、自分の想像は間違っていないだろうとカワヘイは、思う。かすかな希望、復活した死者との再会を夢見て全国から、人々が熊本の地を聖地として集まり始めているのかもしれない。

最近、街頭でよく目にする。辻《つじ》説法をしていた交通センター前の黄色い衣裳《いしよう》の一団。下通りアーケード入り口で「あなたの愛する人も黄泉がえる」と叫んでいた髭面《ひげづら》の男。熊本駅前でチラシを配っていた坊主頭《ぼうずあたま》たち。チラシには「黄泉がえりは終末の予兆」とあった。

全国の新・新興宗教団体が、すべて熊本に集結しつつある。奇蹟《きせき》が起こる土地に自分たちの宗教こそがふさわしいと考えている節がある。彼らは黄泉がえり現象という奇蹟の蜜《みつ》に群らがってくる蟻《あり》のようなものだ。

それが全国から注がれている熊本への国民の眼を具体的に示しているとも言える。カワヘイは、そう思った。

市民課の滝口への、その日の取材はそれ以上の進展はなかった。それよりも、市役所のホール付近で川田平太が出くわした人物からの情報のほうがショックは大きかった。

高校の後輩だ。山口祐人《ゆうじん》という名だったと川田平太は記憶している。「川田先輩」と声をかけられ振りむくと彼がいた。紺のスーツを着て眼鏡をかけた山口はカワヘイとは対照的な実直なサラリーマンだ。やや大きめの円筒形の書類を何本か手にしている。

「よっ。山口」

山口は背筋を伸ばし、川田に向かって直立し、深々と頭を下げた。

「おまえ、肥之国銀行だったな。市役所支所にいるのかぁ」

「いえ。いえ。いえ。あっ、ボク、今、肥之国銀行から出向で肥之国地域流通経済研究所にいるんです。調査関係の仕事であります」

「ほう。商工課か何か来たとね」

「いえ。ほら、例の黄泉がえりの……特殊復活者の対策室に来たんですが。色々と仕事頼まれてるんで」

川田平太はニヤッと笑って、

「久しぶりだけん、コーヒーおごってやるね。二階に、喫茶室があるけん」

「あの。急いでますので。次の機会に」

「なんてや。先輩の好意ば、けたくっとか」

「そ、そんなわけでは」

戸惑う山口を、無理矢理と喫茶室へ引っ張っていった。席に着いてコーヒーをオーダーすると、山口も観念したように「失礼します」とタバコを吸い始めた。

「地域流通経済研究所て、マーケッティング関係の調査が多かっだろもん。何で、黄泉がえりの仕事ばしよっと。経済波及効果とか、黄泉がえりの雇用状況とかの調査ね」

たがいの近況の報告のあと、すぐにカワヘイは、そう切り出した。

「あ、他のスタッフがそんなのも受けてやってますけど……。ボクのはちょっとちがうんです。分布統計の依頼なんで」

「何や。そら」

「簡単にいうと、二万人以上の黄泉がえり申請がありますよね。それを、地図上のドットマップに移しかえるんですよ」そう言って、椅子の横に立てかけた円筒形の書類を示した。

「ほう、ちょっと見せんね」

「そりゃあ困ります。依頼主に報告する前に、先輩に見せるってのは。しかも、先輩は記者でしょう」

「何てや。見るだけたい。記事にはせん。知っとくだけたい。減りやせんども ん。守秘義務は守る」

「そうですか……」山口は迷っている。が、思いきって円筒形の書類をテーブルに広げた。

熊本市全図だ。二万五千分の一とある。カワヘイがコーヒーカップと灰皿を床の上に置く。

六色の無数の点が全市いっぱいに熊本市全図の上に重ねられた硫酸紙に描かれていた。

「へェー。この点すべてが黄泉がえりね」

「そうです。色ごとに世代別の黄泉がえりがわかります。ピンクが十代以下。赤が二十代。青が三十代……」

そこには、何の規則性も認められない。全市に、平均して黄泉がえり現象が発生していることがわかる。

「フゥーン。わかった。広げとらん、もう一つの地図はなんね」カワヘイは、机の下に置いたもう一本の書類も見逃さなかった。

「あ、これは、ちょっと」

そう隠そうとする山口の手から、ひょいとカワヘイは奪い、市内地図の上に広げた。

やはり、ドットマップだ。だが今度の方がもっと広域だ。益城《ましき》町、西原村、城南町、嘉島《かしま》町、菊陽町まで入っている。六万分の一とある。

「何だよ。こりゃあ」

近隣市町村まで入れた特殊復活現象発生地点。

それは左右対称の黒い羽を広げた半円形のコウモリの形をしている。

「こっちは、まずいんですよ。ボクも驚いているんです。まるで、何かの意思が働いているみたいでしょ。変な噂《うわさ》とか、いかにもたちそうで。公式発表あるまで、先輩、絶対書かんで下さい」

カワヘイは、腕組みして無言のままでいた。高みにいる巨鳥の視点から見た、黄泉がえり発生地点の図形は、偶然と呼ぶには、あまりにも不思議だ。人工的な……いや、あまりにも神がかりな。神獣のシルエット？　そんな連想が、川田平太の脳裏をよぎった。

「ああ……。書かん。しばらくは……書けん」

山口は、ほっと胸を撫《な》でおろしたようだった。

「ボクですね。これ見たとき、火星表面の人面岩の写真！　あれを思い出したんですよ」

山口が言うことは、カワヘイにもわかる。ヴァイキング一号から一九七〇年代に送られてきた火星地表の写真。シドニア大平原の人面岩。あの発見にも匹敵する不気味さが、このドットマップには、あった。

43

半円形のコウモリ形をしたドットマップは川田平太に強烈な衝撃を与えた。後輩の山口がとめるのを無視して取材用ノートに、その略図を写しとったほどだ。

その図形が、頭にこびりついて離れない。

あんな図形が一般公表されたら、世界中が大騒ぎということになる。熊本に続々と集結し始めている無数の新・新興宗教の連中も、教義に加えられると大喜びするにちがいない。

社に戻った川田平太は、あたりさわりのない範囲で、市民課の滝口から取材した内容を記事におこしたが、やはりどうしても図形のことが、気になる。

トイレに行くと、科学面を担当している佐藤記者と鉢合わせした。

佐藤とは同期の入社だ。便器を前に二人ならんだとき、川田は、あることを思いついた。思いついたら、すぐ口に出す。川田は放尿しながら佐藤に尋ねる。

「あのー。佐藤くんな。つい最近の熊本県上空から写した衛星写真とか、持たんね」

「いや、最近のはないな。去年のなら揃ってるけど。最近でないと駄目?」

「ああ。熊本県北部だけでいいんだがなぁ」

手を洗っていると佐藤が言った。

「ぼくの席で、インターネットで見たら」

川田は、佐藤の席に座る。佐藤は、パソコンを起動させ、検索を始めた。

「え、衛星写真のホームページて、あるとね。知らんだった」

「あ、わりと最近、見られるようになった」

「いつの衛星写真ね」

「今。今、見おろしてるとこ」

「ヘェー」

「アメリカのサイトだ。拡大したい位置と、希望の地点をリクエストすればいいんだ」

「日本。九州中央。それとも日本西部とリクエストするとかねぇ」

「とにかく熊本市だな」

「ああ」

「何を知りたいの？　黄泉がえりを調べてるんだろ。熊本市のあたりが鬼火でも光ってると思ったの？」

佐藤は軽口を叩《たた》く。それには答えなかった。

「もうすぐ出るよ」

画面に幾重にも映像がぼんやりと重なり、それが徐々に鮮明度を増していく。

「これが宇土《うと》半島、これが阿蘇《あそ》。ここいらが熊本市」

画面を佐藤が示す。なんの変哲もない衛星画像だ。変なものは何も映ってはいない。

「安心した？」

「ああ」

川田は、正直ほっとした。そう、これが当然なのだ。

「もう、よかよ。ありがと」

佐藤はパソコンのスイッチを切る。

そのとき、川田は、佐藤の机の書類棚の上に置かれた地図を見つけた。

熊本県北部の地図だ。地図に数字が無数に書きこまれている。

「何や。こりゃ」

「あ、これは、黄泉がえりとは何の関係もないよ。今日、熊大理学部の多田教授を取材したとき、貰《もら》ってきた資料だから」

「多田教授って何者ね」

「あー。地震予知研究の権威だなぁ。確か、日本火山学会と日本地質学会に属していると思うけど。彼は、県内に網の目状に簡易GPS装置を設置してるんだ」

「それで、何がわかるんだ。GPSってのは衛星を使った位置確認をやるとだろ。カー・ナビゲーション・システムもそっだろもん」

「そう。でも多田教授は、GPSを使って、重力解析をやってるんだけど、地殻変動を、GPSの位置変動で捉《とら》える方法と、もう一つ衛星からの電波が地上に届く過程で電離密度に比例して、電波の遅延量が発生するんで、それも解析して地震発生のメカニズムとの関係も研究しているわけ。これで、地中の密度変化も関係していることがわかるそうだ」

　川田は、その話が理解できず、ぽかんとなった。

「こらいかん。俺ァ、全然わからん」

「素人《しろうと》には、わからんよ。あたりまえだ」

　佐藤は呆《あき》れかえって頭を振った。

「それで記事おこしても、誰も読まんけん。わかりやすう話さんかい」と川田。

「ああ。今の続きだが、九州では二カ所、負のブーゲ異常がある。重力が地球の引力は一Gだっていうだろ。それが二カ所、九州ではちがうところがあるってこと。そんなに人体で感じるほどのちがいじゃないけどね。それは、別府地溝帯……別府湾を中心としたエリアと、日向灘《ひゅうがなだ》から宮崎平野に至る南海トラフに影響を受けるエリア。この二カ所がマイナス五〇ミリガルからマイナス一〇〇ミリガルの負のブーゲ異常はあるけど、この二カ所はもともと九州では複雑な地殻構造を持っているためらしい。

　ところが、熊本市内を中心にした都市圏でも五月末以来継続して負のブーゲ異常が観測されているんだそうだ。GPS設置点で重力値測定もやっているけど、そんな結果らしい」

　五月末以来の僅《わず》かな重力異常。しかも、熊本市を中心として。

　その時期が、黄泉がえり現象が発生しはじめた時とぴったり一致することに、川田は気がついた。

「それが、この数値なんだ」

　川田は、数字がびっしりと打ち込まれた熊本県地図を再び凝視していた。

　点と数字のちがいはあったが、川田はあることに思いあたった。

〝負のブーゲ異常〟の数値から目を離してみると……。

数字だけで描かれた〝モナリザの微笑〟を見たことが、川田はある。遠くから見るとモナリザの顔なのに、その顔の粒子は近づいてみると無数の数字でできていることがわかる。コンピューターで描かれる、お遊びのモナリザ像だったのだが。

これも、そうだ。

点と数字のちがいはあったが、黄泉がえりの人々をドットマップで書きこんだ図形と同じものがミリガル数値で書きこまれていることがわかる。

熊本市を中心にした熊本県北部に。

数字群は、目を離すと、やはり羽を広げた半円形に近いコウモリの姿だ。

これは偶然じゃない。そう川田は確信した。黄泉がえりの人々がいるから、このような重力異常が発生したのか？　重力異常の原因と黄泉がえり発生の原因は、ともに同じなのか？

わからない。

しかし、川田はこの二つの情報は関連性があると確信していた。

それは、論理的な解釈が可能な確信ではない。原初的な人間の恐怖感から来る種類の確信だった。そして、それを川田平太は、無意識のうちに必死で否定してはいたのだが。

44

中岡優一は、これまでに二回、軽い眩暈《めまい》を起こしたことがある。

いずれも、瞬間的なものだ。

最初は、相楽《さがら》周平の一家といるとき、変な酔っぱらいに彼がからまれた。すっと気が遠くなり、気がつくと、相楽周平とともに自分の喉《のど》を震わせていた。反射的な反応だった。

二度目は、熊大の医学部に行ったときだ。弟の会社の上司の父親がやはり被験者として研究に協力していた。

研究室に入ったと同時に催眠面接を施されていた児島課長の父親は、異音を放った。すぐに元に戻ったのだが、何故《なぜ》か、二度とも、整理しようもないほどの莫大《ばくだい》な情報とともにいることがわかる。

優一は、黄泉がえったとき、自分は〝中岡優一〟であることを確信していた。そして、〝中岡優一〟以外の何者でもないと信じていた。

そんな優一の心の内部で少々変化が起こっている。二回の軽い眩暈を体験してからだ。

最初のとき、優一は〝闇《やみ》〟を感じた。そう。後智恵《あとぢえ》ではあるのだが、いろいろな想像を自分なりにめぐらせたものだ。己れが体験した黄泉がえるまでの〝死〟の記憶？　いや、そういうことではなさそうだった。

だって、〝闇〟だけではなく、光点も時おり見たという記憶がある。それどころか、光点の渦の中を疾走していたという記憶さえあるのだ。幻視だったのか。

あれは、大宇宙を超速度で飛翔《ひしよう》するイメージではないのかと思いあたったのは、しばらく後、二回目の眩暈を体験してからだ。

何故ならば、二回目の眩暈のときに、優一は、巨大化していく地球の姿を見たからだ。巨大化しているのではない。自分が、地球に急接近していく様《さま》であることがわかった。

優一は、自分が単に〝中岡優一〟であるというだけでなく、自分の一部を何かが占めているのではないかという疑問を持った。

他にもわかったことが、いろいろとある。自分の一部が、大宇宙を何故、疾駆できるかという原理だ。いくつかの原理が輻輳《ふくそう》して働いている。吸収した地殻変動エネルギーを、推進力として利用する。また、自分の一部は、水素から自己発電する体内能力を持っている。いずれも、驚くほど簡単なシステムを、自分の一部は備えている。人類が、気がついていないだけのシステムだ。

やはり、自分は〝中岡優一〟というだけの存在ではないのだろうか？

じゃあ、他の黄泉がえった人々も、同じように自分の存在に疑問を持ち始めているのだろうか。

近くに黄泉がえりの人がいるとき、自然と〝共鳴〟を起こしてしまうことがある。あれは、何だろう。〝共鳴〟を起こそうと思ってやるのではない。身体《からだ》が反応してしまうだけだ。

二度目の眩暈の映像には、続きがある。結果的に、自分は地球に大接近し、激突する。地殻変動の、地震の、エネルギーを吸収する。本当は、あのとき、熊本は、自分の住むこの街は廃墟《はいきょ》と化していたはずだ。だが、自分の一部は、エネルギーとして嗅《か》ぎわけ、それを餌《えさ》とした。結果として熊本は救われた。

ああ、もどかしい。そのとき、自分は黄泉がえったのだ。

近くに黄泉がえりの人がいて、〝共鳴〟を起こし、そんな情報を同時に伝えてしまう。あるいは伝わってくる。

そのたびに、老化していく自分がわかる。

成長していると思ったこともある。身長も骨格も知能も。

それは成長なのだろうか。老化としか呼びようのないものではないのか。

この老化は、いつ止まるのだろうか。

もし、生きていれば、秀哉より上の年齢だ。成長がこのスピードで続けば、見かけ年齢はいずれ秀哉の年齢を過ぎ、自分自身の実年齢に追いつく。

そこで、成長は止まるのだろうか。成長が止まらなかったら。果てしなく老化が続くとすれば、いったいどうなるのだろう。半年が経過し成人の肉体を持っている。あと一年経《た》てば、老化は極限にまで至るにちがいない。あるいは、実年齢に達したときに老化は止まるのだろうか。

わからない。

そして、三度目の眩暈が、優一を襲った。そのときは、周囲に黄泉がえりは誰もいなかったはずだ。

秀哉に揺りおこされて、気がついた。秀哉の部屋で倒れていたらしいが、倒れる前に何をしていたかという記憶は、ぽかんと欠落していた。

「どうしたんだ。兄ちゃん」

「いや、何でもないよ」

やはり、幻視と情報が優一にもたらされていた。

ただ、前二回の眩暈とは、比較にならない厖大《ぼうだい》な情報だ。そして、優一は自分が何者であるかを悟ったのだ。何故、自分が黄泉がえることができたのか。そして、この世にいつ迄《まで》とどまることができるのか。

すべての運命を知ったが、哀《かな》しみは湧《わ》いてこなかった。事実を受け入れるだけだ。

ただ、秀哉が、無意識にも優一をそれほどに慕い、黄泉がえることを望んでいたという事実を知ったことは、嬉《うれ》しかった。

「医者に連れていこうか?」

そう心配する秀哉に、大丈夫だと、何度も安心させる必要はあった。

秀哉に、今、知った事実をすぐ教えるべきなのか、判断はつかなかった。きっと、その時機は訪れるはずだ。

ただ、事実を知らせたい人は、一人だけいた。

彼は、客観的に、この黄泉がえり現象を記録している。

その翌朝、優一は肥之國日報の川田平太に電話をかけた。

ただ一つだけ、優一がショックを受けたことがある。

優一は、自分の一部を異物だと感じていた。それが間違いだと知ったことだ。

異物の一部が、優一だったのだ。

45

肥之國日報社会部記者　川田平太の取材記録より

○中岡優一の定期取材テープ(一月十五日分)

──電話で、全部わかったって聞いたけど、どういうこと？

「少しずつわかってくるって話していましたよね。でも、昨日、突然すべてがわかったんです。だから、カワヘイさんの方にぼくから連絡したんです。何故、ぼくたち黄泉がえりが出現したかってこと。そして、ぼくたちの正体」

──そうだね。いつも私から定期取材をお願いするのに、今日は優一くんから連絡をもらった。

「はい。知った途端、何となく、居ても立ってもおれなくなった。と同時に、ぼくたちがまたいなくなるんだってこともわかったし」

──いなくなる？　あの世へ還《かえ》っちゃうってこと？　いつ？

「ええっと。三月二十五日。その日迄しかいられない」

──何故、三月二十五日と特定できるの？

「わかるんです。言葉で表しにくいなあ。ある瞬間にフッと。多分まちがいないと思うし」

──ふうん。じゃあ、順序よくいこうか。まず、優一くんみたいな黄泉がえりが、何故おこったの？

「ぼくたちって〝彼〟の一部なんです。〝彼〟は、この熊本へ落ちてきた。落ちてきたというよりも〝力〟を求めてきたんです。来たとき、〝彼〟はパワーを失《な》くしていた。

ちっぽけな状態だったんです。〝彼〟が何故、熊本を選んだのかというと、地下の力が溜《た》まっていたからです。うーん、私たちの言葉で言えば、火山性地震のエネルギーかな。〝彼〟は熊本の地下に潜った後、身体を伸ばした。〝力〟を効率的に吸収するために。そして熊本の地下に拡大した。〝彼〟は定期的に星を訪れ、〝力〟を蓄えるんです。そして旅を続ける。どこへって……目的地はないんです。……ただ、旅を続ける。それが〝彼〟の目的です。だけど、これまでの星とは、少しちがったことがあった。人間が棲《せい》息《そく》していたということ。そして、人間の思念。そして〝彼〟の持つ人間にも理解できない生命力。プラス思念の……具象化と言いましょうか……亡《な》くなった方の一部を核としての再生。それが起こったんです。〝彼〟の生命力というのは、細胞でも形あるものでもありません。しかし〝彼〟の一部なのです」

——よく、わからないな。〝彼〟というのは宇宙人とか、宇宙生物とかいうものなの？円形に近い形しているの？

「人間の眼には見えませんよ。しかし、形状は、もし見えたら半円に近い形でしょうね。でも、どうしてそれ、カワヘイさんにわかったんですか？」

——重力異常分布と、黄泉がえりの人たちがいる場所が一致するんだ。その範囲が、そんな図形になったからさ。

「そうですか。でも〝彼〟には生物という概念はあてはまらないような気がします。生命と非生命の境がないような存在ですから。いわば〝エネルギー体〟が意思を持った。そんなふうに言うのが、一番近いか……」

——生物じゃない意思？　神さまってこと？

「さあ。宗教上のそれとも違いそうですね。でも人間から見れば、宇宙を放浪している神と呼べるかもしれませんね。人間の常識の尺度が通用しない存在という意味では」

——じゃ、〝彼〟にとっても黄泉がえり現象は初めてのことだったんだ。

「はい。だから、形を得た黄泉がえりのぼくたちは〝彼〟の一部でもあるし、〝彼〟の上でしか存在できない。〝彼〟は自分のエネルギーが充塡《じゅうてん》される間、黄泉がえった人々を媒体にして、人間なる生きものをずっと観察していました。そして黄泉がえった私たちの〝生きる〟という行為を観察し私たちを通して体験したことは〝彼〟にとって大きな驚きだったようです。しかし、〝彼〟は相対的には、この場所が気にいったようです。できるだけ、この地にとどまりたいと思っています。しかし、それはできません」

——できないって？　それは何故？

「〝彼〟のエネルギーが飽和状態を迎えようとしているからです。〝彼〟の予測によると、三月二十五日の終わりに、この熊本市の地下で新たな火山性地震エネルギーが生じるそうです。そのエネルギーは、〝彼〟の臨界を超えたものらしい。その前に、この地を離れないと、〝彼〟そのものが消滅してしまう。重過負荷状態といえばいい。それには

〝彼〟は耐えられない」

――三月二十五日に、ここで地震が起こるというのかい？

「（やや口ごもった）そうらしいです。マグニチュード7以上……らしいんですが。本当は昨年、〝彼〟がやってきた直後もでかいのが起こりかけてたそうですよ。でも〝彼〟が吸収した。そのエネルギーを。〝彼〟の〝力〟として」

――エネルギーの飽和状態ということか。

「そういうことですね。だから、〝彼〟は三月二十五日に、ここを離れます。再び遠い旅に出るはずです。ぼくも、中岡優一であることは終わり、〝彼〟の一部に戻ってしまうと思います。でも、今はやはり、中岡優一だし、中岡秀哉の兄としているんだと思いますよ」

――急に、黄泉がえった人たちが老化……いや成長が始まったよね。

「〝彼〟が、人間の成長を学習したからですよ。ぼくたち、黄泉がえりの者たちが本来あるべき年齢であることが正しいと判断したのでしょうか。黄泉がえりの要因は、生者の思い出によるところが大きかったから死亡時の年齢で還ってきたのですが。

でも、〝彼〟は自分が、この地を去るときは黄泉がえり者は実年齢になっている筈《はず》だと想定しているようですよ」

――中岡優一くんは、本当は三十四、五歳だよね。生きていたらの話だけど。

「ええ。三月に入れば、外見も追いつくと思います」

——歌手のマーチンの唄《うた》は聞いたことある？

「ええ。あります。いい曲ですよね」

——彼女の唄に癒《いや》しの効果があるって聞いたけれど。本当だと思う？

「よくわかりません。でも、もしあるとすれば〝彼〟の能力の一部だと思う。黄泉がえり者にも少しずつ無意識のうちに、そんな効果を発揮する人がいるようです。でも、個体差があるから、できる人もいるだろうし、エネルギーを消耗させるだけで終わる人もいるようですね」

——話は戻るけれど、地震は確実に起こるの？　知り合いには教えないの？

「地震が起こるって言ってますよ。弟にも言いました。でも、あまり信用してないみたいですね。皆、あまり深刻にとらえてない。後は、ぼくたちが判断することじゃない。カワヘイさんの力で報道できますか？

　大地震が起こるって」

——難しい問題だな。社として、その信憑性《しんぴょう》は問われるだろうし、はずれたら責任問題だな。今は、ちょっと答えを保留しておこう。

「ずるいなあ。でも、全国からその日、人が集まりますよ。数万人規模で」

——あ、あの日か。マーチンのライブが屋外ステージで行われる日だな。今、益城町の第二空港線沿いで整地している……。その日がそうなのか。

「ええ。まだ増えるかもしれません。発売と同時にマーチンのアルバム百八十万枚売って品切れだそうですね。しかも、マーチンの復活ライブって触れこみだから。宿のとれない〝立ち見難民〟もかなり出そうだって聞きました。熊本にとって画期的なイベントになるんじゃありませんか？　できるだけ知らせておくべきだと思うんです。地震のこと」

――じゃあ、わかった。検討してみるよ。

「〝彼〟は、ぼくたち黄泉がえりの者の眼や耳を通じて、人間の思考を知り始めました。そして好意を持っているのは間違いありません。〝彼〟も無用な犠牲を出したくはないんです」

――うん。じゃ、いずれにしても優一くんは、二カ月ほどで、いなくなってしまうというんだな。その二カ月をどう過ごすんだ。

「ええ。黄泉がえった者たちは、この数日で事実を知るはずです。遅かれ早かれ。皆、基本的にはその運命を受け入れるはずです。とすれば、ぼくの場合……あまり変化はないかな。これまでと。ただ気になるのは、弟の秀哉のことですが、しかし、この数カ月生きてきて、生きるってことが、こんなに素晴らしいことなんだって実感しながら過ごしてきました。最後まで、そんな気持ちで過ごせたらって思いますね」

——三月二十五日は、どうやって過ごすの？

「たぶん、秀哉と一緒にいると思いますよ。ぼくが黄泉がえれたのは秀哉のおかげですから。それに、この地にいる唯一《ゆいいつ》の肉親だし」

——そうか。でも、残されることになる人々はどうだろう。皆、またつらい思いをするんだろうな。

「そう。だから〝彼〟はぼくたちに前もってすべてを教えた……知らせたって思うんです。それは、すべての人々に、心の準備のための猶予《ゆうよ》の期間を与えたってことじゃないんでしょうか。どのような別れを、それぞれがするべきなのか……ということを考えさせるために」

〃彼〃の知覚体験は、無数に同時になされている。

この惑星の意識を持つ無数の生命体、〃ヒト〃たちの無意識の干渉によるものだ。

〃彼〃の〃力〃は、すでに八割方、充塡《じゅうてん》されている。また、無限の空間へ飛び出し、新たな旅立ちを始めるには満足いく状態とは言えないかもしれないが、支障があるといったものではない。

だが、〃彼〃は、己れの行動空間である宇宙へ戻る道を選ばなかった。

あわてる必要はない。一〇〇パーセント以上の〃力〃を充塡した後でもかまわないではないか。

それよりも、己れの繰り出した無数の触手が感じ、そして伝えられてくる知覚の方が、極めて興味深かった。それは、まるで、初めて与えられた玩具を手放せない子供のようなものだ。いや、知覚を初めて持った〝彼〟自身は、子供にも似た存在かもしれない。

非物質的なものでつながった〝彼〟の触手たちは外形的にも運動面においても〝ヒト〟と変わらない。それどころか、〝ヒト〟の無意識の干渉に同調して、与えられた役割を自動的に演じている。それは触手の反射反応に近いものだ。

〝彼〟は、触手の末端感覚から学習を繰り返すうちに、いくつかのパターンに愛着を持ちはじめている。そのいくつかといっても、数千にのぼるのだが。末端感覚が、何と呼ばれているかもわかる。無数の固有存在の中には、コジマママサツグ、ナカオカユウイチ、サガラシュウヘイ、イクタヤヨイ……という名前もあるのだ。末端触手は、自分自身が真実は何者なのかということも知らない。だが〝彼〟は末端の感覚を通じて、すべてを知覚できる。

〝彼〟は、それらの知覚がすべて新鮮だ。〝彼〟が必要とされていたこと。〝彼〟が愛されていたこと。〝彼〟が失われたくないこと。

だが、いつまでも、この惑星に〝彼〟がいることはできない。あくまでも〝力〟が充塡できるまでの仮の宿にすぎないのだ。〝彼〟の本質は旅することだ。放浪することが、〝彼〟の存在意義なのだ。

〝力〟を吸収し、放出する。

それだけでいいのだ。

それ以外に、〝彼〟の本質は、存在しないはずなのに。

だが……。

〝彼〟は自分でもわからない〝心〟を持ち始めている。末端感覚のせいなのか?

〝心〟もしくは〝感情〟だ。その〝気持ち〟を〝彼〟は不快とは思ってはいない。何故《なぜ》なのか?

〝疑問〟を抱く〝心〟も生じている。初めてのことだ。

そして、放浪が再開されるのは遠くない先だということもわかっている。それを、自分に関わりあう〝ヒト〟たちに知らせるべきかどうかも〝悩んで〟いる。

〝悩む〟。〝彼〟は〝驚く〟。いったい何だ。これは……何がどうなっている。

〝彼〟は、自分が〝存在〟していることに気付いている。そして、自我の概念が生じている。
〝彼〟は思う。自分はいったい何なのだと。

46

中岡秀哉は、事務所へ戻ってくるなり、「疲れましたぁ」と椅子《いす》にペタリと腰をおろした。事務所は他に誰もいなかった。

事務所は、相楽周平一家が住んでいる市営住宅の近くに借りた。表通りではない。県立図書館近くの川魚料理屋の斜め前にあるビルの二階部分の一部屋だ。

「黄泉がえり代行センター／オフィスＮＡ・ＳＡ」とドアのガラス部分に書かれている。ＮＡ・ＳＡといってもアメリカ航空宇宙局ではない。中岡のＮＡ、相楽のＳＡをくっつけた事務所という意味だ。とにかくＰＲの方法が思いつかず、熊本市の東部地区を中心に業務内容を説明したチラシを中岡兄弟と相楽周平の三人でポスティングしてまわった。最初は、それでも、あまり反応はなかったのだが、地元のテレビ局の取材を受けた頃から、急に問い合わせが始まった。この数カ月の平均受注は二十件を超えている。三人で走り回るのだが、それでも注文をさばききれていない。壁に掛けられた行動予定表や日程表には、まだ消化しきれない顧客名が、ずらりとならんでいた。

「ただいま」

続いて、相楽周平が帰ってきた。

「三件まとめて市に申請出してきましたよ」と笑顔で言う。

「ご苦労さま。軌道に乗ったみたいっスねぇ」

秀哉が、答えた。

「今、まわってきた四件、机の上に受注カルテで置いてます。一件、黄泉がえりの披露宴の引きあいもあるんです。四十名規模なんで、五十万の見積もり出してきましたよ」

相楽周平は、そうですか……と茶を淹《い》れ、一つを秀哉の机に置いた。それから、笑顔が、ふっと消えた。

「今、ちょっと時間とって貰《もら》っていいですかね」

とあらたまった口調だ。

「は、はい。はい。はい」

秀哉は、あわてて向き直った。秀哉の経験からいくと、このような他人行儀な口調で話しかけられるときは、碌《ろく》な話でないことが多い。自分でも、借金を上司に頼みこむときはこのような口調になったのではなかったろうか。

「はい。はい。あの、借金だったら優一兄ちゃんに言った方がいいっスよ。何でしょうか」

ハハッと周平は声を出して笑った。

「ちょっとね。玲子がいないときに話しておきたいと思ったものですから」

真顔に戻って、周平は告げた。秀哉は目をきょとんとさせる。確かに今、玲子はいない。

相楽玲子も、この事務所にはしきりに出入りしている。事務関係や、三人が営業に走り回っているときの電話番を務めてくれるのだ。

ただ、今は、翔が小学校から帰ってくる時間なので、いったん自宅へ戻っているのだ。しかし、二、三十分もすれば、翔の世話をすませた玲子が事務所へ戻ってくるだろう。

玲子に聞かせたくない話、玲子がいないときに話さねばならぬ話とはなんだろう。

――そりゃあ、玲子さんに好意を持っているけど、周平さんが黄泉がえった後は、ちゃんとケジメをもって彼女には接しているはずだけどな。馴《な》れ馴《な》れしすぎるとか、そんなことかな。

そんな思考が脳裏をよぎった。

「玲子さんのことですか？」

「そうです。実は、どうも私、先が長くないらしいので……」

と周平は困ったように眉《まゆ》をひそめた。

「先が長くないって……身体《からだ》の調子がよくないんスか？　医者行ったんですか」

秀哉が心配気に言うと、周平はやや呆《あき》れたようだった。

「兄さんからは、何も話は聞いてないんですか?」

なあんにもぉーと、大きく首を振る。

どうしようかと、瞬間、周平は迷ったようだったが、再び口を開いた。

「実は、最近、わかったことがあるんです。ぼくたちは……黄泉がえった者たちは、三月の下旬で、いなくなってしまいます」

秀哉は、きょとんとした。

「それは、周平さんだけでなく、皆なんですか? うちの兄も? どうして、そんなんわかるんスか」

「わかるんです。そういう時期がくるって。あるとき、突然わかりました。だから、お願いしておきたいことがある」

「は、はい。はい。はい」

「このまま、いなくなるとどうしても気にかかることがあります。玲子と翔のことです。私が事故死した後も、玲子は立ち直るまでには時間がかかったと言っていた。私が還《かえ》ってきたときも、完全に立ち直った状態でいたとは言いがたい。そして、最近、やっと明るさを取り戻してきた。

私が、また、今、いなくなったら……玲子たちは再び生きる気力を失ってしまう。誰か玲子の心の支えになってくれる人が必要になる。

色々、考えたんだが、秀哉さんにお願いするのが一番だと思えるんです。私が還ってくる前にも秀哉さんは一所懸命、玲子の世話をやいてくれていた。翔も秀哉さんには、よくなついているようだし。

お願いです。私がいなくなったら玲子と結婚して面倒を見てやってください」

秀哉は、口を開いたが、声にはならなかった。秀哉の口は「ギョッ」という形に開いていた。

「いかがですか」

秀哉は、ごくりと生唾《なまつば》を飲みこむ。

「そのときは……そのときは……」秀哉の声は、うわずっていた。

「そのときは、周平さんに心配はかけさせません。玲子さんと翔くんのことは、まかせてください」

そう、言い放ってから、秀哉は、あることに気がついた。三月末に周平がいなくなるということは、同時期に黄泉がえっている兄の優一もいなくなってしまうということではないのか。

じゃあ、軌道に乗りはじめたばかりのオフィスNA・SAは、どうなってしまうのだろう。どっと不安感が襲ってくる。玲子が、自分の妻になるという高揚感と相まって複雑な心境だ。

だが、その不安を今、口にするわけにはいかない。たった今、まかせてくださいと周平に胸を叩《たた》いてみせたばかりだ。

周平は、心底、安堵《あんど》の表情を見せた。それから、おずおずと両手を差しだした。つられる形で、中岡秀哉も両手を差しだすと、周平は、それを握りしめた。

「ありがとう。秀哉さん。秀哉さん。すごく気になっていたんです。胸のつかえがとれたような気分です。秀哉さん、お願いします」

「は、はい。はい。はい」

「それから、もう一つ。

私が、こんなお願いをしたということは、玲子には、黙っておいてください」

それは、何となく理由がわかるような気がした。秀哉は言った。

「じゃあ……その予感のようなものは、まだ、玲子さんには、話していないんですか？」

「まだです」

「いずれ、話すんでしょう？　いちばん悲しむのは、玲子さんでしょう。黙っておくんですか？」

「まだ、……ふんぎりがつかないところなんですよ」

「そうっスかあ……」

それは、夫婦間の問題だろう。部外者の秀哉にとってコメントのしようがない。秀哉が、言葉を失ったときだった。

　ドアが開いた。

「ただいま。遅くなっちゃった」

　ジーンズにダウンジャケットを着た相楽玲子が入ってきて目をきょとんとさせた。

　二人は、あわてて手を離す。

「二人で何をやってるんですか」

　玲子にとっては奇妙な光景だろう。大の大人が、おたがい手を握りあっている。しかも男同士。

「あ、お帰りなさい」と、秀哉がいう。「あ、誤解しないでくださいね。ぼくたちはホモだちっていうわけじゃないんスからね」

「あ、今、かなり受注が増えてきて、軌道に乗ってきたから、ガンバラなきゃねって話をしていたんだ」

「そうっス。そうっス」

　玲子は、ぷっと噴き出した。それから買ってきたお茶菓子を二人に出した。

「とても、二人がホモだちなんて私には見えませんから安心してください」

　そう冗談めかして言うと、二人は胸を撫《な》でおろした。

「午前中、振り込み入金の記帳で銀行に行ってきたんです」

玲子は、そんなことは気にもしていないというように嬉《うれ》しそうに言った。

「月末締め分が、すべて入金になってました」

ということは、四百万円を超える金額が、オフィスNA・SAに入ってきたことになる。

「やったぁ」と秀哉。

「でも、銀行で横に座ってた人たち、変な話をしてたんですよ」彼女は、表情を少し曇らせた。「熊本で地震があるんですって。三月二十五日。けっこう大きい地震が。信じますか？」

「まさかぁ。これまでも、そんな予言、あったけど当たったことないっスよ」

と秀哉。しかし、恨めしそうに玲子は言った。

「でも、そのとき黄泉がえった人たちもいなくなってしまうんだって」

47

中岡秀哉が、アパートに戻りついて風呂《ふろ》に入っている頃、兄の優一は帰ってきた。風呂からあがると、優一は先に惣菜《そうざい》屋から買ってきたおかずで食事をすませていた。秀哉の分はちゃんと食卓に残っている。男二人の所帯だから、発泡スチロールのパックから食材を食器に移すという気の利《き》いた真似《まね》はされていない。

優一は壁際《かべぎわ》の机に向かい、ワープロを叩いていた。

「お帰り。先に風呂入ったよ。今、ちょうどいいから兄ちゃんも入らないか」

「ああ。ちょっと、この書類をまとめてからな。先に飯を食ったから、秀哉も食べなさい」

「ああ」

秀哉は食卓につく。だが、相楽周平が言ったことが、どうしても頭に焼きついて離れない。

「兄ちゃん。話あるんだけど」

「ん」優一はキイを叩くのをやめて卓袱《ちゃぶ》台《だい》の前の秀哉に向きなおった。

「どうした。何かあったのか?」

「兄ちゃんは三月の末頃、何か……地震が起こるみたいなこと、ちらと言っていたよね」

「ああ。だけど、そのときは、秀哉はあまり気にしていなかったみたいだな」

「ああ、地震は……どうってことないけれど、……周平さんから聞いたけど、兄ちゃんもいなくなるのかい」

「そうだ。地震の話のときに言わなかったか?」

「聞いたような気もするけど、地震のときは逃げろとばかり言ったから冗談かなと思って」

　しばらく優一は、じっと弟の顔を見た。

「どうしていなくなるんだよ」

「どう言えばいいかな。我々が、この世界で見たり感じたりできない現実が、熊本の地下にあるんだよ。その現実は、三月二十五日に終わる。そう言えば……わかるか？　わからなくても、受け入れなきゃならない」

「わからないよ。わかるはずないよ。じゃあ、今のオフィスＮＡ・ＳＡはどうなるんだよ。俺一人じゃなんともならない。それどころか、黄泉がえりがいなくなったら、商売そのものが成り立たなくなってしまうじゃないか。俺一人残されて、どうすればいいんだよ」

　責める口調ではない。秀哉は兄がいなくなること自体が不安でたまらないのだ。優一は腕を組んで聞いていた。

「だから、準備をしてた」

　顎《あご》で机のワープロを示した。机の上には、小さな奇妙な装置のようなものが載っていた。

「準備？　何を準備するんだ」

「うん、秀哉も、これからは、ぼくに頼らずに一人で生きていかなきゃならない。でも、もう、秀哉ならできる。あと必要なのは、自分に自信を持つことだけだ。今、黄泉がえりの人たちがいなくなっても、ちゃんとやっていける。そのために、仕掛けだけは残しておいてやろうと思った。明日でも、特許を申請しておこうと思ってワープロを打っていた」

「特許？　何の」

「〝彼〟が本能的に知っていることさ。宇宙で〝彼〟は、水を水素と酸素に簡単に分解する。そしてエネルギーとして〝彼〟自身利用することがある。あの机の上の装置が、そうだ。あの装置は〝活性亜鉛〟で真水をどんどん電気分解する。水素エンジンも軽量化できる」

「〝活性亜鉛〟って聞いたことないよ。金属の亜鉛だろう」

「ああ。しかし、磁気的に原子配置を変えてある。五百時間ほどは、ただの亜鉛を〝活性亜鉛〟に変える方法がある。スーパー触媒だ。それで水を乾電池一個で分解する。燃料として水素を使えば無公害だ。しかも低コストで手に入る。五百時間毎《ごと》に亜鉛を活性化すれば」

「で、どうするの。兄ちゃん」

「ああ。〝活性亜鉛〟を使った分解装置は無料で公開すればいい。特許は、亜鉛を定期的に活性化させる方法だけだ。それで十分にやっていける」

すでに、優一は、秀哉の行く末まで案じてやっているのだ。ただ、聞かされた秀哉は、口をぽかんと開けてしまったが。

「そうなると、オフィスNA・SAは組織的に、一寸《ちよつと》、手薄かもしれない……。そのときは。そのときは……そう、万盛堂の児島課長に相談したらいい。あの人なら……信頼できると思う」

優一は、最後に、そう付け加えた。それから、机の上の奇妙な装置を卓袱台の上に置いた。左右に二本のパイプが出た家庭用のミキサーのように見える。水道の水をコップに入れ装置の上部から注いだ。下部のスイッチを入れると、パイプから激しい勢いで気体が噴き出し始めた。片方からは酸素、そしてもう一方から噴き出しているのが水素らしい。秀哉は狐《きつね》につままれたような表情で、その装置を、凝視する。

相楽家の、その夜の夕食も、なんとなくギクシャクしたものだった。数日前までは、食卓で笑い声が絶えたことがなかった。周平には、その原因はうすうすわかっている。玲子が、外で、あの噂を聞き及んできてからだ。以来、玲子は周平に対して、妙によそよそしい。家事の途中でも、彼女は何か考えごとをしているようだ。顔色も心なしか蒼《あお》ざめているようにも見える。

周平は、あえて、その件を話題にすることはなかった。話題にのぼらせることは藪《やぶ》を突ついて蛇を出すような気がしたからだ。それに中岡秀哉に玲子の行く末を頼むということも、周平の心の隅に後ろめたさとしてあるのだ。

だが、息子の翔が寝静まったのを確認したかのように茶の間に戻ってきた玲子の眼が、赤く泣きはらしたものであるのを見たとき、周平は観念した。

周平は、テレビの画面に目を向けた。玲子に気がつかないふりをして。

「あなた。約束して貰《もら》いたいことがあります」

玲子の声は、消え入りそうなほど小さかった。だから、最初、周平は、聞こえていないというふりを決めこんだ。玲子は、一つ大きく咳《せき》ばらいをして、はっきりとした口調で言った。

「あなた。約束して」

今度は、聞こえないふりというわけにはいかない。しかし、鷹揚《おうよう》に玲子を見た。

「何だ。どうした」

玲子の怒った顔を周平は久しぶりに見た。細くて品のいい眉《まゆ》はひそめられている。眼光が鋭くなっている。整った顔の女性……美人の怒り顔ほど怖いものはない。周平は、そう実感する。「お。怖い！」と思わず漏らしてしまう。

周平が連想したのは般若面《はんにゃ》だ。般若の顔というのも、平常時には、途方もなく美人かもしれないと、瞬間、考えてしまった。

「他でも聞いたの。黄泉がえった人たちは、皆、いっせいに三月二十五日にいなくなってしまうって。これ、嘘《うそ》なんでしょう。デマが流れてるんでしょう」

「………」

周平は、口ごもった。玲子から視線をそらす。

「最初、銀行で、他所《よそ》の奥さんたちが話しているのを聞いて、馬鹿馬鹿《ばかばか》しい話をしていると思っていたわ。でも、他で昨日も聞いた。それで、馬鹿馬鹿しいとは思ったけど、周平が、またいなくなってしまった世界のことを想像してみたの。そしたら、私、怖いの。何でやっと私たち……周平も、翔も……私も幸福を取り戻したのに失わなきゃならないの？　私が、どんな悪いことをしたっていうの。

今度、また、あなたがどこかへいなくなってしまったら、私は、もう生きていく自信がない。

私と翔と、もう、そんな元気なくなる。私、周平が大好き。周平以外の人じゃダメ。何度でも、周平のこと愛しているって叫ぶわ。周平は、私のこと、愛してる？」

「あ。もちろんじゃないか」

女という生物は、常に確認をとらないと不安に陥るものらしい。それに、このように照れてしまう質問が平気でできる。

同時に、中岡秀哉に依頼したことが、玲子に見透かされているのではないかと思ってしまう。

「じゃ、約束して下さい」

「どういうふうに、約束すればいい」

玲子は両掌《りょうて》で周平の腕を握りしめた。

「三月二十五日になっても……ずっと、ずっと、私……相楽周平は私と翔を置き去りにしたりしません。二人のそばにずっといます。そう約束して下さい」

玲子は、そう言った。しかし、約束したところで、周平がどうこうできる問題ではない。といって、この場は収まりそうにない。

「わかった。約束する。いなくなったりしない」

仕方なく周平は、答えた。

「本当よ。本当にそうだから」

と玲子は泣き出した。必死で、これまでこらえていたらしい。そして小指を差し出した。「指切りもするのよ」

二人は、おたがい小指をからませ、振った。

「指切りげんまん。嘘ついたら針千本……」

そして小指の動きを玲子が止めた。

「周平が約束破ったときは、いなくなってるから、私が、針千本飲んでやる」

そう言って玲子が睨《にら》む。

「約束したじゃないか」

周平はつきたくなる溜《た》め息を抑えた。玲子は笑顔に戻ったようだ。

「じゃ、いいこと教えてあげます。今、私のおなかに、あなたの次の子がいるのよ。今日わかったの」

それが周平にとって本日の衝撃ナンバーワンだった。

48

鮒塚家の異変は、やはり突然に起こった。

真実はこうである。

鮒塚万盛堂会長、鮒塚重宝は、妻シメとともに小さな中庭を望んで縁側にいた。午後の陽差しは、冬とは思えない。インディアン・サマーと呼ぶにふさわしい柔らかな光で満ちていた。

昼迄《まで》、万盛堂に顔を見せてから自宅に戻った重宝は、シメが用意してくれた着流しに着替えて、ぼんやりと時を過ごしていた。梅もまだ蕾《つぼみ》さえつけてはいない。今の時期は、庭のありようも、殺風景としか言いようがない。花の季節は、まだ先なのだ。

それでも、今日は珍しく、午後に一度、メジロが訪れた。喜んだ重宝がシメにミカンを輪切りにさせ、梅の枝に刺してやっている。重宝にしてみればメジロへのささやかなプレゼントのつもりだ。

それから縁側に腰を据えた重宝は、日がな一日メジロの再来を待ち続けている。

その横で、シメはにこにこと、新しく茶を淹《い》れ替えていた。

淹れ替えた茶を差し出して、梅の枝を見上げる。

「今日は、もう、来てくれないみたいですねえ」

しばらくの間があって、重宝は答えた。

「ああ。……そうだなあ」

遠くで、囀《さえず》りだけが響いた。途切れ途切れの鳴き声だ。

「他所の庭に行ってるみたいですねえ」

「あ……ありゃあ、ちがうな。うちに来てるのは……もっと鳴きかたが、うまい。あんなに途切れたり……せん」

そして、ぼんやりとした時が、流れていく。シメが茶菓子で出しているばんざい饅《まん》頭《じゅう》のせんば若鮎《わかあゆ》にも手をつけた気配はない。それでも、重宝は、このふわふわとした時間に満足しているようだった。老夫婦だけの世界。

なべて、どの世も、ことはなし。そう表現してもいい光景だろう。そのとき迄は。

重宝の背筋が、突然に伸びきる。顔は、梅の枝よりも、遥《はる》か彼方《かなた》の天空を仰ぐ。しかし、その視線は、何も見てはいない。両の掌が虚空《こくう》を摑《つか》むような仕草に変わる。ある種、ヨガのポーズを決めたかにも見えるが。

その姿勢のまま、重宝は、ウッと短く呻《うめ》き、凍結したかのようだった。

その間、シメは両手で自分の湯呑《ゆの》み茶碗《ちゃわん》を握ったまま、微動だにせず、重宝の様子をうかがっていた。

皺《しわ》だらけの眼を細めたまま。

時が再び流れ始めたかのように、重宝の身体《からだ》が揺れた。それから重宝の胸から長い長い息が吐かれた。

伸びていた背筋が縮まっていく。視線だけは、数秒間、宙を彷徨《さまよ》っていたが、やっと梅の枝の方角に落ち着いた。もう一度、大きく溜め息をつく。それからシメの方へ向きなおった。

「どうかしてたかの。わし……」

「はい。でも、何があっても驚きませんよ。何せ、あなたはあの世から還《かえ》ってきなさった方だから」

シメは、おっとりとそう答えた。

「ほら、もうちゃんと元に戻られた。また、お迎えが来るというんであれば、今度は、私も一緒しますからに」

「そうか。そうか」

　重宝は満足気に、顔面を笑み崩れさせた。

「シメも、もう思い残すことはないか」

「はい。重義夫婦も、ちゃんとやってますし私がいてもいなくても何てことはありません。あなたが還ってきて、あー、やはり今まで私は抜け殻みたいなもんだったんだなって実感しましたよ。あなたがいなくなったら、誰の世話をしろというんですか。もう、何にも生きてる甲斐《かい》って残りませんから」

　そう断言してから、一口、茶を啜《すす》った。

「そうか。そうか」

　二人は、またしばらく無言のまま、おたがいが空気に変わってしまったような時を過ごした。思い出したように重宝が口を開いた。

「やはり、シメには言うとかな、いかんな。……さっき……わかったことがある」

「はい。何がわかったんですかね」

　重宝は、シメの方へ向きなおった。

「さっき、突然、わかった……。驚くな」

「はい。はい」

「また、お迎えがある。三月二十五日迄だ。その日迄しか、おられんようだ」

「……嘘でしょう。あなた、冗談を仰言《おつしや》ってるんでしょう」

「冗談なんかじゃあなか。本当。確実なんだ。だが、突然いなくなってしまったらシメは、惑うだろうが。その前にちゃんと心の準備をせな、ならんと思うてな。

それから、御礼も言うとかないかんと思うてな。

今度、黄泉がえって、シメには本当、感謝しとる。友だちはほとんど死んでしもうとった。今度、還ってきてシメがいなかったら、どうして暮らしてたろうかと思うぞ。

今度のお迎えも、一人で行かなきゃいかんようだが、シメ、寂しがるな。それだけたい。……それだけ……」

シメは、小さな眼を見開いていた。手が伸びて、若鮎を摑むと重宝に投げつけた。肩をわなわなと震わせながら。

重宝の方こそ驚いた。

「何だ。シメ。どうした」

重宝の黄泉がえる前の記憶からも、シメがこのような態度をとったことはない。

「あ、あ、あなたが、あまり自分勝手だから腹が立ったんですよ。あなたが、黄泉がえるまで私が、どんなに寂しい思いをしていたか何にも考えたことないんでしょう。それで、もうすぐ、お迎えが来るから寂しがるなって何て言い草なんですか。どうして今度逝くときは、一緒に連れていく。そう言って頂けないんですか。ほんとに呆《あき》れました。自分の都合で還ってきて、自分の都合でお迎えだなんて。

何とか言って下さい」

重宝は、シメの剣幕に気圧《けお》されっぱなしだ。

「わ、わかった。無神経だった。謝る。謝るから許せ」

「どう、謝るっていうんです」

「逝くときは、必ず一緒だ。シメと一緒だ」

シメが大きく溜め息をついた。安らぎを取り戻したように。

「よかった」シメは、呟《つぶや》くようにそう言った。

それが、最後の言葉になった。シメの身体は崩れるように縁側に倒れた。すでに、そのときは、鮒塚シメの鼓動は停止していた。

鮒塚万盛堂が大騒ぎになったのは、一時間も経《た》った後のことだ。鮒塚社長の妻、和子が買い物から帰ってきて縁側で倒れている姑《しゅうとめ》を発見した。鮒塚社長が連絡を受け、大あわてで自宅へ走り救急車を呼んだが、老母はすでにこと切れていた。病院へ走ったが、帰りは、霊柩車《れいきゅうしゃ》ということになった。

不思議なことがある。

会長、鮒塚重宝の所在が、わからなくなった。それが、鮒塚家では、最大の謎《なぞ》だ。翌日が通夜《つや》、翌々日が葬儀となり児島雅人も走りまわる破目になった。その間も、鮒塚重義は、心あたりに電話をかけまくったが、遂《つい》に葬儀が終わってもその行方はわからなかったらしい。

ひょっとしたらという可能性を児島雅人は聞いた。

斎場の受付が、一段落したときだった。横にいた経理の横山信子が言った。

「児島課長。言っといた方がいいと思うことがあるんですが」

会葬者名簿を片付けながら、雅人は生返事した。

「何だ。何かあったの？」

「私……最後に会長を見てるんですよね」

雅人は手を止めて、横山信子を見た。信子は、眼鏡を正した。

確か、会長が黄泉がえってきたとき、最初に目撃したのも彼女だったはずだ。あのときも、にわかに信じることができなかったが。自宅の門の前に立っていたと言っていた。

「いつ」

「会長の奥さんが救急車で運ばれる十五分ほど前です。私、郵便局へ行った帰りです。会長、あのときと同じように自宅の門の前に立ってました」

「…………」

「還ってこられたときと同じようにスーツを着てました。そのまま、私の方にまっすぐ歩いてこられました。それから、私に声をかけられたんです。御苦労さん……って。それで私も挨拶《あいさつ》しました。お出掛けですかって。すると、会長が、ああ、ちょっと早いけど行かにゃならん。シメと約束しとるけん、そう言って笑われました。私は、そうですか……って軽く考えて」

「そう。何だったのだろう。会長の奥さんと約束していることって」

「そんなの、私、わかりませんよ。それで、会長と別れて事務所に入ろうとしたんです。そしたら、何か気になって、もう一度、振り返ったら。……もう、そのときは会長の姿はどこにも、なかったんですよ」

「ふうん」

ひょっとしたら、会長は、また黄泉の国へ逝ってしまったのかもしれないと思う。

「私、この話、誰にも言ってないんです。言った方がいいでしょうか」

横山信子が心配そうに言った。

「わからない。幻を見たのかもしれないし」

雅人は、そう答えた。その話題は、それで打ち切られた。

49

年末に発売されたマーチンのニューアルバム「ヒール」は予約段階で五十万枚を超えていたが、発売と同時に売り切れの店が全国で続出し、あわてて即日に増産が決定した。ヒットの予想はされていたものの、これほどのメガヒットになるとは誰も考えていなかった。実売数で二百七十万枚を超え、まだ売れゆきは衰えていない。

事務所へ帰る車の中で三池義信はラジオをつけた。聞き覚えのある声が唄《うた》っている。マーチンが、アカペラで唄う「YOSHINOBU」だ。

——いい曲だよなあ。

思わず、義信は聞き惚《ほ》れる。ラジオから流れてきたことで、自分もこのアルバム発売に一役買ったのだという誇りも加わっていた。

事務所の駐車場に停車したものの、その曲が終了するまで、義信はキイを切らずにいた。

曲が終わり、パーソナリティーが、解説を加えた。

「身震いがするほどいい曲ですな。もうあなたは『ヒール』ゲットしましたぁ。これほどのヒットってのは、ふだんCD聞かない人たちもケッコー買ってくみたいですね。アルバムタイトルも癒《いや》し系ですからね。うちのディレクターも、この曲聞くと肩こりなおるなんちゃってましたからね。ホントなんですかねー」

義信は、車から降りて、事務所へ続くエレベーターに乗る。そう。今もラジオで言っていたが、マーチンのCDには、不思議なパワーが備わっているようだ。レコーディングのとき、塚本社長が奇蹟《きせき》的に椎間板《ついかんばん》ヘルニアを全治させてしまったが、あれほど劇的ではないにしろ評判になっているようだ。

二、三日前の肥之國日報の一面下部広告でも見た。中高年向け健康雑誌「求健」の最新号案内だった。

「これは驚き！」とあった。「マーチンのCDを聞くだけで、肩こり、ハゲ、インポテンツが、みるみる治った!!」と特集で紹介されていた。まるで、マーチンのCDは健康茶か、サプリメント食品の扱いだった。義信は思わず苦笑したものだ。本当にハゲが治った人がいたのだろうか？

いずれにしても、マーチンのCDがメガヒットになったのは、本来のメロディーの魅力もさることながら、マーチンというアーティストの特殊性、そして奇妙な効果を伴っているという話題性も含めて、すでに社会現象と化していることにもよるのだろう。

今、塚本社長は、この事務所に浸りっきりだ。三月二十五日のマーチンの公演まで、熊本に居続けるらしい。熊本では数万人規模の公演をやる施設は存在しない。そこで、遊休地を三月まで借り上げ、特設のステージを作ることになった。場所は第二空港線だ。コストは数億という単位で想定されている。

今も、義信は塚本社長の指示を受けて使用許可の申請を打診するため、警察やいくつかの役所関係を回ってきたのだ。だが、いずれも、はっきりした回答が得られたわけではない。

事務所に入ると、三人がいた。マーチンと塚本社長、それに六本松三男だ。

「ただいま、帰りました」

そう言って義信が三人を見ると、様子がおかしい。三人が、黙りこくっていた。

塚本社長の縁なし眼鏡が、鼻までずれて、口をポカンと開いている。放心状態だ。微動だにせずソファにいる様子は、まるでテディ・ベアだ。

マーチンは、その正面のソファに座り、薄目の唇を一文字に閉じている。

六本松が、義信に「お疲れさまです」と頭をさげた。

「どうしたんです。何か……あったんですか」

「あ……。あのう、マーチンさんの今度の公演ですね。あの。マーチンさんの引退公演になるらしいんですね。今、その爆弾発言があったところなので、塚本社長が固まってしまったわけです」

「引退公演！」思わず、義信の声も裏返ってしまった。

塚本社長がフリーズ状態になってしまった理由もわかる。今、プロダクションからマーチンが抜けてしまったら……。復活後も、マーチンのアルバムを売り出すために莫大《ばくだい》な宣伝費をつぎこんだ。これだけのメガヒットに化けてくれたからいいものの、これから金の卵を産むニワトリとして多大な期待を抱いていたはずなのだ。

口をつぐんだままのマーチンが、義信の顔を凝視している。眼が涙で溢《あふ》れかえろうとしている。とても、嘘《うそ》や冗談で飛び出した発言ではないことがわかる。普通の女の子に戻りたい、とか、充電したいから、といった甘い願望から出た発言でないことは、わかる。

「私……もっと唄いたいわ」はっきりとマーチンは、そう言った。「でも、黙っていることは、社長にも、みんなにも、そしてファンの人たちすべてを裏切ることになるから。でも、わかるの。私が唄えるのは三月二十五日までなの」

義信は、その話はすでに知っていた。いや、熊本市にいるほとんどの人々が知っているのではないか。三月二十五日に、黄泉がえりの人々はいなくなってしまう。そして、大地震が熊本市直下で発生する。

誰が言いだしたということは、わからないが、口コミで伝播《でんぱ》している話だ。しかし、マーチンのライブが予定されているのも、同じ三月二十五日。

あえて義信はマーチンの前ではその話題は出さなかった。そんなデマに類する話でマーチンを動揺させる必要はないと判断していたからだ。

「三月二十五日って。その話をマーチンは何処《どこ》かで聞いたの？」

誰か、悪い奴《やつ》がマーチンにその噂《うわさ》を吹きこんだのかと思ったのだ。そして彼女に暗示をかけてしまった……!?

「誰からも、そんな話は聞いていない。私、自分でわかったの。黄泉がえりの力が消えるって。私、自分でも、どうしようもないわ」

ソファに沈みこんでいた塚本社長が、ぐゎばっと身を起こした。気を取り戻したようだ。

「本当かもしれないな。ありえないことではないかもしれないな」そう呟いて、両手で頭を抱え髪を搔《か》きまわした。

その腕の動きがぴたりと止まった。

「それなら、それなりの動きが必要になる。とすると、観客動員は……大幅に変更になるかな。三池くん。許可申請の打診は、どのようになりましたか？」

塚本社長は日常の言葉づかいに戻っていた。

「はい。今、返ってきたところなんですが、まだ回答が流動的なんです。というのが、はっきりした観客数を何万人と言えばいいのかよくわからなくって」

うん、と塚本社長はうなずいた。いつものやや脂《あぶら》ぎった彼の表情にすでに戻っている。

やはり、この業界で揉《も》まれてきた人物らしく、立ち直りも早いようだ。

「三池くん、六本松さん。手分けしてマスコミに連絡して下さい。記者会見です。マーチンの引退発表。あ、明日の正午。ホテルもどこか、会見用の部屋を押さえて下さい」

「プレス発表するんですか？」

「早い方がいいでしょう。それだけセンセーショナルになります。三月二十五日を過ぎてもマーチンが無事であれば、それはそれでかまいません。ライブの動員力も倍増します」

「動員がこれ以上増えたら……。今でも指摘されてるんです。市内が大渋滞を起こしてパニックが発生する恐れがあるって」

「野外会場をやや変更します。雨が降ったら悲惨だけど、ウッドストック方式で、観客は舞台の周囲を取り囲んで頂きます。舞台は三十メートルの高さの足場を組み、足場の四方にスクリーンを取りつけます。足場の内部が楽屋ですね。それから鉄塔二十本。そこにスピーカーとライト施設。それを四百メートル四方で収容するとして……」

塚本社長は、電卓をちまちまと叩《たた》く。「おお」と叫ぶ。「一平米に一・五人として二十四万人が収容可能だ」

二十四万人と聞いて、義信は眼を剝《む》いた。熊本市の人口の約三分の一に当たる人が公演に殺到するというのだ。何万人のスケールとは、また異なる。

しかし、塚本社長は、もう自分の中で確信したものを握っていた。だから、各役所を回って義信が指摘された問題については聞く耳がなくなっている。

「そうだな。だいたい二十万人から二十五万人くらいと答えてください。マーチンの最後の唄声を聞くために全国から熊本へ集まってくるわけですから」

「全国からだったら、宿泊地の収容施設はどうするんです。とても、熊本市のハードだけではパンクしますよ」

塚本社長は、腕組みした。

「こうなると、各社、航空会社、ＪＲ、県、市、中央の放送局、すべての後援と協賛が必要ですね。中央の広告代理店と詰めてみましょう」

六本松が、おずおずと言った。

「チケットの販売形態はどうするんですか？　二十五万枚のチケット。さっき本社から、今でも凄《すさ》まじい数の問い合わせがあるということなんですが」

塚本社長は、それには答えなかった。代わりに仮刷りのマーチン・ライブのポスターを見上げて言った。

「あの、ポスター。マーチンさよならライブと刷り直すことにします。デザインそのものからやり替えた方がいいかなあ」

50

それまで、六本松三男は、何度も受話器へ手を伸ばしかけたものだった。しかし、ためらいがおこり、その手はいつも宙で停まった。

これまでも、数回、電話をかけたことがあるが、ほとんど妻の真由美が出たことはなく、義理の母親の荒木リク子が、三男の相手をした。三男は、一緒に家族で暮らしたい旨《むね》を伝えるが、芳《かんば》しい返事が返ってくることはなかった。それどころか、義父の荒木信隆が電話口に出たときは、娘は離婚したがっている、早く同意しろと恫喝《どうかつ》されたほどだった。六本松の話にまったく耳を傾けずに。

一度だけ、直接、妻の真由美につながったことがあった。「もしもし」という声で確信した六本松は、「真由美か。俺だよ」と言った。言った次の瞬間、電話は切られていた。

それが、最後の電話になる。

以降、電話へ手を伸ばしかけても、天草の御所浦にある妻の実家へかけることは、できなかった。

しかし、今の状況を知らせたいという六本松の気持ちは徐々に膨れあがっていく。どう知らせればいい。前の自分とは変わったんだから。

それで、六本松三男は、手紙を書くことにした。手紙を書くという行為が、六本松にとって数十年ぶりのことなのだ。読みづらい、右上がりの尖《とが》った金釘《かなくぎ》文字を何度も書きなおして。


拝啓。

こちらでは、梅が満開で、少しずつ暖かい日ざしが感じられるようになりました。皆、元気でいるのでしょうね。真由美たちがいる御所浦も、花が咲き始めているんだろうと思います。

今日は、自分の近況を知らせたくて、筆をとりました。電話では、なかなか連絡がとりにくいもので。

何しろ、手紙を書くということに、あまり慣れていないので読みにくかったりもするかもしれませんが、こらえて下さい。

真由美が、実家に引き上げてから、自分でも何とかしなければという思いで、必死で就職先を探しまわりました。運転免許の取り消しを受けてしまったことで、中々、好条件の会社というものに巡りあえなかったのですが、ひょんな運命の巡りあわせで、東京に本社を置くＲＢクリエーションという会社の熊本支社に勤務しています。

この会社は、いわゆる芸能プロダクションという性格の会社で、光枝《みつえ》たちの年齢の方が、逆に詳しいと思いますが、今、マスコミなどで話題になっている、黄泉がえり歌手のマーチンを売り出しているところです。私は、芸能のことは、ほとんどわかりませんが、マーチンさんが熊本を離れることができませんので、主にマーチンさんの雑務や、本社からの指示で販売促進の制作の一部などをやっています。

住まいも社宅ということでマンションの一室を与えられました。給与は、本社基準になっているので、熊本としては、いい条件で働かせてもらっています。日々、仕事をこなしていて、案外この仕事は自分に向いているのかもしれないと思っているほどです。

最近、一人になって思うのは、家族のことです。真由美の顔が、ふっとよぎることがあります。このまま、光枝や理香が父親の顔を忘れたり……憎んだままになるのではないかという畏《おそ》れを抱いたりもします。

はっきり言って、事故を起こす前の私は、夫として父親として欠落した人間だったと思います。そして、家族と離れてみて、さまざまなことを思い巡らせているうちに、遅すぎたのですが、やっとそのことに気がついたのです。本当に大事なものは何か、そのためにはどのように生きてゆかねばならなかったか。

近況というのは、まず、自分が生まれ変わったのだということを、まず知っておいて頂きたいということです。

今、あれほど好きだった酒も、この会社に入ってから完全に断ちました。体重も十二キロも落としています。

今度は、同じまちがいを繰返しません。家族はやはり、一つで暮らすことがいちばんいいんだと思います。

一度、皆で熊本へ遊びに来てください。そして、私の口から話を聞いて下さい。十万円を同封しますので、何か、皆でおいしいものを食べて下さい。

もう、何を書いていいかわかりません。しかし、私は、皆と一緒に暮らしたい。

最後になります。そうだ、今、思いつきました。今度、マーチンのコンサートを熊本でやります。

皆で、観《み》に来ませんか？　案内します。ぜひ、連絡下さい。携帯と事務所の電話を書いておきますから。では。

敬具

六本松　三男　拝

六本松　真由美　様

最後に、もう一度読み返した。後半に進むにしたがって文体が、やや支離滅裂に変化している。感情的なものがナマで吐露されようとするのを必死で抑えた結果が、これだ。

しかし、その時点で六本松には、これ以上の文面を思いつける余裕はなかった。

翌朝一番で、六本松は、熊本東郵便局で、現金書留の速達にして送った。

その日はほとんど手紙のことは忘れてすごした。夕刻、一度、ちらと反省の念を感じた。手紙を出すのは、まだ時期が早かったのではないだろうか。だが、それも、すぐに思考から消え去った。

翌日の夕刻あたりから、頭の隅にしこりのように、手紙の件が引っかかり始めた。事務の途中、伝票の整理をやっていても、ふっと水面下に沈んでいたものが浮かびあがるように思い出す。

速達で出したんだ。もう開封して読んでいる頃だろうな。すぐ電話をしてくるだろうか。いや、そんなことはない。真由美にもメンツがある筈《はず》だし、色々考えるだろうし。

そう考えつつも、携帯電話の着信表示を見る。充電中の不在時着信は、三池義信のものだけだ。

翌々日もその次も、六本松真由美からは、音信はなかった。ひょっとして、妻も電話ではなく、返信に手紙を選んだのかもしれないと思う。とすれば、手紙が返ってくるのに、一週間の経過が必要かもしれないと思う。

昼間、仕事で身体を動かしているときは、いいが、夜、一人の時間になると後悔する。

やはり駄目なのか。手紙を出さない方が良かったのでは。

一週間が過ぎた頃、もう、六本松はほとんど諦《あきら》めかけていた。どのような理由で返事が来ないのかと詮索《せんさく》することもやめようと思いはじめていた。

午後五時に事務所にかかってきた電話は、意外な人物からだった。

「はい。ＲＢクリエーション熊本支社です」

と六本松は言った。

「お父さん？」

と声が言った。六本松にも、すぐにわかった。娘の声だ。

「光枝か」

「そう。お父さんの手紙読んだの」

「あ……ああ。皆、元気か？　お母さんも」

「あ。元気だよ。みな」

「そうか、安心したよ。手紙、お母さんに内緒で読んだのか？」

「そういうわけじゃない。お母さんが、お父さんから手紙来てると言ったから」

「そうか……」

「お父さん。私、マーチンの公演、見に行っていい？　私、ファンなんだ」

「皆で来るのか？　母さんも？」

「いや。私一人。母さんにも行っていいってたずねた。そしたらいいって」

真由美は、また迷っているのかもしれないと六本松は思った。

「お父さん、すごいね。マーチンの事務所だなんて。私、尊敬しちゃう」

尊敬しちゃう……子供たちから、そんなことを言われたことは六本松には一度もない。

「そ、そうか……」

「理香も、ときどき、お父さんも一緒にいればいいのにみたいなこと言ってる」

「そうか。そうか」

「何だか、電話で話してて、お父さん、感じが変わったみたいだね」

「いや、一緒だよ。永いこと会ってないからじゃないか?」

「いや、それだけじゃない。お父さん、そうだなぁ。紳士になってる。紳士の声だよ」

電話が切れた後、六本松三男は、がむしゃらに、あたりを走り回って叫びたい衝動にかられていた。嬉《うれ》しさのあまりに。

最後に光枝は、こう言ったのだ。

「マーチンの公演を見に行くだけじゃなくって、どのくらいお父さんが昔と変わったか観察してくるって言ったから、お母さんがOKを出したんだよね」

51

大沢水常務《おおそうず》に呼ばれて、児島雅人が会議室に入ると二人以外に誰もいなかった。椅子《いす》を勧められて腰を下ろした雅人は何となく、いい話ではないことを予感した。

案の定だった。先刻、社長と決定したという万盛堂の方向を教えられた。上通《かみとおり》にある万盛堂の小売店舗を閉鎖するというのだ。売り上げの低迷と減少しないコスト。一つの決断が行われたらしい。上通店は、二人の正社員と三人のパートで運営されていた。その二人の正社員が帰ってくる。併せて、組織の簡素化も予定していると告げた。営業部を一本化させる。現在、分かれている総務と経理を合体させる。そんな腹案を教えられた後、現在の総社員数二十七名を五名削減して、二十二名体制へ移したいと言った。

「一応ね。今、考えてるのは、早期退職制度を設けようと思っている。誰の肩を叩くって叩きようがないからね。会社と個人で双方が有利に転ぶって案を考えるつもりだけれど」

大沢水常務は、そう言った。大きな所帯ではない。五名減少というのは二割近い人員削減ということだ。

「そう。一応、児島くんは総務だから、先《ま》ず知っておいて貰《もら》った方がいいと思ってね。

社内発表は来週。制度を詰めてからにしようと思っている」

「総務と経理が一つになるんですか？」

もう一度、雅人は確認した。

「ああ。そのこともね、一応、ちょっと腹に入れておいて欲しい。で、総務の名称で一本化するけれど、私の……常務直轄《ちょっかつ》になる。それで経理の松山課長と児島くんは、営業の方へ回ってもらうことになる。寺本課長たちと同格だよ。ただ営業本部は、社長直轄になる」

営業……。まるで畑ちがいだと思う。雅人は胃に重いものがのしかかるのがわかった。十数年総務畑を歩いてきた自分に、今更営業ができるだろうか。

「一応、現在の状況としては、そんなところだ」

と大沢水常務は、話を閉じた。もっと営業力を強化したいから。そう言い添えて。

「承知しました」

そう言って、会議室から雅人は退室したが、一度も常務の口から〝リストラ〟という単語が出てこなかったということに、雅人は腑《ふ》に落ちぬものを感じていた。

――自分も、早期退職予備軍のリストに入れられている……。それは、雅人の直感だ。

最近は、いつも心の中で波が立っているな。

それが、雅人の思いだ。輻輳《ふくそう》していろんなできごとが起きすぎる。現に、今も、母親の病気のことが頭の隅に引っ掛かっている。この数日、病状がみるみる悪化しているのだ。体力そのものが低下しているためかもしれない。

自分の席に戻ると机の上にメモがあった。

――肥之國日報の川田様からＴＥＬありました。

経理の中原奈々が書いたものらしい。何事だったのだろう。カワヘイとは、しばらく会っていないが。

河山悦美が叫んだ。

「児島課長、お電話が入ってます。川田さんって方」

雅人は、あわてて受話器をとる。

「おー児島ぁ。俺タイ。オレ」

カワヘイの声だった。

「さっき、電話をくれたんだな。今、メモを見たところだ」

「おお。そろそろ席に戻る時間だと思って、またかけてみた。児島の親父《おやじ》さんに協力してもろうたお礼を言うとかないかんて思うてね」

「あ、その件だったのか」

そう答えたが、居心地の悪い返事だった。父の雅継は、熊大の研究室で、黄泉がえり研究班の実験に協力したのだが、何やら、わけのわからない出来事が起こって、熊大病院を実験の途中で抜け出し、そのままになっていた。

「今、熊大の尾形教授と会って話してきた。その後、親父さんはどう？」

あ、取材の一環というわけか。雅人は納得した。何もナシで、カワヘイが電話してくる筈がない。尾形教授から、実験中の異変も聞いたのだろう。

「おふくろの看病を続けているよ」

「えっ。おふくろさんは、そんなにひどかったのか？」

母親が末期ガンで手の施しようがないことを伝えると、そうか大変だなとカワヘイは言った。

「ところで、おたくんとこの会長が消えちゃったたって？」

「ああ、そうだ」

答えながら、雅人は周囲に眼を配る。舌打ちしたくなる。状況をわきまえず、無神経な質問をしてくる。

「イエス、ノーだけ言ってくれりゃいいよ。会長夫人が亡《な》くなっていなくなったんだろ」

「あ、ああ。そのとおり」

「黄泉がえりでいくつかわかったことがある。黄泉がえった人の家族には、必ず本人の黄泉がえりを待望していた人が存在する。逆にいうと、そのキイになる家族が死亡すれば、黄泉がえった者も消滅する。

で、万盛堂の会長も消えたんだと思うぞ」

「……よくわからないが」と雅人。

「わからんでもよか」そうカワヘイは言った。

「だが、児島の親父さんが黄泉がえったのは、誰の想《おも》いが影響したと思う？　おふくろさんじゃないのか？」

「そうだろうな」

「だったら、おふくろさんが亡くなったら、親父さんも消えるぞ」

「わかった」

と答えた。そう答えたものの、実は何もわかっていないということがわかっているに過ぎない。

「親父さんは、三月二十五日のことは何か言ってなかった？　地震のこつとか」

「聞いていない。そりゃ何だ」

「いや、知らないならいい。それから、もう一つ。黄泉がえりの人たちは、無意識のうちに、奇妙な声を発することがあるらしい。その声の持ち主の何割かは、ヒーリング効果を発揮している。

親父さんも、その能力があるってさ。尾形教授が言っていた。彼は慢性の膵炎《すいえん》だったそうだ。親父さんが治したんだって言ってたけどな。おふくろさんが、そんなに悪いなら、親父さんに頼んでみたらどうだ」

「えっ。そりゃ、どういう意味だ」

「親父さんが、おふくろさんを治せるかもしれないって意味だよ」

近いうちに、また会おう。今度は俺におごらせてくれ。そうカワヘイは言い残して電話は切れた。


もやもやしたものを胸に溜《た》めたまま、雅人は帰宅した。

茶の間には、娘の愛が、一人でテレビを観《み》ているだけだった。妻の瑠美と父の雅継の姿はない。

家族の一人が病気するだけで、家庭というものは、こんなに歯が抜けたような状態に変化するものかと雅人は驚かされる。

愛が「おかえり」と言った。瑠美の口調で。食卓には、皿がならべられている。

「ママ、もうすぐ帰ってきますって。今日のキャベツは私が刻んだのよ。偉い？」

「ああ。凄《すご》いな。偉いぞ」

そう誉《ほ》めると、愛は嬉しそうに笑った。

「おじいちゃんも病院か？」

「そう。だから、私も何か手伝わなくちゃねと思っちゃうわけ」

そうか、家族の病気は女の子の自立を助ける研修の役割も果たすことになるわけかと、雅人は思う。

「ねえ、パパ」

愛がテレビから向き直り、雅人に言った。

「何だ。どうした」

「大地震がくるって話。知ってる?」

「いや、知らないぞ」

そう答えておきながら、昼間の川田平太の電話のことを思い出していた。しかし、娘の口から、そんなことが飛びだすとは思いもよらなかったが。

「誰が、そんなことを言ったの?　おじいちゃんから聞いたのか?」

「ちがうよ。学校で。みんなが、そう言ってる。三月二十五日の火曜日、大地震があるんだって。みんな怖がってるよ。本当なのかなあ」

「みんなって。その子たちは、何故《なぜ》、大地震が来るってわかるんだろう。誰から聞いたんだろう」

「誰からかわからない。家の人たちも言っているって。その日は、熊本から逃げ出すって言ってる子もいるよ。家族の人、みんなで」

愛は、じっと父親の回答を待っている。愛自身、そんな噂《うわさ》を聞いてきて、これまで不安でたまらなかったらしい。こういうときは、どう答えてやればいいものか。父親として。

「うん。はっきりしたことは言えないが、あまり根拠のある話じゃないと思うぞ。地震予知というのは、一番、予測が難しいという話をパパは聞いたことがある。

子供たちというのは、一番、怖いもの好きなんじゃないか。口コミで伝わるデマというか、都市伝説というか。今度のことも、口裂け女や人面犬やテケテケときっと同じようなものかもしれない。

あまり心配しない方がいい」

さりげなく雅人は、そう語ってやった。愛は、話の内容よりも、父親の態度を注意して見ていたようだ。それで、やっと笑顔を取り戻す。

「わかった。ちょっと安心した」と言った。

「でも、その日に黄泉がえりの人たちも消えちゃうんだって。おじいちゃんも？」

今度は雅人も答えに窮してしまう。

朝刊記事の出校が終わって紫煙を吐き出した川田平太の頭の中で、どうもまだモヤモヤしたものが残っている。

「よしっ。あげたっ」と社会部長の中坊がワープロの前から立ち上がった。時間は午後十時半をまわっていた。

「中坊部長。ちょっとヨカですか」

カワヘイが声をかけた。伸びをしていた中坊は「おおっ？」と答えて眼鏡を押さえた。

「三月二十五日の地震の噂は、知っとんなはるですか？」

「あ……あれか。スナック行ったとき、女のコが話しとったたいね。本当ですかねと聞かれたから、知らんと答えた」

「迷うとるんですよね。みんな」

そう前置きして自分が地震の話を知ったいきさつをカワヘイは語った。

「裏はとったのか？　とりようもないだろうけどな」

「熊大の地震予知研究室でも、そこまでの異変とは認識しとらんです。地震予知は、難しかけん。そっだけです」

「ふうん」

「読者に、可能性として伝える方法はなかろうかと考えてですね。下手すりゃ、不安を煽《あお》るだけの結果になる。地震が起きなければ起きないで笑いものですよね。でも、直感じゃあ、何かありそうだという気がする。書かないことによって被害が拡大する可能性というのも考えるとです。判断迷いますよ」

中坊は腕組みをした。それからウゥムと大きく呻《うめ》く。

「新聞は、事実を報道するもんぞ。記者の予測を報道するもんじゃなか。公器の影響力から考えると、裏付けのない噂は、あくまで噂として考えるしかないだろうな」

あまり、切れ味のいい回答とは思えなかったが、それが正論だろう。報道は不可能だ。

「やっぱ、そうですよね」

カワヘイは自分に言いきかせるように言う。

熊本市役所五階の市長応接室。

定例庁議が開催されているが、連絡事項の報告の後、ひょんなことから会議の流れが変わってしまった。

市長は、濃い眉《まゆ》を、ひそめている。きっかけは、教育委員会事務局長の発言だった。「各小、中学校からの事務報告の中で、気になる点がありましたので、審議項目には入っていませんが、お知らせしておきたいと思います」と言った。「小、中学校で、現在、熊本市を中心にした大地震が三月二十五日の火曜日に発生するのではないかという噂が蔓延《まんえん》しているということです。児童、生徒たちの中には、その噂による恐怖でノイローゼ状態、あるいは精神的ストレスを抱える者が続出し、学校としてもどのようなケアをすればいいのか対応に苦慮しているケースが増えています」

「誰が、そぎゃん、いたらん噂を流しよっとかい」

市長が、不快さを隠そうともせず、言い放った。

「けっこう、広まっていますね。この話は」

市長の横で助役が、そう言った。

「市役所内でも、職員たちが話していたのを耳にしたことがありますよ。彼等も完全に信じているみたいでしたね」

総務局長も、はあと納得したようだった。

「どうりでですね。三月二十四日あたりからの職員の有給休暇の申請が、この数日、異常に多いんですよ。年度末だというのに、どうも変だと思っていた。どれも、知人や親《しん》戚《せき》の遠方での結婚式とか、海外旅行という理由になっているんですな。地震の噂か」

助役が、会議出席者を見まわして言った。

「この中で、三月二十五日に地震が来るっていうことを聞いた方は？」

一人、二人とおずおずと手が挙がっていく。二十数名の出席者の大半が手を挙げることになった。

「なんや。この噂を知らなかったのは、自分とこれだけか」

市長は、呆《あき》れ返った。

「デマだろうもん。皆、信じとらんどうもん」市長は、皆の顔を見回し、確認をとる。

だが、反応は今一つ、潔《いさぎよ》い返事がない。

「何で、こんな噂が出たんだ」

「あのう」

手を挙げたのは建設局長だった。

「私は、だいたいの噂の伝播《でんぱ》ルートは、想像がつきます」

全員が、建設局長を注視した。彼は、どう話したものか迷っている。

「うちの家内が、黄泉がえったことは、お話ししたと思います。こんどの地震の噂は、二つの面を持っているんです。一つは、三月二十五日に地震が起こるらしいということ。それともう一つ。地震の寸前に、黄泉がえった者たちは、消えてしまうということです。何か、関わりがありそうなのですが、深い意味はわかりません。

これは、家内が数日前に予知し、私に伝えたことです。他の誰からも、噂を聞いたというわけではありません。だから、実は、私はこの話をかなり信じています。家内は、嘘《うそ》やいい加減な話をする人間ではないことを私が一番よく知っていますから。

だから、黄泉がえった人々が、家族にこの話をしたとすれば、話は瞬《またた》く間に市内中に広がった筈《はず》です。

ちなみに、家内から聞いたこの話は、私は誰にもしていませんから、この場でこのような話題として出てくることが、まったく意外な気持ちでいるんです」

建設局長の話に何人かは深くうなずいていた。しかし、それで、市民の不安を払拭《ふっしょく》できるというわけでもない。

「市長名で、地震の噂に惑わされないようにと広報するわけにもいかんしな」

腕組みして市長が頭をひねる。「かえって火に油を注ぐ結果にならんともかぎらない」

それから、話題はいくつも方向を変えた。不確実な情報で、避難勧告を出すわけにもいかないし、放置すれば、パニックになる可能性もある。結論らしい結論を見ないまま話は堂々めぐりを続けるのだ。

「ちょっと、無茶ですが、一つだけ方法があります」

そう発言したのは、黄泉がえりの存在を最後まで疑っていた収入役だった。

「何かい。言うてごらん」

市長に促されて、収入役は一寸《ちょっと》ためらったようだった。

「まず、市民に不安を抱かせないことを優先させるべきでしょう。例年、九月に防災の日の関連行事を行いますが、これは、防災意識の啓蒙《けいもう》に主眼が置かれています。今回、三月二十五日を熊本市主導の防災訓練日として計画するのです。民放、マスコミにも依頼して三月二十五日に焦点を合わせた防災施設の事前点検、民間への協力依頼。もちろん総務局長、総合防災課で試案を作ってもらうべきですが。全国に例をみない規模で災害実地演習を行うことになると思います。都市型防災予行演習の日として三月二十五日の昼か夜かわからないがＸ時を想定して」

「つまり、地震対策ではない。デマ対策でもない。防災演習日とするわけですか。でも、もう一カ月ちょっとしかない」助役が、そう漏らす。「間に合うでしょうか」

「それがよか」すでに市長の腹は決まったようだ。「災害は、準備期間なしに、いつも突然来るったい。防災訓練も、一緒じゃないか。市民が、自分が不安に感じている日と、訓練の日が一致していれば、こりゃあ心強かばいね。災害は、年度末でも来るときは来るんだから」

　その日の午後、早速、企画調整局と総務局の事務担当者レベルまでの打ち合わせが行われることが決定した。


　深夜の肥之國日報社会部。残っているのは、またしても、カワヘイと中坊部長の二人だけだ。その知らせは、社会部への外線ではなく、川田平太の私物である携帯電話へのものだった。呼び出し音は、競馬のファンファーレという職場で鳴るには顰蹙《ひんしゅく》なものだったが、設定している本人としては、何の気兼ねもない様子だ。しばらく呼び出し音を鳴らさせた後、おもむろにカワヘイは携帯をとり浮かない声で言った。「はぁーい、川田たい」それから、小声でいくつかの相槌《あいづち》をうつ。

「あーよかですよ。まだ、仕事中だけん」ああ、うん、うんと話しながら首を振っている。その声が、ある瞬間を境にしてがらりと変わった。

「ほんなこつや」と叫び、鉛筆を握り、メモをとり始める。「おお。そうや」と奇声に近い声を発し、しばらく後、興奮の余韻を消せぬままに、電話を切った。

「今、市の広報から連絡がありました」

川田平太が中坊部長に笑顔で言った。

「何がや」

「明日、マスコミ発表らしいですけどね。広報の知り合いの電話してきたとです。三月二十五日、都市圏総合防災訓練をやるみたいですよ」

それを聞くと中坊部長もにやりと笑った。川田は続けた。

「けっこうな規模らしいですよ。事前に、避難ルート、災害時の行動マニュアルを告知して、訓練日に備えるらしいです。県警と自衛隊にも協力依頼ばするそうです。つまり、市が想定しとるのは、熊本市全体が、災害に見舞われたときの危機管理シミュレーションらしかです。市役所に、災害対策本部をその日、一日設けるてですたい。

町内とか、地域とかで訓練する例はあるけど、一つの地方都市全部が、同日に都市機能の全セクションで防災訓練にあたるという例は、全国的にも、あまり聞いたことはなかですよ」

中坊部長は、何度もうなずいた。それからボソリと言った。

「よか口実ば思いついたばいね。市も、やるじゃなかや。たてまえは、防災訓練か。地震の地の字も出さんでね」

「何か、私もモヤモヤしとったつのとれたですよ。この訓練案は、大々的にバックアップしまっしょ」

「おお。やれやれ！　地震報道のでけんぶん、存分に、防災記事で支援せえ」

カワヘイは思った。これで市民たちの動揺が鎮静化できる。これほど自分が住む地域の行政に誇りを持てたのは初めてだった。

53

名倉いずみと、吉井結香《ゆうか》は、図書室前の廊下で待っていた。

山田克則《かつのり》と話をするためだ。

いずみも、結香も心配でたまらずにいる。皆が噂しあっていることが真実なのかどうか。

三月二十五日に、熊本で大地震が起こる。

それは、黄泉がえった人々が、警告していることらしい。

いずみと結香は、初めは、単なるデマだろう程度に軽く考えていた。ところが、日を追うごとに地震の情報は重層化していき真実味をおびてくる。

三月二十五日という日は、わかっている。時間は、わからない。カレンダーが二十四日から二十五日に移った瞬間に地震は発生するかもしれないし、二十五日の午後十一時五十九分頃に起こるのかもしれない。色々な噂が錯綜《さくそう》しているようだが、共通していることがある。

発生する地震は、これまで熊本では誰も体験したことがない凄《すさ》まじいエネルギーを秘めているらしい。

何故《なぜ》、黄泉がえった人々にそのことがわかるのか。

皆、「わかるんだから仕方がない」と答えるらしい。ただ、聞いた話によると、黄泉がえりの四割がたくらいは「自分たちは、その地震の前に、いなくなってしまうから、お前たちが心配だ。どこかへ逃げていた方がいい」と言うそうな。三割は「地震は、起こる。でも迷ってるんだ」と意味不明のことを漏らすという。何を「迷っている」というのか。残りの黄泉がえりの人々は、こう言うらしい。

「うん。三月二十五日ね。そう言われると、何か、もぞもぞっとするね。何が、もぞもぞっとするのかは、わからないけれど。何かが、あるような気はするんだけれど。地震？　そうかもしれないし、何とも言えないね」

そういうふうに、確実性は別にして、三月二十五日という日時に対しては、ほぼ全員が「特別な日」だと感じているようだ。

もうすぐ、図書室に山田克則が、やってくる。

彼は、放課後、きまって本を借りにくる。日に二冊のペースで本を読むらしい。黄泉がえる前の彼の生では、山田克則はそんなに本を読んでいたのかどうかは、誰も覚えていない。

だが、今の彼はよく本を読む。だから、この場所で待っていれば必ず山田克則がやってくるだろうことなど、同じクラスにいるものなら誰でも推測できることだ。

山田克則は推測どおり、廊下の向こうから歩いてきた。右手に本を二冊抱えて。真正面を見据えて、やや大股《おおまた》で歩いてくる。猫背でもなく、うつむくでもない。前の彼だったら、そうかもしれないが、そこが山田克則の印象が変わった一番の点だ。

「来たよ」

いずみと結香は顔を見合わせると、彼の進路をふさぐように廊下の中央に二人でならんだ。そのまま克則は歩いてきたが、肩をすくめて二人の前で止まった。

「どうしたの」

克則が尋ねると、二人は克則の袖《そで》を引いた。

「聞きたいことがあるの」

「山田くんだったら知ってると思って。本当のことを教えて」

「何だよ。本当のことって」

いずみと結香は、克則をそのまま廊下の犬走りの位置まで連れていった。

「何か……告白タイムかい？　ちがうみたいだけど」

二人は、そう言われて、口を尖《とが》らせた。

「そんなんじゃないわ。あの話、聞いてないの？　三月二十五日に地震が起こるって話」

「ああ、あの話か」

いずみと結香は、顔を見合わせた。やっぱり山田克則は知っている。

「ねえ、本当のこと教えて。私、怖くてたまらないの」

結香が手を合わせた。

山田克則は、二人を交互に見た。結香は、自分を見る克則の眼が、まるで先生の眼のように見えた。自分よりも随分と世の中のことを知りつくしているように感じたのだ。

「残念だけど、ぼくには、わからない」

ぼそっと、そう克則は答えた。

「そんなぁ。黄泉がえった人たちが知っているって皆言ってるわ」

「知らない。でも、ぼくは、いつまでも一緒にこの世界にいることができないんだってことは、わかる。

三月二十五日……。その頃かな。

遠いところへ、……旅に出るんだって気がする。地震のことは、わからないよ」

「どこに旅に出るの？」

「わからない。これも、あるとき、ふと、そう感じたんだから、口でうまく言えないよ」

いずみと結香は、明らかに不満そうだった。克則だったら知りたい答えを持っていると信じていたのに。

克則は、右手に持った二冊の本を示した。

「もういいかい？　これ、返しにいかなきゃいけないから」

素っ気ない口調だった。

「いいわ。図書室へ行きなさいよ。引きとめてごめんなさい」

いずみの語尾が、震えていた。もう一度、克則は、二人を交互に見やった。

二人の眼が、今にも泣き出しそうに潤《うる》んでいる。

「仕方ないな。ちょっと、こっち来いよ」

困ったように克則が言った。彼は、女の子の涙には馴《な》れていない。別にいじめたつもりはないのだが。二人を連れて、体育館の裏へと歩いた。

「本当のこと知って、どうするんだ」

「心配なの。怖くてたまらないのよ」

結香が、そう言った。克則はしばらく黙ったが、やっと口を開いた。

「あるとき、突然にわかったんだ。〝何か〟が教えてくれた。それから、どうするって尋ねられた」

「？　？　誰に尋ねられたの？」

「知らない。〝何か〟だ。三月二十五日に地震が起きる。で、いくつかの方法が選べるってね。一つは、遠くへぼくが旅立つこと。一つは、ここに残って皆を救うこと。いずれにしても、ぼく、山田克則はいなくなるって。どちらを選ぶかって。でも……確実に地震から皆を救える力があるかどうかはわからないらしい」

女の子たちは、二人ともゴクリと生唾《なまつば》を呑《の》んだ。

「ぼくは、ここに残って皆を救うことを選んだ。旅立ってしまったら、皆を救えない」

「いなくなるって……死んじゃうってこと？」

「そうかな……」

「どうして？　皆を救うために死んじゃうの？」

いずみと結香は不思議そうに克則を見た。

「ああ。かまわない。

だって、ぼくが黄泉がえったとき、皆でぼくを受け入れてくれたじゃないか。今度は、ぼくが皆を守るんだ。

あまり、話したくないけど、前にぼく、いじめられて自殺したよね。

あのとき、ぼくは誰のことも考えていなかった。ただ、ひたすら絶望していた。自分はいなくなってしまうしかない……それだけしか頭になかった。それしか方法はないと思った。それが、一番、楽になれる方法だって。そのときのことを思い出すと、ぼくは、結局、自分のことしか頭になかったんだってことがわかる。それで、死ぬことを選んだ。

利己的だったと思う。でも、あのときは、自分のことを考える以外に、まったく余裕がなかった。自分はゴミみたいなものなんだ。ゴミは、ない方がいいんだって考えた。

今度、黄泉がえって、皆が受け入れてくれて、あのときの考えかたは、間違っていたんだってわかる。ぼくはぼくなんだってわかった。ゴミじゃないってわかった。ぼくは、生きてるって実感できた。

それは、皆、きみたちも含めて、ぼくのまわりのすべての人々のおかげだとわかるんだ。だから、〃何か〃に大地震のことを教えられたとき、すぐに決めたんだ。

今度は、ぼくが皆を守るんだって。

前は、自分のことだけ考えて、絶望で死んだ。でも、今度はちがう。皆のために、ぼくを受け入れてくれた皆を守るために、ぼくはやるんだ。だから、ちっとも怖くない。

きみたちを怖がらせたくないから、あえて、何も言わないように決めていた。でも、そんなに心配そうだから、話したんだ。

これで気がすんだかい。

心配するなよ。ぼく……全力を尽くして、守るつもりだから」

いずみと結香が、どれだけ山田克則の言うことが理解できたかは、わからない。だが、ただでさえ潤ませていた瞳《ひとみ》から、堰《せき》を切ったように涙を溢《あふ》れさせ、喉《のど》をしゃくりあげていた。

克則は念を押した。

「このこと、誰にも言わないで。約束だ」

二人は、うなずくことしかできない。じゃあ、と言って克則は図書室の方へ歩き去る。その後ろ姿が、いずみと結香には、背丈があまり変わらないにもかかわらず彼女たちにとって、とても巨大に見えた。

見送りながら二人は考えている。〝何か〟って何なのだろう。どうやって克則は皆を守るというのだろう。

彼女たちの理解を、それは遥《はる》かに超えたことなのだ。
三月二十五日まで、もうすぐだ。

〝彼〟は厖大《ぼうだい》な〝力〟の前で、戸惑っている。

どうするべきなのか。

〝力〟は、そのときに放出される。〝彼〟はその〝力〟の一部さえ吸収すれば、充分に新たな旅へ出ることができる。空間を再び果てしなく翔《と》び続けることができるのだ。

〝力〟は、一部さえ吸収すればいい。すべてを吸収してしまう容量は、〝彼〟には残されていない。吸収し尽くせば、〝彼〟は飽和の臨界を超えることになる。

それは〝彼〟にとって〝無〟になることだ。

そして、今、迷っている。

〝彼〟は触手からもたらされるすべて――末端感覚を取り巻くすべて――が〝好き〟になっているのだ。

空間に逃れれば、いい。

しかし、〝好き〟なものすべては、〝力〟によって壊滅するはずだ。

そんな〝思考〟は必要ない。〝思考〟そのものさえ、ここへ来るまでは、なかったことではないのか。〝力〟を吸収し、吐き出し推進するだけだ。〝思考〟は必要ない。

それでいいのか。

〝彼〟は〝悩む〟。

そして、〝力〟の発生は眼前に迫っている。

54

その日。三月二十五日。

それぞれの人々が、それぞれの朝を迎えている。

この数日、母親の縁が数回の危篤《きとく》状態に陥り、雅人をはじめとする児島家全員が、疲労困憊《こんぱい》の状態だが、雅人は糸ミミズが貼《は》りついたような眼球に目薬を数滴流しこみ、定時に鮒塚万盛堂に出勤した。

オフィスNA・SAに、その日の業務予定は何も入っていなかった。この数日、黄泉がえり代行サービスの依頼が激減しているのだ。一つは、巷《ちまた》で流れる「三月二十五日の危機」の影響かもしれない。最近、黄泉がえりを迎えた家庭でも「黄泉がえり代行サービス頼みましょうか?」「いや、例の噂《うわさ》が本当かもしれないから、ちょっと様子をみてからにしよう」という会話が交わされたのかもしれない。

しかし、オフィスNA・SAには中岡兄弟と相楽一家が集まっている。相楽翔は、応接用ソファの上で静かに座ってコミック本を読んでいるが、玲子は、臆面《おくめん》もなく相楽周平の腕を握り、彼の隣に座っていた。

「家の片付けもあるんだろうって玲子に言うんですが、今日は一日、どこ行くにも離れないっていうんですよ。トイレに行くときは、どうするんだ」

周平はやや呆《あき》れ顔だ。

「トイレだってついていきます」

玲子は、きっぱりと、そう言いきっていた。


三池義信は、マーチンを乗せて、朝八時に益城《ましき》町第二空港線上にある特設のコンサート会場へと向かう。この時点では、熊本市の歴史に残る〝大渋滞〟はまだ発生していない。この数時間後に、市内は身動きのとれないほどの渋滞に襲われることになる。その原因は地震予知の噂によるものではなく、マーチンの引退コンサートに押しかける県外からの客たちによって引き起こされるものだ。ある危機管理の評論家によると、日本人という民族は大変、特殊な反応を示すという。避難勧告を受けた場合、オランダ人の九〇パーセントは避難行動をとるが、日本人の場合は、わずか五パーセントということだ。しかし、復旧作業の場合、民族が総がかりで協力しあう性質があるという。つまり、この時点でも、地震に対しての恐怖から避難行動をとっている人は極めて少ないわけだ。

特記すべき点はと言えば、道路の主要地点に「三月二十五日は熊本市防災訓練の日」という垂れ幕が目立つことだ。それに、街頭に立つ警官たちの姿。

「ラッキーだったよなぁ」と三池義信は、言う。「熊本市全体が、今日は防災訓練だものな。会場が益城町になってなかったら、中止ということになっていたかもなあ」

その朝、会場でコンサートの最終リハーサルが行われることになっている。そして夕方から、本番。

口には出さないものの、義信はマーチンが言うとおり今夜のコンサートが終われば、彼女は引退なのではなく、本当に〝消えて〟しまうのではないかという予感を持っている。

その予感が、はずれてくれればいいと願うばかりだが、マーチンの前であえて話題にしない。助手席に座るマーチンは、無口だ。

「いよいよだね。ライブは久しぶりだろう。ガンバってね」

義信は、元気づけようと明るい口調で話しかける。

「義信ありがとう」ぽつりとマーチンが、漏らす。

「いや。何を――」義信は少し照れる。

「私、マーチンじゃなくって生田弥生《やよい》として御礼を言うわ。義信に感謝するわ。だって、今夜で私は消えちゃうんだから。今のうちに言っとかなくっちゃ」

「そんな。気のせいかもしれないし」

義信の励ましにもマーチンは大きく首を振る。

「私、歌と音楽なかったら普通の何も取り柄のない女の子よ。頭だって、あまり良くないし皆からあまりジョーシキないって言われてたし、身体《からだ》もあんまり丈夫な方じゃなかったし。でも唄《うた》ってるときだけ、あ、私は私なんだってわかるの。

今度、黄泉がえって、義信や塚本社長のおかげで、前と同じように唄えてスゴく良かったって思ってる。

だから、義信に普通の女の子みたいに好きだということウマく言えないし。普通の女の子みたいに付き合ってもらえるかどうか、わかんなくて怖かったの」

何だか話を聞いていて変な方向にマーチンが話を向けてしまっていることがわかる。

「何だか変だよ。今日のマーチン。マーチンらしくないよ」

「私……」マーチンは、ぷっと膨れ顔になって口を尖《と》らせた。「マーチンが言ってるんじゃないよ。生田弥生が言ってるんだから。今ちゃんと私、義信のこと好きだったんだって言っておかないと、いけないと思ったから。後悔しないように。忘れないで私のこと」

義信は、どうリアクションすればいいかわからなかった。車を停めて、マーチンにキスをすればいいのか……。

しかし、そのときは、すでに特設会場へ到着していた。警備員の誘導に従って車を舞台近くまで走らせるしかない。

だから結果的に「わかった」という不粋な返事にしかならなかった。車から降りるとき、マーチンは、両掌《りょうて》で義信の手を握った。それから、覗《のぞ》きこむような眼で義信を見て、黙したまま楽屋へ去った。

義信の心臓が銅鑼《どら》のように、激しくしばらく鳴っていた。それが落ち着いて義信も、リハーサル中の舞台へと向かう。

巨大なスチールの櫓《やぐら》がある。その上のフラットになった位置が舞台だ。その頭上に全方向に数枚のジャンボモニターがある。舞台の下はマスクされているが、楽屋となっている。

義信は櫓の下部の仮設エレベーターで、舞台へ昇った。

見上げると雲一つない三月の青空がある。天気予報で、全日を通して快晴ということを知ってはいたものの、ここまで見事な日本晴れとは思わなかった。

四方を見回すと、「広い」の一言しか出ない。この彼方《かなた》までが今宵、人で埋め尽くされることになるという実感が湧《わ》かなかった。ゴルフ場用の敷地として買収されたものの、建設の目処《めど》がついていない遊休地の一部を塚本社長が借りあげたものだ。もっと山林を想像していたのだが、整地されると見事なコンサート会場だ。観客はまるで草原に身を置くようにしてマーチンの唄声を楽しむことになるはずだった。

不規則なドラムの音。ギター音。バンドの連中が集い、それぞれに自分の楽器のチューニングに余念がない。まだ、マーチンの姿は見えなかった。

横を見ると、女がいた。

中年の女だ。四十代後半だろうか。背の高い彫りの深い顔立ちをしている。彼女は、バンドの中の一人の男を凝視していた。他の連中には目もくれず、一人の男だけを。

その男が誰か、義信にはすぐにはわからなかった。髭《ひげ》をはやしていたからだ。それから思いあたった。彼もライブに参加するのだ。

リードギター。伝説と化していた男。マーチンのレコーディングのときに会った……青葉由高……ではないのか。あのときも、エリック・クラプトンが裸足《はだし》で逃げ出すかもしれないような超絶技巧を披露した。

とすると、彼女は？

義信は、彼女に近付いた。

「あの、すみません。あなたは、青葉さんの」

彼女は義信に向きなおり、うなずいた。若い頃は凄《すご》い美人だったろうと思う。

「ええ。保護者。妻じゃないのよ」

てっきり、そうだと義信は思ったのだが。何となく次の言葉が、かけづらい。女は再び青葉由高に視線を戻す。だが、女の方から続けた。

「マーチンさんの事務所の人でしょう。ごめんなさい。でも、ユタカと今日でお別れなの。あの人いなくなるから」

その声は唄うようだった。女もかつて、シンガーだったのかもしれない。

「あの人、死ぬまで独身だったから。でも、還《かえ》ってきてくれたの。私のところへ。私が、ずっと、ユタカのこと想《おも》い続けていたから。

あの人、ずっと私のところにいたのよ。今日まで。でも、今日でいなくなるって。最後に俺の最高をヨーコに見せてやるからって、連れてこられたの。

若い頃から、ずっとユタカを好きだった。だから、彼が死んでも、私、ずっと、ひとりだった。そしたら、黄泉がえったユタカ、私のところへ来てくれたの。

一昨日《おととい》は一日中泣き続けた。ユタカがいなくなるって。昨日も一日中泣いたわ。でも、今日は泣かないの。泣いたらユタカが見えないわ。今日は、ユタカを私の眼に焼きつけるの」

女はきっぱりとそう言いきった。

舞台が無音になった。青葉由高が、こちらを見ている。長身長髪で、あたかも殉教者のようだ。彼は大声で「ヨーコ！」と叫んだ。女はびくんと身体を震わせる。「約束したよな。ヨーコだけのためのステージのこと。今だ」青葉は突然、ソロで激しくギターを弾き始めた。とても常人の指では物理的に届かない、義信も初めて耳にするコードを駆使し、青葉は全身でリズムをとりながら弾いた。青葉の身体が突然に静止する。弦から離された指が、真《ま》っ直《す》ぐ女を差していた。

「ありがとう」青葉が叫んだ。

今日は泣かないと宣言した女の身体が崩れ、彼女は激しく嗚咽《おえつ》を漏らした。

55

児島雅人は、鮒塚万盛堂の応接室で、管理課の福村啓亮《けいすけ》に早期退職優遇制度の説明をしていた。福村で四人目だ。誤解を招かないように、疑問点を質問しやすいように個人面談形式をとっていた。前の三人と同じように、「そりゃ、私にやめろって意味ですか」と福村も漏らした。会社の置かれた状況を話し、皆に同様の説明をしていると言うと納得はするが、「ここをやめたら先が見えなくて」と口にした。もちろん面談の目的は、制度で退職しそうな人物を嗅《か》ぎつけておくこともあるが、育ちざかりの子供たちを抱えた彼等にとっては、問題外の様子だった。

福村が腕組みして沈黙した応接室に内線の電話が鳴ったとき、雅人がうっすらと考えていたのは「自分が退職しなきゃいけないのかな」ということだ。

「じゃ、今日の説明はそういうことです」

と福村に言いおいて、電話に出た。

電話は恐れていた件だった。妻の瑠美だった。病院からかけていた。母親の縁が、危篤状態だから、すぐ来てほしいという。皆、病院に集まっているから。

「父さんもいるのか？」

「もちろんよ」

「何か言ってなかったか？」

「別に。何を？」

「いやいい。すぐ病院へ行く」

雅人の頭にひっかかっているのは、肥之報の川田平太が言ったことだ。黄泉がえりには治癒能力を持った人がいる。母親が亡《な》くなれば父親も消える。

大沢《おおそうず》水常務は「そりゃいかん、急いで行け」と言ってくれたが、雅人には「またか」という表情が読みとれた。

国立病院へ着くと、三階の集中治療室へ急いだ。そこに、母親は今いる。

廊下に瑠美と愛がいた。二人の表情でわかる。母親は、まだ、もっている。

「呼吸困難になったから、先生が、喉《のど》を切開されたの」瑠美が涙声でそう言った。「少し、安定したって」

その瑠美の背後の壁にポスターが貼《は》られていた。「三月二十五日は、熊本市一斉防災の日です。訓練に御理解と御協力下さい」。重病人がいるところで、どう訓練をするというんだ。雅人は少し、腹が立った。

父親の雅継が、集中治療室から出てきて、足をもつれさせた。すっかり老《ふ》けこんでしまった。頰がこけ、老人斑《はん》が浮かぶ。加えての看病疲れもあるのだろうが、父親が生きていれば本来この年齢だったはずだと雅人は思う。

「じゃ、交代してくる」

瑠美が愛を連れて病室へ入る。正直言って、雅人は衰弱した母を見るに忍びないのだ。廊下の椅子《いす》にぺたりと腰を落とした父と二人になった。

父親は、突然言った。

「熊大に来ていた、黄泉がえりの青年。彼の居所、雅人はわかるか？」中岡優一のことだ。

「肥之報の川田くんが知ってるから、わかるよ。何故《なぜ》だい、父さん」

「母さんを救う。あの青年がいれば、できる。母さんを治せる。一人じゃ、喉が……うまくいかん。やろうとしたが」

そのフロアの公衆電話から、川田に連絡を取る。カワヘイは、市役所の防災対策本部に詰めていた。事情を話すと、肥之報記者がもうすぐ交代で来るという。それから中岡優一を連れてくるということになった。

カワヘイの到着は早かった。電話から四十分も経《た》っていなかった。中岡優一もカワヘイと共にいる。二人とも息を切らしていた。

「外は、とにかく大渋滞だ。全市、車で身動きとれん。優一くんは、水前寺から市電で来てくれた。俺は市役所から走りたい。入り口で一緒になった」

「御無沙汰《ごぶさた》しています」

中岡優一が深々と頭を下げた。それから雅継を見た。父の雅継も礼をした。

「家内のために、駈《か》けつけてくれて」

「よほどの覚悟をなさったんですね」

優一の言葉に、無言のまま父の雅継はうなずいた。それから、

「どうせ、今夜は消えてしまうからね。何とか、私を黄泉がえらせてくれた縁の想いに応《こた》えたいんだ」

と言った。

「早速、介添えをお願いします」

優一がうなずく。

雅継は、治療室から、瑠美と愛を呼びよせた。雅人、瑠美、愛の前で、父親は深々と礼をした。

「この一年近く、おまえたちには本当に世話になった。私は、今日、あの世へ帰る。その前に、おまえたちに礼を言いたかった。本望だったたよ。ありがとう。瑠美さん。縁と、

雅人と、愛と、頼むけん」

瑠美は、最初、何を言われているのだろうかと思ったらしい。やっと、義父が別れを告げているのだとわかり、大粒の涙を流し始めた。

愛も泣き出した。

「おじいちゃん、死んじゃうの？」

「ああ、また帰るだけだから、心配しなくていいよ。人間は皆、お迎えがあるんだ。おじいちゃんは、ちょっとボーナスを貰《もら》って皆の顔を見に帰ってきただけだから。愛とも話ができて嬉《うれ》しかった。勉強しっかりして立派な大人になるんだ」

愛は泣きながら、何度もうなずく。父は、最後に雅人に言った。

「おまえが、どんな大人になるか昔、心配したもんだ。雅人と二人で飲んだ酒、うまかったぞ……それから、おまえ……雅人を子供の頃叱《しか》ったことがあったな。あのときは私も血の気が多かったし、おまえに見せるべきものじゃなかった。あれは……お守りなんだ」

雅継は胸のポケットからそれを取り出し雅人にわたした。茶封筒だ。あのときは、文《ふ》箱《ばこ》に入っていた……。

じゃ、と父は言った。中岡優一が雅人にだけ聞こえる声で言った。

「お父さんは、自分を犠牲にしてでもお母さんを救うつもりです。それをお父さんは覚悟しておられる」

「皆、廊下で待っててくれ。この人と入るから」

父は中岡優一と集中治療室へ入っていく。

「あまり、家族に見せるもんじゃないから」

雅人は「父さん」と呼んだ。父親は、振りかえり、ニコリと笑みを残し、優一と中へ消えた。

雅人たちは、川田平太にすすめられるまま長椅子に腰を下ろし、治療室の前で待った。

待つ時間は長い。中で何が起こっているのか、雅人たちにわかる筈《はず》もない。

何かが聞こえた。初め、それが声とは思わなかった。空気が震える。そして集中治療室のドアが震える。何かが共鳴しあっている。

人が発するものとは思えないが、確かに人の声がする。うねるようにあるときは読経《どきよう》のように。それが、か細くなり、やがて、消えた。

再び、しばらくの空白の時間があり、突然ドアが開いた。

出てきたのは中岡優一だけだった。「終わりました」と告げた。

「親父《おやじ》は？」

雅人の問いに、優一は大きく首を振っただけだ。

三人は入れ替わりに治療室へ入った。縁が眼を開いていた。意識が戻っている。顔にも赤みが増していた。何よりも、切開したという喉の傷口が消えていた。

母親が言った。

「さっきまで、父さんがいたような気がしたんだけど、夢だったのかね」

夢じゃないと言うと、縁が何度もうなずいた。

「俺の分までガンバレいうてね」

そして父は消失していた。

雅人は、あたりを見回したが、すでに父親が存在していたという気配さえなかった。

母親の縁の病状が奇蹟《きせき》的に快方へ向かっているということがわかるのは、もっと後のことなのだが、やっと落ち着きを取り戻した雅人が中岡優一に礼を言うために廊下に出ると、優一と川田平太が話していた。

「さっき児島の親父さんが、どうせ今夜には消えてしまうんだからと言っていたけれど、地震前には、皆……黄泉がえりたちは…… 〝彼〟とともに消えてしまうの？」

「少し、状況が変わりました」と優一が答えた。

「何？　地震は起きんと？」

「いや、起こります。益城町下を走る布田川活断層の熊本市寄りの地域です。震度七以上の揺れです」

「…………」

川田平太は黙した。優一の言うことが本当なら、防災訓練が、どれほどの効果をあげるか。背筋を冷たいものが走る。

雅人に気がついた二人は話を止めた。雅人は、父がどうなったのか尋ねたい衝動にかられたが、それは口にしてはいけないことのように思え、優一に礼を述べるにとどめた。

「最期《さいご》は、弟と過ごしたいと思いますから」

優一はそう言い残して病院を後にした。

川田平太も去り一人残った雅人は、父が残した茶封筒を手にとり、紙片を出した。そして、その紙片に何が書かれていたかを知った。「色難お守り」と上に墨で書かれ、その下に四十八の男女の交わりの図が描かれていたのだ。雅人は「父さん」と呟《つぶや》いた。初めて涙が溢《あふ》れた。

56

益城町第二空港線沿線上のマーチンさよならライブ特設会場は、午後六時半開演というのに、午後四時過ぎには観客が集まり始めていた。萌《も》え始めた草の上に、それぞれに配られたシートを敷き、歓談をしたり、持参したギターで弾き語っているグループもあった。その広大な会場の外では、相変わらずの大渋滞が続いていた。

午前中の舞台リハーサルも無事に終わった。マーチンも義信も、後は本番を待つだけだ。外の大渋滞の原因となったコンサートの責任者として、塚本社長は後日その筋からたっぷりとお目玉を食うことになるのだろうが、今は、舞台の演出家や、照明、効果の担当者たちを相手に飛びまわっている。

着替えの終わったマーチンが、舞台衣裳《いしょう》で義信の前に現れた。エスニックなイメージの衣裳だった。これまでの誰も知らなかったマーチンがそこにいた。

「似合うよ。マーチン」

「ありがとう。パワー全開でやるんだから」

「ぼくも会場から、見てる。マーチンのライブを見るのは、ぼく、初めてなんだ」

そして、それがファンだったぼくの夢だったんだ。そう義信は言いたかった。

「義信……！」

「ん？」

訴えるような眼を彼女はした。

「開演中に、この真下で地震が起きる。私たちは、その地震を防ぐつもり。それまでは消えないでいるわ。でも、私たちの限界を超えたら、地震は防げない。だから……ここから、逃げてて。義信のこと、好きだから。できるだけ遠くに」

義信は大きく首を横に振った。

「最後までマーチンを守るよ。ぼくが」

「バカ……。仕方のない人ね」

六本松三男が、楽屋に入ってきたのが、そのときだった。六本松は、入場受付の責任者だったはずだが……。

「すみません。五分だけ抜け出してきました」

と六本松が義信に申し訳なさそうに言った。横に女子高生らしい女の子を一人連れていた。

「私、チケットと手紙を送ったんです、家族に。娘が、来てくれました。この子たち今、御所浦の家内の里にいるんです。光枝というんです、この子。マーチンさんの大ファンだって。握手してやって貰えませんか？　朝一で天草を出て着いたみたいで」

よく見ると、六本松の眼が潤《うる》んでいた。彼は一家とは離れていたはずだ。

マーチンが微笑《ほほえ》んで手を出すと、光枝という少女もおずおずと手を伸ばした。握手する少女の背後で、涙声の六本松が、繰り返し言う。

「よかったな、光枝。よかったな、光枝」

義信は、「持ち場はいいんですか」と言いかけた科白《せりふ》を呑《の》みこんでしまうしかなかった。

オフィスNA・SAの事務所の電気がつく。部屋には、中岡兄弟が、二人だけだ。

「俺たち、いい兄弟だったな」

優一が、そう言いながら、秀哉のコップに日本酒を注《つ》ぐ。注いで貰う秀哉の顔はもう拭《ふ》こうともしない涙でグショグショの状態だ。言葉にならず、うなずくことしかできない。

「最後は二人でゆっくり飲もう」

優一が、乾杯とコップを上げると、秀哉のコップを持つ手が震え、合わさったときは、カタカタと音を発した。

秀哉の横には、大きなファイルの入った茶封筒が置かれていた。茶封筒の表には、「中岡式簡易燃料電池システム／特許申請綴」とあった。


相楽周平と玲子、そして息子の翔が、食卓を囲む。玲子が、ハンカチで何度も溢れ出る涙を拭《ぬぐ》った。

「わあ、すごいごちそうだね」と翔が、はしゃぐ。

「翔ちゃん」と玲子が言った。「パパの顔、しっかり憶《おぼ》えておいて」

翔は悟っているかのように「わかってる」と答える。

「行かないよ」と周平が言った。「約束したじゃないか」

だが、彼は、心の底で、もうその時が近付いていることがわかっていた。

「もちろんよ。私が行かせない」

そうは強がっても、玲子の心の底でも、人間の力ではどうしようもないこともあるのではないかと怖れている。

「今日、地震、起きるのかなあ」

すっかり暗くなった窓の外を見ながら、翔が呟く。


あたりは、闇《やみ》だ。

開演五分前のアナウンスが流れてから、ざわめきが急速に鎮《しず》まっていった。あと数十秒。会場は二十数万人の人で溢れているにもかかわらず、沈黙が支配していた。

もうすぐ、あの舞台の上にマーチンが立つ。唄《うた》う。踊る。そんな緊張と期待の頂点にある。

義信は、舞台の正面から四十メートルほどの通路エリアにいた。

突然、音楽が鳴り始める。大音響で。

義信の大好きな曲。マーチンの昔のアルバム「ゼロ」に入っていた「ビヨンド・ラブ」。

割れんばかりの大歓声が、まわりで起こった。腰を下ろしていた観客の全員が立ち上がった。

光が閃《ひらめ》いた。ライトが舞台の上のマーチンを浮かび上がらせた。同時に設置された巨大なスクリーンの上にマーチンの顔がアップで映し出される。

あのマーチンだ。義信は思う。届かない世界にいた。あのときのマーチンだ。皆が知っているマーチンのヒット曲。

観客席が青い光に包まれる。観客の一人一人が発光チューブを腕に巻いて手を振るのだ。

マーチンが、激しいテンポで踊りながら、熱唱している。観客席も、うねりのような熱気に覆《おお》われている。

今、マーチンのさよならライブが始まったのだ。四方八方から会場内をレーザー光が飛び交い始めた。ストロボが作動し、踊っているマーチンが、その都度、静止画のように見えた。

義信も我を忘れて、マーチンの名を呼び、腕を振って声援を送る。


もう、誰も、父の雅継のことは口にしなかった。母親の縁はベッドの上で身を起こしている。数時間前までは、想像もできなかった。苦しんだら、いつからモルヒネを使って貰うべきか話し合っていたことが、嘘《うそ》のようだ。医者は、医学の領域の常識を超えたできごとを体験したことになる。

「これは……」と、母親の臨床診察をしながら絶句していた。「精密検査の必要がありますが、すべて正常です。ここに入院していることも、あまり意味がないくらいです」

そして、今、ベッドの周りに、雅人と瑠美そして愛がいた。

「ずいぶん、気分がいいよ。あの苦しさが、嘘のようだ」

そう言って伸びをする母親に、雅人は、うなずくことしかできない。だが、縁は、すでに十分に悟っていた。

「父さんは、私の身代わりになってくれたんだね。私の方は、これだけ長生きしたのに」

「それだけ、お義母《かあ》さんのことを、心配しておられたっていうことですよ」

瑠美が、縁を慰める。愛が、大人たちの顔を見回して唐突に言った。

「もう、おじいちゃん帰ってこないの？」

「ああ」そう雅人は、答えるしかない。

愛は、不安そうな表情を消さない。

「じゃあ、噂《うわさ》は本当なんだ。大地震もやはり、起きるんだ」

「それは……」

雅人は、答えに窮した。中岡優一が言っていた。どう娘に説明してやればいいというのか。

時計は午後八時半をまわろうとしていた。

そのとき。

突然に来た。まず、地鳴り。それから――。

衝撃が病室を揺すった。地震!!!

病室内が渦を巻き、不協和音が、いっせいに鳴る。

部屋にいる全員が、叫び声一つあげられない。

そして静止。

全員は、長い時間、地震を体験したような気がしたのだが、実は、たった二秒間だったのだ。地震の最後は唐突に終わったのだが、それは、雅人には、地震そのものが何かに吸いとられてしまったかのように感じられた。

余震も……ない。


義信は、屋外にいた。

舞台の上のマーチンを凝視《みつ》めていた。

完璧《かんぺき》なステージだ。義信は、感動していた。マーチンは、これが、最後の曲になるということを観客に伝えた。

観客たちは、海鳴りにも似た声援をあげる。

マーチンは、これまでのシンガーとしての活動を応援してくれた人々へ感謝を述べる。

そして、最後の曲が、ある人物への想《おも》いを託したものであることを披露した。

あの曲だ……。義信は思った。

そのとき、コンサート会場を、一瞬の地震が襲った。


「もうすぐ、来る」

と優一は言った。秀哉は、兄の手を思わず握っている。

「大丈夫だ。〝彼〟は守ると言っている」

優一は微笑んだ。その顔がこわばっていく。

「秀哉とすごせて、急ぎ足だったけど、盛り沢山の人生だった。秀哉ありがとう」

オフィスＮＡ・ＳＡにも、そのとき地震はやってきた。

57

優一の手が、秀哉の手から離れ、床に突っ伏したのと、地震の衝撃が嘘のように消えたのが同時だった。優一は苦しそうに表情を歪《ゆが》めていた。

「兄ちゃん！　大丈夫なの」

「あ、ああ。〝彼〟は、守っている。最悪の状態は、免れた。〝彼〟は、秀哉を……皆を……守った。でも……限界だ。〝彼〟は……消滅する。俺も一緒に……。秀哉。おまえは……自信を持て。俺を……超えろ」

「兄ちゃん。兄ちゃん……優一兄ちゃん」

「約束しろ。自分の生きかたを……俺に」

「わ、わかった。兄ちゃんが残したものは、必ずうまくやるよ。児島課長に相談して。兄ちゃんを超えるよ。だから行かないでくれよ」

　優一は、苦しそうに微笑み、「ばかっ」と言った。

　室内に変化が起こった。床から乳白色の霧のようなものが湧《わ》き上がってくる。霧よりも、もっと濃いもの。気体というには、粘性の強そうな。部屋中に充満し、そして天井を通過し抜けていく。

「な、何なんだ。兄ちゃん、これ」

　優一を抱き上げて、秀哉があわてた。

「〝彼〟だよ。〝彼〟は自分を犠牲にしたんだ。〝彼〟の残骸《ざんがい》が、宇宙へ戻っているんだ」

「兄ちゃん」秀哉は、兄の重みを両手に感じなくなっていた。気のせいではない。優一が消えかけている。その証拠に兄の顔のむこうが透けて見える。

「兄ちゃんは、今度もぼくのことばかり心配してくれて」

「会えなかったが、お父さまとお母さまのことは、くれぐれも」

優一の最後の言葉は、その肉体とともに、秀哉の腕の中で消えた。


〝ずん〟と来た。

義信のまわりで、悲鳴が起こった。

マーチンの予言は本当だった……。義信の腹の底が、絞りこむように冷えこんだ。本能的に、これから起こる惨事が見える。

震源は、真下だと言っていた。

ここは屋外だ。建造物の被害は……。

巨大な、マーチンの映像を映し出したモニターが、鉄塔から剝《は》がれ落ち、大音響と火花を発した。幸い、落下地点に人はいない。

周囲の悲鳴に拍車がかかった。

パニックが起こる。ここに集合している二十数万人が、いっせいに逃げ出そうとすれば……。うろたえた一人が転び、それに足をとられ。

それはもう、天災とは言えない。人災の範疇《はんちゅう》のことだ。大量の圧死者が出るはずだ。

実際、まわりでも、数人が走り出していた。

もう、誰にも、これから起こる事態を抑えることはできない。義信は、そう思った。

数秒で揺れは止まった。しかし、悲鳴と怒号は続く。

奇蹟《きせき》が起こった。

唄声が聞こえたのだ。無伴奏の、マーチンの澄んだ唄声。

吸いとられてしまったように、悲鳴が消えた。観客の全員が立ちすくんでいた。マーチンの唄声で。

義信は、あわてて両脇《りょうわき》の観客を見た。引きつっていた表情に柔和さが戻っている。

曲は「YOSHINOBU」だ。

二十数万人が、舞台のマーチンに吸い寄せられている。しわぶき一つなく。

義信の心が洗われる。あの感覚だ。二十数万人が同時にマーチンの癒《いや》しを受けている。

理由もなく、義信は涙を溢《あふ》れさせた。

「マーチン。ありがとう」そう呟《つぶや》いた。

その曲の途中で、またしても奇蹟が起こった。

地面から、白い湯気のようなものが立ち始めた。初め、舞台効果のためのスモークかと思った。しかし、そうではない。白い気体はやがて地面から噴き出るように舞い上がっていく。視界さえも、薄れていく。

義信は、舞台の上のマーチンを見た。

マーチンは、義信を見ていた、唄いながら。「マーチン」思わず、義信は叫んだ。

唄が終わった。深くマーチンが礼をする。

拍手が起こった。鼓膜が破れそうなほど、全会場から。

舞台を覆う乳白色の気体が濃度を増した。次の瞬間、舞台の上から、マーチンが消えていた。

「マーチン」再び、義信は叫んだ。その右腕を強く握るものがいる。振りむくと、舞台の上にいた筈《はず》のマーチンがいる。あたりは、濃厚な乳液のような世界があるだけだ。

「義信。おわかれよ」

マーチンは両手で義信を強く抱きしめた。

「マーチン。とても……よかった」

「大好きだった。これからも、いつも一緒よ」

その動作は、二人にとって、まったく自然だった。二人は唇を重ねた。

そのキスは、マーチンが完全に消えてしまうまで、続いた。


相楽周平は、地震を感じたとき、これから起こることを自覚していた。自分につながっている〝彼〟が全力を尽くして地震エネルギーを吸収するであろうこと。〝彼〟が飽和臨界を超えたときに、〝彼〟が消滅するであろうこと。それは、同時に、自分自身の消滅でもあるはずだと。

そして、それが運命なのだ。〝老い〟や〝死〟が、誰にも確実に分け隔てなく訪れるように、黄泉がえりの人々に一様にやってくる。そう周平は考えた。

玲子が、叫んだ。

「だめ。周平。行っちゃだめ」

玲子はテーブルの向こうから、飛びかかるように、周平の身体《からだ》を摑《つか》んだ。

「お父さん」

息子の翔も、玲子に言いふくめられていたのか、周平のシャツを握り泣きべそをかいていた。

「周平、約束したでしょ。どこにも行かないと約束したでしょ」

「あ……ああ。した。しかし」

返答に困る。

玲子は、たたみかけるように言う。

「しかし……なんてダメ。私を愛してるなら、行かないで。自分でも、行かないんだって思って。お願い。一生のお願い」

しかし、今も、自分は〝彼〟とつながっている。周平は思う。玲子と翔を救って、その身代わりになるんだ。それしか方法はないんだ。

「行かないでぇ」

玲子の叫びは、殆《ほと》んど悲鳴に近い。

床から、何かが噴き出すように湧き出てくる。〝彼〟が力を出し尽くしたという証《あか》しだ。白い……白い……まるで、部屋の中に入浴剤を溶かしこんだように。

周平には、すでに見慣れた部屋の風景は何も見えなかった。すべてが乳白色だ。

ただ、周平の視界にあるのは、しがみつく玲子の震える肩と、翔の泣き顔だ。

電撃的に、周平は思った。

自分は、この二人を残して行くわけにはいかない。自分も、二人をこんなに愛しているのだから。しかし……。

「玲子。ゴメン」

周平の何処《どこ》かで、何かが、ぷつん……と切れた。何が切れてしまったのか周平には、わからない。

もう、何も見えない。何も聞こえない。乳白色だけの世界だ。


雅人たちがいる、母親の縁の病室も、濃霧のような白一色の世界だった。家族四人が、縁を中心にして手を握りあっていた。

その霧状の物質も、天井から徐々に抜けていった。家族のおたがいの顔が見えるまでに視野が回復すると、地震と怪現象による安否を確認しあった。

「皆、大丈夫なようだな」

と雅人が言うと、娘の愛が、窓の外を指差した。

「ねぇ、あれ」

窓の外も、練乳のような気体が徐々に上空に昇っていく。淡い光量を持つ気体。

「部屋の中のものと同じよね。いったい何だろう」

闇《やみ》が戻り、愛は窓に顔を寄せた。

「あっ、だんだん高く昇ってる」

雅人も瑠美も、そして驚いたことに母親の縁までベッドを降りて窓へ歩みよった。

天空に白いものがいっぱいに広がり、渦を巻きながら上昇を続けている。

「あれ……。いったい何なんだろ」愛が不思議そうに呟く。

縁が、愛の肩に手を置いて答えた。

「おじいちゃんたちの魂だよ。また、皆、帰ってるのかもしれないね」

ふと、雅人の頭の中で〝霊体（エクトプラズム）〟という単語が浮かんだ。

皆、帰っていくのだろう。中岡優一も、鮒塚の会長も、父も。あの濃厚な気体となって。

「愛、おじいちゃんに、お別れしなさい」と縁が言う。愛は、

「また、遊びに帰ってきて。おじいちゃん」

天空に向かって両掌《りょうて》を合わせた。縁とともに。瑠美も掌を合わせるのを見て、つられて雅人も掌を合わせる。

「周平」

相楽玲子は、泣いた。

「約束守ってくれたのね」

相楽周平は「ああ」と答えた。何故《なぜ》、自分は消えなかったのだろう。玲子の愛の力？奇蹟？　それとも〝彼〟の慈悲？

真実はわからない。だが現実はわかる。

「どこにも行かなかったのね。周平」

周平は答える代わりに玲子を強く抱きしめた。

58

ＲＢクリエーション熊本支社で、三池義信は、便箋《びんせん》に金釘《かなくぎ》状の文字を連ねていた。入ってきた六本松三男は、

「昨日はお疲れさまでした」と声をかけた。

「娘さんは？」

「今朝まで一緒にいて、御所浦へ帰りました。交通センターに送りにいってたんです。また一緒に暮らしたいって言ってました。マーチンさん、やはり消えちゃったままですか」

「ええ」と答えた。昨夜から一睡もしていない。脱力感がある。あの怪現象のまま閉演になった。観客が去り、一人になっても義信はもしかしてと思い、あたりをマーチンの姿を求めて探しまわった。

明け方に驚いたことがある。ふと、マーチンのおもかげが、よぎった。あまりの生々しさに、義信は、自分のお守りをとり出して中を覗《のぞ》いた。何故、そんなことをしたのか、自分でも理由はわからない。

驚いたことに、髪の毛が一本出てきた。あれほど探してもなかったマーチンの髪の毛だ。鼻に近付けると、確かにかすかにマーチンの香りがした。

書き上げた義信は〝辞表〟と上書きされた封筒にそれを入れた。

「あれっ。何ですか三池さん。やめちゃうんですか？」

六本松が、それを見て、素頓狂《すっとんきょう》な声をあげた。

「ええ、マーチンが消えた今、ＲＢクリエーション熊本支社の存在意義はなくなりましたからね」

義信は、そう答えた。

「じゃあ、私もいるわけにはいかないじゃないですか」と六本松。

「やあ、まいったまいった」

と塚本社長が帰ってきた。ソファにどんと尻《しり》を落とし、ハンカチで汗を拭《ぬぐ》う。

「ねちっこく叱《しか》られたよ」

渋滞の責任で塚本社長は、警察へ出頭していたのだ。義信が、塚本社長に封筒を差し出した。

「何だ。それ。何の冗談ですか」

塚本社長は眉《まゆ》をひそめた。義信が、熊本支社が不要になるはずだからと説明すると、塚本社長は、必死で書いた辞表を一瞬にして破り捨てた。

「何するんです。社長」

「熊本支社は撤退なんかしませんよ。マーチンはいなくなった。でも、彼女は今や伝説のシンガーになったんですよ。マーチン記念館を造るとすれば、これはもう、熊本しかないでしょう。熊本支社がマーチン記念館設立準備室にならなくてどうするんですか。三池くんは、マーチンの生き証人なんですよ。

マーチン記念館。これ、絶対当たるって」

塚本社長の商才に、義信はやや毒気に当てられたが、それでも彼の胸には、まだ空虚な穴がぽっかりと開いたままだ。マーチンは言った。「これからも、いつも一緒よ」あれは、どういう意味だろう。彼女が残した髪の毛のことだろうか。

肥之國日報の一面には、昨夜の地震直後の怪現象と、黄泉がえりの人々の失踪《しっそう》が掲載されている。テレビをつけると、やはり全国放送で、黄泉がえりの人々が消え去ったとレポーターが興奮して喋《しゃべ》っている。テレビのスイッチを消した中岡秀哉は、虚脱状態のまま、宿酔《ふつかよ》いで痛む頭を押さえて、自分の心の整理にとりかかった。

すでに、兄の優一は消えた。秀哉の腕の中で。これからは、兄なしで世の中に対処していかなくてはならない。兄の遺言も実現させなければならない。自分にできるだろうか。

やるしかないだろう。

消えたのは、兄だけではないはずだ。テレビが言っているのが本当なら、すべての黄泉がえりたちが消えた……。

とすれば、相楽周平が言っていたこと。自分が消えたら、玲子と翔を頼みます。

そう。彼女も今、悲嘆にくれているはずだ。彼女が頼る存在は、もう自分しかいない。

兄がいなくなったことは辛《つら》い。相楽周平がいなくなったことも心細い。しかし、玲子の愛を得る機会が残されたことは、唯一《ゆいいつ》の希望ではないか。

秀哉は外へ出た。相楽家の市営住宅へ行くために。電車通りを渡ればすぐだ。

異変が起こったことが嘘《うそ》のように春の陽光が降り注いでいた。

どう声をかけるべきなのか。相楽家のドアの前で、秀哉は思いめぐらす。

――つらかったね。玲子さん。何も心配しないで。――ぼくが、ついてるっス。――翔くんと三人で立派な家庭を築こう。……まだ早いか。

ブザーを鳴らす。玲子の声がする。

ドアが、開く。玲子が顔をのぞかせた。

「あ、中岡さん」

「このたびは……あの。御愁……いや大丈夫っスかあ」

玲子はクスッと笑った。秀哉は、ギョッとした。

「中岡秀哉くんですかぁ」中から相楽周平の声。秀哉は、ポカンと口を開けた。

「優一さんは、どうだったんですか？」

秀哉は首を横に振った。

「行きました。昨夜、行っちゃいました」

「そうですか……やはり」

「でも、周平さんは、何故、無事だったんですか？」

椅子《いす》に腰を下ろした三人に、その理由がわかるはずもない。

「地震の直後、心の中で私は何かにつながっていたのが〝切れた〟感じがしたんです。超常的な存在が私を目こぼししてくれたのか、それとも……」

周平はちらと玲子を見る。玲子は「愛の力」と言ったが、周平は照れたように頭を振った。

「いずれにしても、私は、取り残されてしまったみたいです」

「そっ、それはよかった」

複雑な心境の秀哉ではある。しかし、玲子と翔にとっては、これが一番よかったはずだ。そう秀哉は自分に言いきかせた。

「これからもよろしくお願いします」周平が頭を下げた。

「こちらこそ。兄が残した特許があるんです。この立ち上げを二人で……いや、あと一人声をかけて三人でやっていこうと思うんですが」

国立病院から退院した縁は、まず仏壇の雅継に報告した。それから、家族でテーブルにむかう。

「あなたの分までガンバリますよって報告しておきました」

と母は言った。

「最後は、中岡の兄さんを除けば、母さんは父さんと水入らずだったんだからね」

と答えた。

「自分の分まで、ガンバレって父さんは言ったんだろ。ほんと、ガンバラなきゃあ」

コクンと母親はうなずいた。

「あれは、夢の中みたいだったからねぇ。それから、父さんは、もう一つ言った。俺は、縁が心の中でずっと想《おも》っていたから黄泉がえれた。また、おまえの心の中へ帰るだけだ……ってね」

瑠美がお茶を淹《い》れる。

さて、これからのことは……。頭の中で、雅人は問題を抱えている。

「会社をやめることになるかもしれない」そう言い出すタイミングを測っているが、中々言い出せずにいる。今も、その言葉を呑《の》みこみつつ、お茶を啜《すす》った。

「ねぇ、ＣＤかけていい？」

と娘の愛が言った。

「うるさくないのならいい」

と雅人。大丈夫と言って、胸を張り、愛はプレイヤーのボタンを押した。

一人の女の声が聞こえてくる。伴奏もなく、澄んだ女の伸びのある声が。やすらぎで満たされていくのが、雅人にもわかる。

「不思議なメロディーだな。でも……いい曲だ。誰のCDだ」

「マーチンのCDよ。すごくいい曲でしょう。私、大好き。『YOSHINOBU』っていうの。でも、マーチンもいなくなっちゃったみたい」

少し、寂しそうだった。雅人がマーチンという歌手の曲をじっくりと聞いたのは、これが初めてだが、このCDを買ってきた娘の審美眼を少し見直した気持ちだった。

そうか、この女性歌手も去ってしまったか。

ふと、雅人は空の上を見上げたい衝動にかられたが、室内にいるのでは仕方がない。

そして思った。

いったい、あの〝黄泉がえり〟という現象は、自分たちにとって何だったのだろう。ある日、突然に始まり、そして唐突に去ってしまった。しかし、理由は自分にわからなくても、仕方ないことではないか。

雅人にとっては、父との再会。そして、母にとっても素晴らしい時間であったはずだ。そして、黄泉がえった死者たちは、生者たちに何かを、もたらしてくれた。ある人にとっては癒《いや》しだったし、ある人にとっては赦《ゆる》しだった。ある人にとっては理解。そう、奇蹟《きせき》のプレゼントだった。そう単純にとらえることが一番いいのではないか。

「あなた。電話よ」と瑠美が言った。

「中岡秀哉さんって方」

雅人は受話器を受け、耳を傾けた。それから相手に、ぽつ、ぽつと答え始めた。

「ああ、優一くんが、そう言ったのか……あ、制度ならいくつかある。ベンチャー向けのマル経融資制度とか……組織も変えた方がいいな。……じゃ、会ったとき、もっとくわしい話するか」

雅人の声がはずんでいく。

59

黄泉がえりの人々が去ってしまって二週間も経《た》つ。

県庁一階のフロアで、児島雅人と川田平太は偶然に顔を合わせた。

色々とつもる話もあるよなぁ。おたがいにそう言いあって二人は近くの江津湖まで歩いた。

自動販売機で買った缶コーヒーを開けながらベンチに腰を下ろした。透明な水をたたえた岸べでは、幼児を母親があやしている。初老の男がジョギングで走り続ける。

「会社に電話したとよ。万盛堂をやめたってね」

「ああ」と雅人は答えた。「今、中岡秀哉……優一くんの弟だが、彼らと新エネルギーのベンチャー企業を立ちあげてる。それで、県庁にいくつかの申請を出す必要があってあそこにいたんだ」

「そうかぁ。前より、何だか、活《い》きいきしてるごたるぞ」

カワヘイが言うと、雅人は江津湖の水面を過ぎていくカッターを目で追った。肩を照れたようにすくめながら。

「こうやって風景を眺めていると、何事も、ここには起きなかったようだなあ」

「ああ。そぎゃん」

雅人は、向きなおった。

「そういえば、うちの母が悪いときは、すまなかった。わざわざ時間を作って来てくれて」

川田平太は、水臭いなあという笑顔を返してくれた。

「今、何を追ってるんだ？　黄泉がえり現象は、終了したわけだし」

雅人が、そう尋ねると川田平太は、大きく首を横に振った。

「現象は終わったかもしれんばってん、まだ、俺の中では、けじめはついとらんたいね」

「それで」

「市民たちにとって、あの現象はいったい何であったかを検証せないかんと思うとる。市民たちだけじゃなか。行政にとっても、あるいは、大きく言えば、文明にとって何だったか。人間の価値観がこの一年ここではひっくり返ってしまったわけだけん。

今、まとめよるよ。秋には一冊にまとめて、肥之國情文センターから出そうと思うとる」

「じゃあ、その中で、何故《なぜ》あんな現象が発生したかというカワヘイ仮説を拝聴できるわけか」

川田平太は、自嘲《じちよう》的に唇を歪《ゆが》めた。

「そりゃあ、せん。そう、俺なりの仮説は、取材を続けてるうちに、出来あがってはきたけどな。そりゃあ、せん。

そのとおりに書くとな、本そのものが、何か空想小説のような浮わついたもんになってしまうような気がするとよ。俺の偏見かもしれんけど」

「聞きたいなぁ」

「また、今度、酒の肴《さかな》で話すたい。データー的には、行政が正式な記録にして残すごたるけん、俺が残すのは、個人の抽出記録みたいな体裁になるどね。あの現象を体験して、人々はどう受け止めて、何を感じ、どう対応したかってこと。個人も組織もだな。その原因は、それぞれが、勝手に想像するとよか」

川田平太は、軽やかに、そう言い放った。

「だけど、黄泉がえりの人々の予言は、一つだけはずれたな」

「ん」川田平太はギョロ目を剝《む》いた。「地震のこつね。地震は来たたい」

「ああ、来た。だけど噂《うわさ》になって巷《ちまた》で流布《るふ》していた話は、あんなものじゃなかった。震度七の大破壊が熊本を襲って、壊滅状態になるという話だった。幸いなことに、そんな悲劇は起こらなかったけどな」

しばらく、川田平太は押し黙った。それから思いきったように口を開いた。

「あの日、病院から帰るとき、俺ァ、優一くんと一緒だった。

そのとき、彼から聞いたんだ。さっき、空想物語と思われるような仮説と言ったけど、あれとも関係するとばってん」

川田平太は、そのとき、優一が語ったという内容を、そっくり言った。

「〝彼〟が地震を起こす……とか言ってたな。〝彼〟って何だ」

「んにゃ、〝彼〟が地震を起こすんじゃない。〝彼〟が地震の発生する場所にやってきたらしか……」

――でも、〝彼〟は、自分の身の消滅を覚悟し、逃げださないらしい。〝彼〟の分身、……優一も含めて……たちを通じているうちに〝彼〟の中の何かが変質した。

優一は言ったという。

「〝彼〟は逃げません。その地震エネルギーを、飽和状態の〝彼〟がこれ以上吸収できるかどうかわかりません。しかし、〝彼〟はやろうとしています。地震エネルギーを吸収しようとしています」

　川田平太は問い返したという。

「吸収できなかったらどうなる」

「〝彼〟は死に、消滅します。そして吸収できなかった分のエネルギーが地震として発現します」

「何故〝彼〟は守ろうとするんだ」

　優一は顔を上げ、遠くを見る表情になったという。

「〝彼〟はここが気に入ったんです。好きになったんです。私を通して、児島さんのお父さんを通して。すべての黄泉がえりの人々の心を通して。

だから、〝彼〟は守りたいんですよ。児島さんのお父さんがお母さんを守ったように。

ここを。好きになったこの場所を守りたいんです」

　二人は、しばらく黙していた。川田平太も雅人も。


　二人は、ベンチを立つ。

江津湖沿いの歩道を去っていく。

　二人は、あるベンチの前を通り過ぎる。そのベンチにも若い男が一人座っているのだが気がつくことはなかった。

座っているのは、三池義信だった。

まだ、彼の中では、マーチンの最後の言葉が忘れられずにいる。

「大好きだった。これからも、いつも一緒よ」

いつも一緒……いつも一緒。その言葉の真意を今でも義信は、はかりかねている。

いったいどういう意味で彼女が言ったことなのか。マーチンの髪の毛が入ったお守りを入れた胸のポケットに無意識に手を当てる。

聞こえてくる。

遠くから。かすかに。

花見に水前寺公園の方へと出掛けようとしているらしい老夫婦の持つラジオだろう。

マーチンの声だ。

ふっと、義信は空を見上げた。

アカペラで唄《うた》うマーチン……。曲は、あれだ。

その瞬間、義信はマーチンが言いたかった真意が理解できたような気がした。

しかし、風が吹き、花びらが義信の眼の前を舞ったとき、その真理は閃《ひら》めきのように、飛び去ってしまっていた。

解説

香山二三郎

地方を舞台にした小説は少なくない。都会を舞台にしたものと地方を舞台にしたものと、数のうえでも今やそう大きな開きはないのではあるまいか。

筆者のようなミステリー読みからすると、それはトラベルミステリーの功績によるところ大なのであるが、むろん時代の流れが味方したことも無視出来ない。旧国鉄のディスカバージャパンキャンペーンやＴＶの旅番組に煽《あお》られた地方人気の反映。いっぽう交通機関や通信機器の進化が作家側に意識変革をもたらしたことも見過ごせない。原稿の受け渡しや簡単な打ち合わせならファックスやＥメールで片づくし、いざとなれば飛行機や新幹線もある——となれば、わざわざ都会に住む必要はない。ひと昔前に比べても、第一線で活躍している地方在住作家の数は格段に増えていよう。

九州、熊本市。熊本県の県庁所在地であるこの街は人口約六六万人（二〇〇二年一〇月現在）の都会だが、ここでは首都圏等との対比上、地方扱いすることを許されたい。その熊本市に在住する梶尾真治も地方作家のひとり——には違いないのだが、都会脱出派でもなければ出戻り派でもない。熊本生まれの熊本育ち、今も熊本で暮らし続ける生粋《きっすい》の熊本作家なのだ。

熊本で暮らしたことがある熊本縁《ゆかり》の作家、熊本出身だがその後余所《よそ》に移ってしまった作家、そして生粋の熊本作家。ここでそうした分別にこだわりたいのは、何より本書『黄泉がえり』が、その熊本で突然次々と死者が蘇《よみがえ》り始めるというお話だからである。

しかもそれは熊本周辺に限られた現象だと。

着想は一見忌《い》まわしそうだけれども、その実、この物語には長年馴染《なじ》み親しんできた故郷とそこで暮らす人々への愛着が脈打っている。いわば、熊本作家による熊本市民のための熊本SFというわけで、そのココロは熊本愛となれば、何よりもまず背景描写や熊本人気質の描出に注意を払いつつ楽しんでいただきたいと思うのだ。

ところで黄泉がえり＝蘇りというと、SFやホラーファンは即ゾンビ（生ける死者）ものを思い浮かべよう。いや、小野不由美『屍鬼《しき》』（新潮文庫）や恩田陸『月の裏側』（幻冬舎文庫）等、近年は様々な〝蘇り〟が登場しているので一概には決めつけられないが、本書に出てくるのは生者を貪《むさぼ》り食らうホラー系ゾンビとは趣きを異にする。どう違うのかについては後述するとして、まずは著者の梶尾真治——カジシンのプロフィールを紹介しておこう。

実は梶尾作品が新潮文庫に収められるのは本書で四冊目に当たる（残念ながら皆、絶版）。『未踏惑星キー・ラーゴ』（一九八六年一〇月刊）、『占星王をぶっとばせ！』（八七年四月刊）、『占星王はくじけない！』（八七年一二月刊）と、お話はいずれも宇宙を舞台にした異世界ものだ。生粋の熊本作家はまた、生粋のSFファンでもあった。少年時代から小説を書き始め、一九七一年、「美亜へ贈る真珠」（ハヤカワ文庫『地球はプレイン・ヨーグルト』所収）でプロデビューを果たした後は多彩なSF趣向を駆使した叙情的な短編世界を構築、ファンを魅了してきた。

だが九〇年代に入ると、日本SF大賞を受賞したスペースオペラ『サラマンダー殲滅《せんめつ》』（ソノラマ文庫ネクスト）等長編大作にも意欲をみせ始める。と同時に、『ドグマ・マ＝グロ』（ソノラマノベルス）や『OKAGE』（ハヤカワ文庫）で九州の先輩作家・夢野久作にオマージュを捧《ささ》げたり、熊本・阿蘇《あそ》を舞台に民俗趣向を織り込んだ新たな作風に挑むなど〝ご当地文芸〟を独自に継ぐ姿勢も示している。実業家でもあるカジシンは本業との掛け持ちのため自《おの》ずと寡作《かさく》にならざるを得ないが、熊本SFを追求していくのか、それともさらなる作風を開拓してみせるか、今後も目が離せそうにない。

さて、『黄泉がえり』である。本書は「熊本日日新聞」土曜版の一九九九年四月一〇日から二〇〇〇年四月一日まで連載された後、同年一〇月、新潮社から刊行された。

　五月半ばのある夜、熊本市で奇怪な発光体が目撃され、時を同じくして小さな地震が発生する。それをきっかけに市内各地で死者が蘇り始める。ギフト用品販売の老舗《しにせ》・鮒《ふな》塚万盛堂《づかまんせいどう》では二年前に死んだ先代社長が蘇りひと騒動に発展するが、従業員の家からも蘇りの報が相次ぐ。総務課長児島雅人の家では二七年前に死んだ父雅継が、総務の河山悦美の家では祖母が、社員見習いの中岡秀哉のところでは水難事故で亡《な》くなった兄の優一が小学生の姿のまま蘇り、さらには秀哉の恋の相手、相楽玲子のもとには四年前に交通事故死した夫の周平が蘇ってくる。謎《なぞ》の蘇生《そせい》現象の急増で市政がパニック状態に陥る中、さらに一年半前熊本で急死した女性アイドル歌手マーチンが蘇るが……。

　蘇り＝黄泉がえりが謎の現象である以上、普通ならその謎解きを主軸にしたサスペンスが第一の読みどころとなるはずだが、著者はあえてそうしない。宇宙から飛来した生命体の視点から描かれた章が幾つか挿入され、謎解きの興味をつないではいくものの、前半はむしろ現象に巻き込まれた人々の悲喜劇が丹念に描き出されていくのである。

　故人に対して今でも生きていて欲しいと強く願っている人でも、いざ本人が蘇ってくるとどうしていいかわからずパニくってしまう——そんな珍騒動の数々を、著者は実に多彩なドラマ演出で描き分けてみせる。たとえば社長がふたりになってしまった鮒塚万盛堂では、それを逆手にとって祭事を企画、企業PRに利用してのける。また死者は皆死んだときの姿で蘇生するので、児島雅人は自分より三歳若い雅継をお父さんと呼ばなくてはならず、中岡秀哉に至っては小学生の優一をお兄さん呼ばわりする羽目になる。見かけの格差の激しい夫婦や兄弟のほのぼのとした交情劇はしかし、著者のリリカルな作風を端的に物語るエピソードといっていいだろう。

開巻早々SF小説であることを強調しながらも、前半は家族小説、人情小説趣向で読者をじっくりと物語に引き込んでいく。これぞカジシンマジックという次第だが、それをいうなら、アイドル歌手マーチンの復活劇を通してタイムリミット・サスペンス形式のパニック劇へと一転させる後半の演出の妙もまた然《しか》り。

都市伝説そのままの事件が起きたりする辺りは一見ホラー調だが、その原点はカジシンのベースともいうべき一九五〇年代SFにあり。文中では侵略テーマの名作、ジャック・フィニイ『盗まれた街』（ハヤカワ文庫）やロバート・A・ハインライン『人形つかい』（同）等にも言及され、SF的ムードも高まりをみせていくが、邪気のない黄泉がえりはホラー系ゾンビとは元からして違うのである。トンデモない終末劇にはついていけないSFファンもこの仕掛け、この演出なら文句あるまい。

さらにまた、マーチンをめぐる人間関係劇、音楽小説趣向にもご注目。SF的な仕掛けを明かしていくいっぽう、歌謡――音声の魔力が生み出す奇蹟《きせき》の再生劇を著者はそこに巧妙に織り重ねてみせる。ラストのコンサートシーンにも涙すること必定だ!?

終末劇といえば、『OKAGE』同様、本書も世紀末小説である。新聞の連載期間をみてもおわかりのように、ノストラダムスの予言にあった一九九九年七月をまたいでいたりする。実際、本書にはあくまで熊本的なハルマゲドン趣向が凝らされているわけだが、その顚末《てんまつ》は『OKAGE』とはひと味もふた味も異なる。終末予言がブームになった八〇年代前半、著者はあるエッセイで「確実に大衆の風俗や指向性が一九九五年あたりから変化を始める。たぶん、好ましくない方向に。かなり乱れた風潮になるでしょうな。刹那《せつな》的行動傾向が増えるでしょう。今の世もそうだという方もおられるかもしれんが、現在など問題にならんほど風紀が乱れる」（「終末予言の大ブーム」／平凡社刊『カジシンの躁《そう》宇宙　オンリー・イエスタデイ1982〜1996』所収）と予言してみせたが、自らは「静かな終末を迎えたい。ローンや飲み屋のツケはちゃんと返済して、団欒《だんらん》ニコニコ楽しい終末」と述べている。

その「静かな終末」というのが、本書の死生観の根底にあるのは間違いない。

なお熊本と大地震の関係だが、一八八九年（明治二二年）七月の深夜、市西部にある西山山地の主峰金峰山《きんぼうざん》付近でマグニチュード六・三の地震が発生、多くの死傷者を出している。考えてみれば、一九九〇年に噴火した雲仙普賢岳も島原湾を挟んだ熊本市の対面に位置しているわけで、熊本もこれまでたびたび被害を受けてきたのであった。あるいは、それらに対する恐怖症が『OKAGE』や本書を生み出す要因になったのか……いや、著者は本書の初刊本の刊行後、あるインタビューに次のように応《こた》えている。

「死んだ父は私が作家になることに反対で、会話はほとんど交わせなかった。いま生き返ってきたら、人間対人間としてじっくり語り合いたい。実は、経帷子《きょうかたびら》姿の青白い顔で帰ってくる夢を見たことがあるんです」(「テーブルトーク」/「朝日新聞」二〇〇〇年一一月一四日夕刊掲載)

黄泉がえった人々は生前の生臭さが抜け落ちていて、なおかつその多くが人を癒《いや》す力を備えているという設定も、何より著者自身の願いがそこに込められているのだろう。

ジャンルを超えた巧緻《こうち》な物語術と豊かな人生経験に培《つちか》われた熊本ブランドの熟成味。癒しという言葉に拒否感を持つ人もぜひ本書をお試しいただきたい所以《ゆえん》である。

最後に、『黄泉がえり』は『月光の囁《ささや》き』や『どこまでもいこう』で数々の新人賞に輝いた注目の新鋭・塩田明彦監督により映画化された(二〇〇三年一月一八日からロードショー公開)。主演はアイドルグループ〝SMAP〟の草彅剛《くさなぎつよし》。彼が演じるのは黄泉がえり現象の解明に乗り出す厚生労働省のエリートということで、映画オリジナルのキャラクターである。物語のほうもファンタジー一色に変更されており、原作とは違った黄泉がえり劇が楽しめるだろう。竹内結子、石田ゆり子、哀川翔、山本圭壱(極楽とんぼ)、伊東美咲、田中邦衛等、TVや映画でお馴染みの人気俳優たちが共演している。

(平成十四年十月、コラムニスト)

この作品は平成十二年十月新潮社より刊行された。

黄《よ》泉《み》がえり

新潮文庫　か - 18 - 4

平成十四年十二月一日発行
平成十五年一月三十日七刷

著者　梶《かじ》尾《お》真《しん》治《じ》
発行者　佐藤隆信
発行所　株式会社新潮社
郵便番号　一六二—八七一一
東京都新宿区矢来町七一
電話　編集部(〇三)三二六六—五四四〇
読者係(〇三)三二六六—五一一一

価格はカバーに表示してあります。

乱丁・落丁本は、ご面倒ですが小社読者係宛ご送付ください。送料小社負担にてお取替えいたします。

印刷・錦明印刷株式会社　製本・錦明印刷株式会社

ISBN4-10-149004-X C0193